백수, 마왕의 모습으로 이세계에

Bored. Sacrod and Now a Davil!

가끔은 치트인 유유자적 여행 9

아이아츠시 지음
카츠라이 요시아키 일러스트
김장준 옮김

프롤로그

역참 마을『언더 브라이트』.

전에 들른 구 역참 마을『데미 드라실』과는 비교 자체가 무색한 규모와 활기를 자랑하는 곳이었다.

강행군으로 고작 하루 만에 여기까지 도착했다. 하지만 아직 날도 밝은데 왜 이곳에 들렀는가? 물론 편안한 침대가 그리워서도, 느긋하게 피로를 풀기 위해서도 아니라—.

"카이본, 저기야. 저 호텔에서 내 고용주랑 합류할 예정이야."

"알았어. 그 고용주랑 나도 동석해야 할까?"

"내가 같이 행동할 수 있게 부탁해 볼게. 괜찮아, 정 안 되겠다 싶을 땐—."

"위험한 짓은 하지 말아줄래? 상대방도 세게 나오지는 못할 거야."

아마미의 임무는 무엇인가? 그것은 바로— 엘프 왕족의 말단,『레일라 럭스벨 브라이트』의 대역이 되는 것이었다.

이 나라의 수도『브라이트니스아치』에는 철통같은 검문과 결계가 존재한다. 특히 결계는 머리색 정도는 쉽게 간파할 뿐 아니라 온갖 마법 효과도 지워 버릴 만큼 강력하다고 한다.

그리고 이 나라는 병적으로 『백발 엘프』를 기피한다.

전에 류에가 항구에서 받았을 그 증오와 멸시는 그녀의 마음을 크게 뒤흔들었다. 지금도 그녀가 『그녀』를 마음속 깊은 곳에 숨겨 버릴 정도로…….

그 인습이 존재하는 한, 머리색을 위장한 레일라 또한 아마미처럼 대역을 세우지 않는 한 그곳을 자유롭게 드나들 수 없다.

"카이본? 듣고 있어?"

"아, 미안. 뭐라고?"

"고용주가 아직 안 왔으니까 우리도 방을 잡고 잠깐 쉬자고."

"이견 없어. 그럼 조금이라도 쉴까?"

생각에 빠져 주변 말을 듣지 못하는 건 고쳐야 할 나쁜 버릇일까, 칭찬받아야 할 훌륭한 집중력일까.

아무튼 우리는 이 고급스러운 호텔에 방을 잡기로 했다.

주어진 방은 2인실인데도 웬만한 주택의 거실이 통째로 들어갈 만큼 넓고 인테리어도 아름다워서 함부로 들어가기 망설여질 정도였다.

아마미는 익숙한지 태연하게 의자에 앉아서 한숨을 쉬었다.

……미인의 한숨에는 묘한 매력이 있다.

본인에게 그럴 마음은 전혀 없겠지만, 마치 나를 유혹하는 게 아닌지 의심될 만큼 요염해서 친구인데도 불구하고 괜히 침이 넘어갔다.

"카이본, 잠깐 누워서 쉬어. 그 마물도 처음 탔다며."

"응? 아니, 그렇게 피곤하지는—."

"됐고, 여기 엎드려 봐."

무슨 생각이냐고 묻기도 전에 나는 침대로 끌려가서 쓰러지고 말았다.

"……마사지를 해줄게. 나 이런 거 잘해."

"그럼…… 한번 받아 볼까?"

그렇게 말한 아마미는 어딘가 조금 이상했다.

아마미가 침대 위로 올라왔는지 침대가 더 가라앉았다.

침대의 진동과 가라앉는 깊이가, 그녀가 바로 옆에 있다고 말해줬다. 나는 엎드린 채로 몸을 살짝 틀어 아마미를 보려고 했지만 그 전에 아마미가 내 위에 올라탔다.

허리에 앉은 탓에 나는 고개를 돌려서 그녀를 볼 수밖에 없었다. 조금 전 상황도 있고 해서 어렴풋이 경계심이 들었다.

"아마미, 나도 남자야. 이런 곳에서 이상한 생각을 하면 어쩌려고?"

농담처럼 말하면서 아마미의 반응을 살폈다. 그런데—.

"카이본. 정말로 촌장을 구할 수 있어?"

등 위에서 들리는 아마미의 목소리는 덤덤할 뿐이었다.

왜일까. 그 목소리에 어두운 감정이 뒤엉켜 있는 것만 같았다.

"나한테는 자유가 없었어. 더럽고 추악한 일만 골라서 해 왔어. 원래 평온하게 살긴 그른 인간이란 거 알아. 그래도 그 마을에서의 삶은 내게 허락된 유일한 평온이라고 생각했어. ……그런데 왜 이렇게 됐을까?"

그 독백에 돌려줄 말은 떠오르지 않았다.

미래의 평온과 행복을 믿게 하는 말을 나는 알지 못한다.

심지어는 정말로 촌장님을 구할 수 있다는 알량한 위로조차…….

"나를 둘러싼 환경이 진절머리 나게 변해 버렸어. 어디서부터 잘못된 걸까?"

그렇게 말하면서 그녀는 내 복을 만졌다. 손은 이째선지 차가웠다.

쭉…… 참았던 걸까? 그야…… 당연히 그렇겠지.

갑자기 고향이 습격받고 부모처럼 생각하는 사람이 그렇게 됐다.

어떻게 보면 우리가 이 대륙에 온 것이 이번 사건의 계기라고도 할 수 있었다.

우리와 만나고 급격히 그녀 주위에서 사건들이 터졌으니까.

그렇다면 아마미의 한탄, 불만, 분노를 받아내는 것은…… 내 일일지도 모른다.

"……아마미, 너는 날 다치게 할 수 없어. 그래도 그래야만

네 기분이 풀린다면—."

"우습게 보지 마! 정말로 그럴 거면 진작 했어. 이게 화풀이라는 건 나도 알아……. 네가 유일한 희망이란 것도 알아."

문득 그녀의 체중이 이동했다.

내가 매트리스라도 되는 것처럼 그녀는 내 위에 누웠다.

등에 부드러운 감촉이 닿았다. 목 뒤로 그녀의 숨결이 닿았다.

……무슨 생각이야, 아마미.

"이렇게 몇 명이나 없앴어. 이 자세에서 살아 있는 건 카이본이 처음이야. ……어떡하면 돼? 나는 **이 다음**을 아직 몰라."

믿어지지 않을 만큼 약한 목소리로 속삭였다.

귓가에 숨결이 느껴지는 거리에서 들리는 말에 이성이 흔들렸다.

……그런 짓 안 해도 돼, 아마미.

나는 그런 대가를 바라고 움직이는 게 아니야.

네가 여자라서, 매력적이라서 움직이는 게 아니야.

그쯤은 너도 알잖아?

"나는 알아. 류에도 레이스 씨도 무리하고 있어. 그래도…… 제일 무리하는 건 카이본이야. 화풀이도 하고 싶어. 그래도 그만큼…… 너를 위로해 주고 싶어."

"……친구라면 그냥 이야기를 들어주기만 해도 돼. 이런 짓까지는 안 해도 돼."

이것밖에 방법을 몰라서였을까.

그 정도로 내가 위태로워 보였을까.

확고한 목적을 가지고 움직이는 동안은 안 좋은 일과 스트레스를 잊을 수 있었다.

하지만 아마미의 말대로 류에와 레이스라는 버팀목에서 벗어난 지금, 내 마음은 조금 약해졌는지도 몰랐다. 생각해보면 나는 쭉 류에 곁에 있었으니까.

"……점잔 빼기는. 심장 소리로 다 들켰어. 그래도 알았어. 얼마든지 들어줄 테니까 말해 봐. 그렇게 해서 카이본이 조금이라도 편해진다면."

"……알았어. 대신 너도 불만이나 고민이 있으면 전부 털어놔."

나는 이야기했다. 곧 다가올 『재회』 뒤에 어떤 결말이 기다리는지.

류에의 소원이 이루어진 뒤에 어떤 결말이 기다리는지.

그리고 행복한 결말을 바라지 못할 경우, 내가 어떤 행동에 나설지.

그것은 『불안』이었다. 평소 절대로 남에게 보이지 않던 나 자신의 불안.

"조금, 불안해서 그래. 다시 나란 인간이 다리아와 재회하는 게."

"불안……. 조금 의외네. 카이본은 언제나 자신만만했잖아."

"그렇게 보였다면 다행이네. 실상은 이 모양이야."

"……우선은 당장 닥친 일부터 생각하자. 왕도로 들어가서, 다리아 님을 만나는 거야."

"그래. 그게 출발선이지. 일단 다리아의 협력을 얻어야 해."

류에의 소원. 『피를 보지 않고 나를 왕에게 데려가 달라』. 분명히 류에는 지금도 포기하지 않았다. 대화의 길을, 화해의 길을, 평화로운 해결을…….

나도 그렇다. 단 한마디, 사과의 말을 들을 수 있다면…… 그것으로 족하다.

류에가 적대를 바라지 않는다면 나도 폭력을 쓸 수 없다.

하지만 류에를 왕 앞으로 데리고 가려면 많은 장애물을 뛰어넘어야 한다.

그러기 위해 다리아가 필요했다. 마을이 습격받을 때, 왜 우리가 정체를 밝히지 않았는가?

그곳에서 재회했다면…… 분명히 서로에게 앙금이 남는다. 그러면 협력을 얻을 때뿐 아니라 앞으로의 관계에도 영향을 끼칠 수 있다.

그때의 내 판단은 틀리지 않았다고 확신하지만 다시 다리아와 만나려니 그건 그거대로 마음이 편치 않았다.

"전부터 궁금했는데, 카이본은 다리아 님이랑 무슨 관계야?"

"……그렇지, 이제 너와도 무관한 일이 아니니까 말해야겠군."

"응. 그곳을 습격한 것도, 지켜준 것도 다리아 님이야. 나는 일개 국민일 뿐이니까 그 사람이 사실 어떤 인물인지 몰라. 그러니까 알려줘."

『무슨 관계인가』, 『무엇이 다리아를 정의하는가』.

어디까지 말해도 될지 고민이지만, 나는 말할 수 있는 범위에서 모든 사실을 그녀에게 말하기로 마음먹었다.

마치 내 안에 있는 다리아, 히사시를 떠올리고 확인하려는 것처럼…….

"듣다 보면 의문스러운 부분도 있을 거야. 하지만…… 전부 사실이야."

그렇게 서두를 깔고 나는 게임 속 다리아뿐 아니라 현실 세계의 히사시에 관한 추억을 섞어 이야기했다.

"다리아는 어릴 적부터 함께 지낸 친구야. 같이 배우고, 놀고, 여기저기 돌아다니기도 하고, 이것저것 먹고, 싸우기도 했어. 내가 제일 힘들 때도 손을 내밀어줬어."

초등학생 때부터 알고 지냈다. 제일 자주 논 친구이기도 했다.

서로 진로를 위해 헤어졌어도 어른이 된 뒤로도 히사시는 내 친구였다.

그리고 내 마음이 꺾일 뻔했을 때 도와준 사람도—.

"카이본…… 억지로 말할 필요는 없어."

"아, 미안. 그냥 옛날 일이 떠올라서."

한번 말꼬가 트이자 숨겨 왔던 마음이, 잊으려고 했던 과거가, 이 세계에 오고 쭉 외면하던 사실이 잇달아 떠오르며 가슴을 압박했다.

……괜찮을 리가 없잖은가. 28년을 살았던 세계다. 가족도 있었다.

자주 가던 술집, 집 근처 슈퍼, 내가 만든 밥을 먹어주던 가족.

그것들이 전부, 전부 이제는 돌아오지 않는 먼 기억이다. 다리아는 내가 외면하던 기억을 강하게 자극했다. 그만큼 나와 다리아는 많은 추억을 공유했다.

그 마을에서 그 녀석이 옛날과 다를 바 없이 착해 빠진 인간이라고 알게 되어 얼마나 안심했던가. 적대하지 않아도 된다고 얼마나 기뻐했던가.

하지만…… 동시에 나에게는『카이본』으로서 양보할 수 없는 선이 있었다.

다리아의 협력을 얻고 류에의 소원을 이루었을 때, 만약 사과를 받지 못한다면?

류에를 마녀라고 멸시하고 과거의 배신 따위 알 바 아니라고 그녀를 거절한다면?

그 단계에서 나라를 수호하는 입장인 다리아와는…… 결별하게 되리라.

불안하다. 참을 수 없이 두렵다. 평소 누구에게도 보이지 않으려던『요시키』의 약한 면이 겉으로 튀어나올 것만 같았다.

지금 이곳에는 류에도 레이스도 없다. 잘 보여야 할 사람이 없다.

그렇다면…… 지금 이 순간만큼은…….

하, 내가 뭐라는 건지, 참.

"뭐, 아무튼 내 오랜 친구라는 소리야. 살짝 본의 아니게 헤어지고, 그래서 험악한 관계가 되지 않을까 불안할 뿐이지."

순간적으로 이유를 지어냈다. 정신 똑바로 차려라, 나. 더 뱉어내지 마.

어기서 꺾여서 어쩌자고? 여기서 우는소리 해서 어쩌자고? 지금은 버텨야 할 때 아니냐고.

"……응, 됐어. 전부는 힘들겠지. 토하는 것도, 쉽지 않지……."

아마미는 나의 변명과 타협을 꿰뚫어 봤다.

내가 만나는 여성들은 왜 이렇게 강하고 착하고, 멋진 사람뿐일까.

미안하다, 아마미. 아직 나는『카이본』이어야 해.

이 세계에서 강한 나로 계속 있기 위해서는 그래야만 하니까.

"미안, 그래도 한결 편해졌어. 애매하게 끊어서 미안하지만, 다음은 네 차례라고 봐도 될까?"

"약속은 지켜야지. 나는 사실 내 태생이 궁금해."

이야기를 하다가 멈춘 나에게 불평하지도 않고 아마미는

이야기를 받았다.

그것은 그녀의 스테이터스에서 엿본 미들 네임에 관련된 이야기일까?

망설이듯 한순간 고개를 숙인 아마미가 곧 여느 때와 같은 표정으로 얼굴을 들었다.

"나는 철들기 전에 촌장님이 주운 애라고 들었어. 그래도…… 어디서 주웠는지, 촌장님은 절대로 알려주지 않았어. 그 일과 내 외모는 무관하지 않을 거야."

그러면서 아마미는 앞머리를 쓸어 올려 가르마의 방향을 바꿨다.

그 순간, 전에 레이스가 아마미를 보고 했던 말이 떠올랐다.

『왠지 조금 그립네요. 이크스와 스펠을 닮아서.』

하지만 아니었다. 그게 아니었다.

이크스 씨가 만약 표정이 다양했다면. 스펠 양이 만약 더 어른스러웠다면…….

그 두 사람을 더해서 반으로 나눈 인물을 나는 안다.

앞머리 모양만 살짝 바꾼 아마미는 내가 아는 그 인물과 아주 닮았다.

화장 여부, 당찬 표정 때문에 다소 차이는 있지만—.

"내 머리와 눈동자 색은 왕족과 똑같아. 그래도 대역으로 뽑힌 이유는 그게 다가 아니야."

"……얼굴이 판박이라서…… 맞지?"

『레일라 럭스벨 브라이트』. 머리색을 바꾸고 사는 왕족의 일원.

요리를 잘하고 일편단심에 조금 세상 물정에 어두운…… 내가 심하게 대했던 사람.

이번에 아마미가 분장할 대상인 그녀와 쏙 빼닮았다.

"왜 이런 모습으로 태어난 내가 이렇게 살까? 어쩌면 입장이 반대는 아니었을까? 그런 생각을…… 하던 때도 있었어."

갈등. 갈망. 질투. 이 의뢰를 받을 때 그런 감정이 있었을지도 모른다. 자신의 처지와 레일라의 처지를 비교했을지도 모른다.

"아마미, 이야기해줘서 고마워. 그리고 이 의뢰를 받아줘서……."

"원래 출국, 입국이 세트인 의뢰니까 받아야 했어. 그런데 이번 사건이 터진 거야. 그리고 지금 카이본에게 은혜를 입히면…… 촌장님에게도 득이 될지 모르잖아?"

그녀는 짐짓 교활한 척 웃었다.

그래도 곧 그 표정을 지우고 똑바로 내 눈동자를, 그 속까지 들여다보려는 것처럼 얼굴을 가까이 가져왔다. 심녹색 눈동자에 내 얼굴이 비쳤다.

……한심하다. 내가 이런 표정을 하고 있었나?

"게다가 누가 같이 있어 줘야 할 거 같았어. 카이본을 위해서 움직이려고 한 것도 사실이야. 마을 밖에서 처음 사귄 친구니까…….”

“……고마워, 아마미. 너랑 만나서 다행이야.”

“안 돼. 그 말은 내가 하게 해줘. 전부 무사히 해결되면, 그때.”

§ § §

그로부터 두 시간 정도가 지났다.

이번에는 정말로 등과 허리를 마사지하던 그때 방으로 노크 소리가 들렸다.

아마미의 고용주, 레일라의 아버지가 만날 준비를 마쳤다는 소식이었다.

“지금부터 만나러 갈 건데…… 카이본은 방 밖에서 잠시 대기해 줄래?”

“알았어. 혹시 몰라서 묻겠는데, 지금 만나려는 사람이 레일라 양 아버지지?”

“맞아. 이번 일로 나는 이제 자유 기사로 못 돌아가니까 앞으로는 의뢰를 다른 방식으로 받을 수 있게 교섭할 거야. 그러는 김에 네 일도 부탁하고.”

자신만만하게 말하는 아마미를 따라 지정된 방으로 갔다.

아마미가 노크하고 방으로 들어갔고 나는 문 앞에서 가만히 생각에 빠졌다.

교섭…… 피도 폭력도 없이 평화롭게 최고의 결과를 끌어낼 방법이라…….

있기는 하다. 『그때』 레일라와 그녀의 아버지도 그 도시에 있었으니까.

"……아무리 그래도 마왕 룩은 안 되겠지. 하지만—."

나는 레일라의 아버지와 아마 적어도 한 번 만났을 것이다. 바로 그 미인 대회 심사에서.

그렇다면 그때 입었던 집사복으로 갈아입고 면회에 대비하자.

등 뒤로 아마미의 목소리에 귀를 기울이자 실내에는 아마미와 고용주 남성밖에 없는지 다른 인기척이 없었다. 아마 레일라도 다른 곳에 있는 것 같았다.

『……그렇군. 잘 알았다. 그 사람은 지금 여기 와 있나?』

『네. 허락해주신다면 바로 불러오겠습니다.』

『딸의 사정을 아는 사람을 늘리고 싶지 않지만, 계속 의뢰를 받는 조건이 그러하다면…… 달리 방법이 없군. 불러오게나, 아마미.』

이야기가 정리됐는지 문손잡이가 돌아갔다.

열린 문 틈새로 표정이 딱딱한 아마미가 얼굴을 내보이고 한순간 놀라는 표정을 보였다.

하지만 그것도 방 안쪽에 있는 사람의 표정과 비교하면 사소한 변화에 불과했다.

경악. 전에 봤을 때보다 훨씬 고급스러운 옷을 차려입은 중년의 엘프 남성이 자기 입장을 잊은 것처럼 얼굴을 일그러뜨리고 한 발 뒷걸음쳤다.

"아니, 어떻게……."

"왜 그러시죠, 『아크라이트 경』?"

"이름은 처음 듣는군요. 그럼…… 오랜만에 뵙습니다, 아크라이트 경."

단안경 너머로 본 그의 표정은 아직 당혹감에서 벗어나지 못했다. 대신 물러났던 발을 앞으로 되돌리고 떨리는 어깨를 참으며 어떻게든 체면을 유지하려는 것처럼 보였다.

"오랜만……? 카이본, 아크라이트 경과 면식이 있어?"

"그냥 우연히. 아크라이트 경도 절 기억해 주시나 보군요."

"……그래. 아마미, 자네는…… 그 남자의 동료인가?"

"동료, 보다는 친구입니다. 그래서…… 방금 전 일 말입니다만."

나와 동행하고 싶다는 교섭은 무사히 성공했다. 나를 봤으니까 약속을 깰 생각은 꿈에도 하지 않겠지.

하지만 그 대가로 경계심을 사고 말았다.

누가 뭐래도 한 대륙을 뒤집어 놓은 『마왕』으로 인식하고 있을 테니까.

"저를 새로운 사용인으로 고용해 왕도로 가주십시오. 그것만으로 충분합니다. 저는 그 나라에 있는 친구를 만나기 위해서 온 겁니다."

"친구……? 귀공 같은 존재가 이 나라에도 있다는 말인가?"

"부정은 안 하겠습니다."

내 말을 들은 그는 천장을 올려다보고 머리가 지끈거리는 것처럼 이마를 눌렀다.

그는 조국에 나 같은 괴물이 이미 둥지를 트고 있다고 생각하겠지.

그 사람이 성녀님이고 이 나라의 검사인지도 모르고.

거짓말은 하지 않았다. 하지만 그는 더 깊은 생각의 늪으로 빠져들 것이다.

『그런 괴물이 나라에 있다면 나도 대등한 인물과 인맥을 쌓아야 하지 않을까』라고…….

뭐, 이 사람이 자기 힘보다 나라를 생각하는 애국심 넘치는 인물이라면 역효과일지도 모르지만— 적어도 아마미를 고용할 만큼 구린내 나는 일에도 정통한 사람일 것이다.

"저는 일을 가장 평화롭게 해결할 방안을 찾아서 이곳에 왔습니다."

"……! 좋네, 동행을 허가하지."

그 말이 아마 결정타였다.

말 그대로의 의미밖에 없던 내 발언이 그에게는 분명히 이렇게 들렸을 것이다.

『지금이라면 평화롭게 끝내주겠다』.

폭력, 압도적인 힘은 사람의 마음에 뿌리를 남긴다. 내가 했지만 더러운 방식이다.

그래도…… 본의는 아니었다. 그러니까 하다못해 이 말을 해 두겠다.

"게다가 당신은 친구의 아버지니까요. 저도 모르게 무리한 부탁을 드렸군요."

친구의 가족에게 해를 끼칠 생각은 처음부터 없다.

"……그런가."

아마미를 고용한다. 내 제안을 받아들인다.

그것은 애국심 넘치는 인간이 고를 길은 아니었다.

하지만 귀족이기 이전에, 나라의 신민이기 이전에, 그는 아버지였다.

그러니까 이런 정체 모를 힘을 가진 나를 받아들였겠지.

"그럼 저는 출발 준비가 끝날 때까지 방에서 쉬겠습니다."

"아니, 기다리게. ……아마미, 이 사람과 함께 딸에게 다녀오게. 얼굴을 보여주고 와. 그리고 다른 준비도 해야 하잖나."

"네. 알겠습니다."

같은 층에 있는 레일라의 방으로 가는 길이었다.

묻고 싶은 말이 많을 테니까 질문공세를 퍼부을 거라고 각오하고 있었다.

그렇지만 앞을 걷는 아마미는 목적지를 향해 묵묵히 걸어

갈 뿐이었다.

이 어색한 분위기에서 뭐라고 말을 걸어야 할지 모르겠다.

지금 아마미에게 일어난 일을 간결하게 정리하면 이렇다. 자기에게 구린 일을 맡기는 고용주와 우연히 친구가 된 사람이 서로 아는 사이였다.

그녀에게 이상한 의심이 싹터도 이상하지 않을 상황이었다.

……싫다. 절대로 그런 오해를 사고 싶지는 않다.

"아마미. 잠깐만."

"……왜?"

돌아본 그녀의 눈동자가 조금 탁하게 보이는 것은 내 마음에 켕기는 것이 있기 때문일까? 나는 두 걸음 거리를 큰 걸음 한 번으로 좁혔다.

"……그냥 우연이야."

"……뭐가?"

"이름도 오늘 처음 들었어."

"……그래?"

왜 그렇게 슬픈 목소리를 내는 거야.

"나, 세미피나르 대륙에서 왔어. 거기서 저 사람들이랑 얘기할 기회가 있었어."

"……우연이지? 그럼 레일라 님과 친구란 것도 우연이야……?"

"그…… 친구라는 것도 사실 말이 좋아 친구지……."

뭐라고 해야 하지? 그 남에게 말하기 민망한 지인을…….

설명보다 실제로 보여주는 편이 빠르겠다고 생각해서 옆에 있는 방문을 벌컥 열었다.

큰 소리를 내며 열린 문 너머로 보인 것은—.

"……체형까지 닮았어. 옷 입었을 땐 티가 안 났는데."

"앗?! 카이본 님?! 어, 저기 이게 무슨……."

음. 역시 이 인간에게는 눈곱만큼도 반응하지 않는다. 뭔지는 말하지 않겠지만.

옷을 갈아입는 중이던 그녀를 분석하는데 갑자기 내 시야가 가로막혔다.

"아가씨, 바로 옷을 입어주세요. 제가 이 남자를 붙잡아 두는 사이에 얼른."

"아, 알았어요."

"아니, 내가 무슨 짓 한대? 그리고 봐도 아무 느낌도 안 들어."

"안 돼. 입 다물고 있어."

내 변론은 묵살되고 나는 그대로 방밖으로 쫓겨나고 말았다.

옷을 다 갈아입었다고 해서 들어가자 웬일로 드레스가 아닌 평상복을 입은 레일라가 의자에 앉아 폼을 잡고 있었다.

폼을 잡는다기보다 아름답게 보인다고 표현하는 게 맞을까?

인정하고 싶지 않지만 역시 뭘 해도 잘 어울렸다. 그리고 그 옆에는 아마미가 불쾌한 표정으로 나를 노려보는데……
역시나 닮았다. 왜 지금까지 눈치채지 못했을까?

“오랜만……이라고 할 정도는 아니죠? 잘 지내셨나요, 카이본 님?”

“그래. 대충 한 달 만인가?”

“왜 아마미 씨랑 함께 계신지 물어도 될까요?”

“말하자면 길어. 요점만 말하면 아마미는 내 친구고, 내가 브라이트니스아치에 들어갈 수 있게 도와주고 있어.”

“……그렇다면 지금 수도가 경계 태세에 들어갔다는 말인가요?”

그렇다고 답했다.

내 한마디로 현재 상황을 추론할 정도로 그녀도 총명하지만 조금 분했다.

물론 자세한 내막이나 우리의 사정을 이야기할 생각은 없었다.

나도 레일라에게 더 잘해줘야 할까?

아니, 하지만 지금 잘해주면……『목 졸라줘요』 같은 소리 안 할까……?

“그래서…… 그쪽 사정은 대강 이해했는데, 돌아오는 게 늦었군.”

“원래 수확제 뒤 회의가 끝날 때까지 머무를 예정이었으니까요. 예정 자체는 문제가 없었어요. 다만 무슨 문제가 생겼다면 카이본 님의 영향이겠죠?"

순간 이 얼빠진 아가씨의 표정에서 날카로운 분위기를 느꼈다.

왕족은 왕족인가. 자질은 충분히 갖추고 있나 보군.

약간 도발적으로 비치는 그 눈빛을 정면으로 받아쳤다.

그 방법에는 안 넘어간다. 나를 자유롭게 움직일 수 있는 건, 움직여도 되는 건 오잉크뿐이다.

"도발해도 안 조를 거야. 모처럼 사귄 친구한테 이상한 사람으로 찍히기 싫어."

"무슨 이야기인지 모르겠지만…… 카이본은 이미 이상한 사람으로 찍혔어."

"그렇다는데요? 자, 조금이면 돼요. 재회한 기념으로 꽉……."

미치겠네, 울고 싶다.

레일라가 위로하는 척하며 내 손을 잡았다. 야, 그걸 목으로 가져가려고 하지 마.

"할 얘기는 많지만, 아마미 씨, 바로 분장해 주세요."

"앗, 알겠습니다. 잘 부탁드릴게요."

"후후, 평소에도 화장을 하시면 어떤가요? 이렇게 예쁜데."

"으으…… 네."

흠. 나는 일단 밖으로 나가야 하나?

그녀들에게 눈빛으로 묻자 두 사람이 동시에 고개를 끄덕였다.

화장하는 여성을 구경하지 마라. 레이스가 그렇게 말했었지.

과연 어떻게 변신할까. 나는 몰래 기대감을 품으며 퇴실했다.

그나저나…… 정말로 너무 닮았어. 어떻게 체형까지 닮을 수 있지?

"……가능성이 있다면, 쌍둥이인가?"

한번 확인해 봐야겠다.

다시 레일라의 아버지, 아크라이트 경에게 가면서 지금까지 얻은 정보를 정리해 어떻게 말문을 틀지 머리를 굴렸다.

아마미를 고용하고 레일라의 머리에 관한 비밀을 가진 사람.

그는 아마도 이 나라의 어두운 일면을 알고 있고, 어쩌면 스스로 거기에 발을 담그고 있을 가능성이 있었다.

그리고 아마미가 고아라는 사실과 다리아라는 미들 네임을 가진 점으로 보아 그녀가 귀족 태생이며 어떤 사정이 있어서 버려졌다는 것은 확정된 사실이었다.

그리고 하나 더. 류에는 아마미의 마력 흐름이 정상적이지 않다고 말했다.

본인도 『마력을 자신에게 사용할 수 없다』라고 했지.

다시 말해 선천성 장애가 있다…… 그것은 어떻게 보면 레일라의 머리와 같았다.

우연의 일치일까? 같은 외모를 가진 인간이 각자 다른 장애를 가진 이 상황이. 나는 도저히 그렇게 생각할 수 없었다.

"……떠볼까. 다행히 상대는 나를 특별한 존재로 생각해……."

내 원래 목적과는 관계없는 일이지만…… 아무래도 신경 쓰였다.

이 일들이 어디선가 연관되어 있을 듯한, 찜찜한 예감이 들었다.

문 앞에 도착한 나는 일단 생각을 중단하고 노크했다.

"카이본입니다. 잠시 이야기를 나누고 싶어서 왔습니다."

"……들어오게."

의외로 쉽게 들어온 방에서는 아크라이트 경이 홀로 창가에 서서 어느샌가 기울어 버린 햇빛을 쐬고 있었다.

사색에 빠져 있던 것일까?

그는 나를 힐끗 돌아보며 조용히 말했다.

"……그래서 무슨 이야기인가, 마족의 왕."

"역시 저를 아시는군요."

"……딸에게 들었네. 설마 귀공 같은 자가 사람들 속에 숨어 있었다니."

"의외로 세계 곳곳에 숨어들어 있는지도 모르죠."

잠깐 뜸을 들이고 그에게 솔직하게 물었다.

"……직설적으로 묻겠습니다. 아마미와 레일라는 쌍둥이죠?"

"……우연히 닮았을 뿐이야."

"키부터 체격까지 거의 똑같습니다. 아마미가 군살이 좀 더 적지만요."

"그 둘의 몸을 봤다는 말이냐!"

"불가항력이었습니다. 저는 친구들에게 이상한 감정을 품지는 않습니다. 하지만…… 말할 생각이 없으시다면 지금부터 조금 듣기 거북한 이야기를 하게 될지도 모르겠네요."

몸에 관해 언급한 순간 그가 격분한 얼굴로 나를 돌아봤다.

하지만 내 말에 분노를 터뜨릴 타이밍을 잃었는지 다시 입을 다물었다.

그럼 답을 맞혀 볼까? 내 구멍투성이 추리가 어디까지 정답에 다가갔는지.

가슴속 건드려서는 안 될 부분에 이 비수가 얼마나 가까이 박히는지.

"어떤 귀족 집안에 쌍둥이를 임신한 여성이 있었습니다. 출산일 때문에 그 쌍둥이에게는 『축복』이 있을 예정이었고, 임신한 여성은 나라의 의료 기관이나 연구 기관에 맡겨졌습니다."

내 상상력은 얼마나 현실에 다가갈 수 있을까?

손에 넣은 정보를 끼워 맞춰 얼마나 진실에 다가갈 수 있을까?

"성녀가 깨어나는 시기에 태어난 아이들에게는 축복으로 『다리아』라는 이름과 영재 교육의 기회가 주어진다죠? 아마 마술적 재능을 타고나니까 그 부분을 중점적으로 키우겠죠."

이크스 씨가 과거에 그랬던 것처럼…….

레이스의 말에 따르면 그녀는 어릴 때부터 특출한 마술 지식을 가졌었다.

“하지만 아시다시피 이 나라에는 무슨 연유에선지 백발 엘프를 박해하는 인습이 있습니다. 태어난 아이 한 명은 왕족에 어울리는 금발과 축복받은 이름을 받았죠. 하지만 다른 한 명은 너무 백발에 가까운 머리라 이름을 받지 못하고—.”

“닥쳐라! 그런 당치도 않은 이야기, 듣고 싶지도 않다!”

“그러시겠죠. 저도 머리색으로 사람을 차별한다는 건 당치도 않다고 생각합니다. 당신이 딸 얘기로 언성을 높이는 것처럼— 저도 류에가 멸시받으면 화가 나서 미치겠거든요.”

그도 미인 대회 심사 당시 류에가 받은 시선과 감정을 기억하는 눈치였다. 그는 분노를 삼키고 얌전히 내 말에 귀를 기울였다.

여기까지는 아마 크게 틀리지 않았을 것이다. 제법 그럴싸한 추리가 아니었을까.

하지만 문제는 여기서부터다. 여기서부터는 순전히 나의 망상이다.

“하지만 불행히도 큰 장애를 가진 쪽은 금발 아이였습니다. 선천적으로 마력을 다루는 능력에 문제가 있어 마술 교육을 받을 수도 없는, 덜떨어진 아이.”

목적을 위해서지만 굳이 이런 소리까지 해야 하는지 나 자신에게 묻는다.

본심은 아니었다. 어디까지나 감정을 부추기는 수단. 그렇다고 이런 말까지 입에 담아야 했을까.

"그래서 생각한 겁니다. 그렇다면 평범한 아이로 키우려면, 어느 문제가 숨기기 수월한가. 어쩔 도리가 없는 마력 이상보다 머리색이 그나마 속이기 편하지—."

"닥쳐라! 그만 됐다! 그딴 헛소리는 더 듣기 싫다!"

그 순간, 그는 언성을 높이며 덤벼들다시피 바싹 다가왔다.

증오도 분노도 아닌, 눈물지은 얼굴로…….

그것은 마치 더는 자신을 책망하지 말라고 용서를 비는 것 같았다.

그리고 그 반응이 곧 답이었다.

"……아마미를, 나라에 맡기셨군요?"

"……그래. 일상생활조차 만족스럽게 보내지 못할 만큼 마력 흐름에 이상이 있는 아기를…… 우리는 키울 엄두가 나지 않아서…… 치료를 바라며 국가 기관에 맡겼어."

"그런데 왜 고아가 된 거죠?"

"거의 30년 전…… 국가 시설에서 큰 사고가 있었네. 그때 다리아의 이름을 가진 아이 몇 명이 목숨을 잃었다고 했어. 내 딸도 거기에 말려들었다고만 생각했네……."

"30년…… 약간 오차는 있지만…… 시기는 얼추 들어맞나?"

레이스가 이크스 씨와 만난 것도 대충 그쯤이었을 것이다.

그 사건으로 다리아의 이름을 가진 아이와 관계자가 도망쳤다……?

"……내가 그 아이와 재회한 건 어느 만찬회였네. 입장상 나도 적이 많아서 노골적으로 내 환심을 사려는 젊은 아가씨에게 사교계의 무서움을 알려주려고—."

"……자기 딸의 미인계에 걸렸어요? 그건 좀……."

"아, 아닐세! 그때는 몰랐어! 아, 아니지. 애초에 나는 그런 수단을 좋아하지 않아서 어른으로서 젊은 처자에게 따끔하게 잔소리를 하려고……."

변명하면 더 추해집니다. 그야 뭐 아마미 정도의 미인이 밀어붙이면, 그리고 내가 홀몸이었다면 저라도 기쁘게 따라갔겠죠.

어색한 얼굴로 아크라이트 경은 뒷이야기를 이어나갔다.

"방에서 그 애가 머리를 푼 순간, 나는…… 문자 그대로 가슴에 칼이 꽂힌 기분이었어."

"암살을 목적으로 접근했을지도 모르니까 정말로 그렇게 됐을지도 모르죠."

"아니라고는 못 하겠군. 당시 그 아이는 나라에 침투한 공화국 측 인간에게 붙어 있었지."

그래도 그는 그녀의 모습을 본 순간 확신했다고 한다. 틀림없이 내 딸이라고.

하지만 입장상 문제도 있고 하여 이제 와서 아버지를 자처할 수는 없었다. 그저 어떻게 해서든 자기 곁에 두려고 레일라의 대역으로 일을 맡겼다.

겁도 없이 적대 세력 인간을 곁에 두려고 했군.

"처음 레일라와 만나게 했을 때는 굉장히 놀라더군. 나는 그 순간을 평생 잊지 못할 거야. 자매가 모인 순간이었네……. 마냥 좋은 형태는 아니지만, 그래도 서로 성장한 모습으로……."

"그 마음은 알 거 같군요."

"……의외군. 귀공에게도 딸이 있나?"

"비슷한 사람이라면 있습니다."

류에와 레이스가 만나서 서로 손을 잡았을 때 깊이 감동했다.

분명히 그도 그와 비슷한 감정이었으리라.

그렇다면…… 다시 놓치고 싶지 않은 것도 부모의 마음이겠지.

"……아마미의 현재 상황은 들었나요?"

"자유 기사로 활동할 수 없게 됐다고 하더군."

"아마미에게는 지켜야 할 게 있습니다. 하지만 그걸 지키다가 궁지에 몰렸죠."

"……그 애에게 비밀이 있다는 건 알고 있었네. 귀공은 그 비밀을 아나?"

자세하게는 알려줄 수 없었다. 그래도 그녀가 고비를 겪고 있고 지금 그녀를 지켜주는 이가 없다는 사실만을 전했다.

만약 부모로서 애정이 있다면. 만약 귀족으로서 힘이 있다면…….

이기적일지 모르지만 이 사람에게 의지하는 것도 하나의 수단이라고 생각했다.

"……귀공이 뭘 하려는지는 묻지 않겠네. 하지만 그 아이를 지키라고 말한다면 얼마든지 그 말에 따르겠네. 하지만…… 약속하게. 이 나라에 재앙을 가져오지는 않겠다고. 귀공은…… 귀공은 극약이야."

힘겹게 꺼낸 마지막 말에 나도 동감을 표했다.

그렇다. 나는 환부 주위의 세포까지도, 혹은 환자까지도 파괴한다.

잘못 사용하면 치사성 독이 되고 적절하게 조절하면 극적인 효과를 발휘하는 약이 된다.

그리고 세미피나르 대륙에는 그런 나를 가장 잘 다루는 인물, 오잉크가 있었다. 하지만 지금 이 대륙에 있는 사람은…….

"저는…… 나라가 멸망하기를 바라는 게 아닙니다. 다만, 어쩌면 아주 조금, 이 나라의 방식에 분개할지도 모를 뿐이죠."

"……그럴 테지. 확실히…… 조금 이상할지도 몰라……."

문득 이상하게 생각했다. 그는 브라이트 혈통이며 내게 증오의 대상이었다.

그 만찬회가 있던 밤, 류에를 고용하고 싶다고 크롬웰 씨에게 제안하던 일도 잊지 않았다. 감정이 있는 사람인데도 왠지 악의가 치밀어 오르지 않았다. ……아, 그렇군.

"지금이라면 알겠습니다. 당신이 왜 류에를 레일라 곁에 두려고 했는지……."

귀족이기 전에 한 사람의 아버지이기를 선택했다. 그렇기 때문이겠지.

"……그걸 들었나. 어차피 나는 그거밖에 안 되는 인간이야."

대등하게 비밀을 공유할 수 있는, 친구가 될 수 있는 인물을 딸 곁에 두고 싶었겠지.

다른 사람도 아닌, 백발이면서 당당하고 강하게 살아가는 류에를…….

그 이후로 그는 더 입을 열지 않았다.

그저 우수에 젖은 표정으로 창밖을 바라보며 간간이 뭔가 떠올린 것처럼 오른손을 문질렀다.

한때 놓쳐 버린 무언가의 감촉을 떠올리는 것처럼…….

슬슬 분장도 끝났겠거니 하고 다시 레일라의 방으로 갔다.

노크하자 돌아온 것은 짠 것처럼 겹친 「들어오세요」라는 말이었다.

안에서 기다릴 재미있는 광경을 기대하며 문에 손을 댔다.

문을 연 순간 부드러운 꽃향기가 코로 스며들었다. 화장품과 향수 향일까? 이곳이 여성의 방이라는 사실을 상기시켰다.

상대가 상대인지라 솔직히 긴장은 안 되지만 여기에 아마미가 있다면 이야기가 달라진다.

그리고 문이 완전히 열리자 그곳에는—.

"……여자의 변신은 무죄라지만, 이 정도야?"

덤덤한 표정으로 의자에 앉아 있는 레일라와 뒤에서 그녀 어깨에 손을 얹고 미소 짓는 레일라. 그곳에는 두 명의 레일라가 있었다.

의자에 앉은 레일라는 덤덤한 표정을 유지하기 힘든지 우물쭈물하고 반대로 서 있는 레일라는 그녀를 흐뭇하게 바라봤다.

하지만…… 그래, 그렇게 된 거군.

"둘 다 연기파야. 서 있는 쪽이 아마미고 앉아 있는 게 레일라지?"

"아니?! 어떻게 아셨어요?!"

"말씀드렸잖아요, 아가씨. 카이본은 이상한 부분만 눈치가 빨라서 들킬 거라고."

내 말을 듣자마자 두 사람의 표정이 서로 바뀌었다. 미소 짓던 레일라의 표정이 떨떠름하게, 앉아 있던 레일라가 반대로 얼빠진 소리를 내며 일어났다.

어찌 모를 수 있는가. 두 사람 모두 나와 함께한 시간이 제법 되는데.

"화장으로 알아보기 힘들지만, 아마미가 약간 눈매가 날카롭고 전체적으로 샤프한 인상이야. 레일라는 순수하게 운동 부족. 팔이랑 목이 약간 두꺼워."

"……카이본, 여성한테 그런 말 하면 안 돼."

"우으…… 이것도 몸매 관리를 한 건데……."

말은 그렇게 했지만 정말 닮았다. 같은 옷, 같은 머리 모양, 비슷한 화장을 하면 어지간히 친한 사람이 아닌 한 속을 수밖에 없겠다.

원래 목소리가 닮은 두 사람이었다. 말투를 흉내 내면 굳이 확인할 필요도 없이 이 둘이 쌍둥이라고 누구나 확신할 것이다.

"이제 제가 시녀로 변장하면 완벽하겠네요."

"그럼 나도 집사로 동반하지."

"카이본, 해가 지물기 전에 출발할 테니까 준비해 둬."

수도 브라이트니스아치. 그곳에서 과연 무엇이 나를 기다릴까…….

§ § §

숙소 밖 하늘은 안타깝게도 흐렸다. 지금 상황 때문인지 괜히 오늘 여정이 불길하게, 말 그대로 암운이 낀 것처럼 불안하게 생각될 정도였다.

숙소 뒤편에 있는 마차 정류장에는 이미 아크라이트 경의 것으로 보이는 근사한 마차가 마물과 연결되어 당장에라도 출발할 수 있게 대기해 있었다.

"저 마물은…… 처음 보는군."

마차에 연결된 마물은 언뜻 보면 푸른빛이 감도는 백마 같았다.

하지만 결정적인 차이점은 신체 일부에 비늘이 덮였고 발에 물갈퀴가 있는 점이었다.

조금 탁한 붉은 눈을 가진 그 마물이 마치 평가하는 것처럼 나를 바라봤다.

얼씨구? 왜? 뭐? 싸우자고?

"저건 켈피. 강을 거슬러 오를 수 있는 고등 마물이야."

"오, 그거 대단한데. 그런데 어차피 이 객차로는 어렵지 않아?"

"그렇지. 이건 땅을 달리는 것만 고려해서 만들어졌으니까. 그래도 일부 자유 기사는 강을 건너려고 전용 객차를 준비하기도 해."

그렇군. 넓은 강이 흐르는 땅에서는 이런 마물이 활약할 곳이 많은가?

만약 이 대륙을 여행한다면 수륙 양용 마차를 구해야 할지도 모르겠다.

마차로 다가간 아마미가 노크하자 안쪽에서 두 명의 대답이 돌아왔다.

문이 열리고 시녀로 변장한 레일라와 복잡한 표정을 지은 아크라이트 경이 보였다.

레일라는 색이 옅은 본래 머리를 드러내 놓고 웃고 있었다.

아버지는 그 모습을 보고 심경이 복잡할 것이다. 심지어…… 이곳에는 자신이 버린 또 다른 딸도 있었다.

수도를 나올 때, 그는 쭉 이렇게 입밖으로 꺼내지 못할 죄책감을 끌어안고 있었을까.

"늦어서 죄송합니다."

"아니, 상관없어. 카이본도 객차에 타게."

"괜찮습니까? 저라면 마부석에서 경계를 서도 됩니다만."

"아니네. 할 이야기도 있지 않은가."

레일라에 대한 배려일까? 그 말을 받아들여 나도 객차에 올랐다. 잠시 후 마부가 합류하고, 마차는 저녁놀 비치는 가도로 출발했다.

이제는 이대로 길을 따라 달리며 수도를 덮는 결계 내부로 들어가면 끝이다.

듣기로는 때때로 불시 검문이 있다고 했다.

그래서 그럴 걱정이 적은 시간을 노려 출발한 것인데…….

귀족인 그의 마차까지 검문 대상이라는 점에 약간 의문이 들었다.

"왕족이라도 말단일 뿐이니까. 게다가 원래 공화국 측과는 지금도 물밑에서 첩보전을 펼치고 있지. 국외에서 돌아온 나를 경계하는 건 당연해."

"……나라의 대표로 이웃 대륙에 다녀온 사람을 그런 식으로 대접하나요?"

"복잡해, 이 대륙도."

이 대륙의 특수성은 엘프의 나라에 국한된 문제만은 아니다…… 그런 뜻인가?

그렇다면 비오의 출신지인 공화국은 과연 어떤 곳일까…….

"카이본은 정말로 이 대륙…… 정확히는 왕가가 싫은가 봐?"

"자기 고향을 이렇게 생각하는 것도 기분 나쁘겠지. 미안해."

"……그래도 그 마음도 살짝 알 것 같아. 좀 이상하긴 하니까……."

머리색. 태생. 정체 모를 괴물. 대륙을 덮는 결계. 냉전 상태에 가까운 두 나라.

따지면 끝이 없었다.

아마미의 말을 듣고 아크라이트 경도 무슨 생각을 하는지 표정이 어두워졌다.

다리아, 너는 나와 손을 잡을 수 있지 않을까?

너도 이런 방식을 바란 건 아니지?

왜 너와 슌은 계속 이 나라에 있는 거야?

왜 이런 역겨운 폐단을 가진 나라를 계속 편드는 거야?

그것도 내가 알아가야 할 것 중 하나겠지—.

§ § §

해가 저물고 별빛마저 구름에 가려졌다. 당장 쏟아질 것 같은 비를 간신히 참는 듯한 먹구름 아래에서 마차는 순조롭게 도로를 달렸다.

기후 때문에 후텁지근한 공기가 피부에 들러붙지만, 마차의 속도 덕분에 창으로 공기가 순환되어 불쾌감을 덜어줬다.

간신히 견딜 만한 악조건 속에서 마차는 계속 달렸지만, 이때 마부석 쪽창이 열리더니 어떤 보고가 들어왔다.

"아크라이트 님. 가도 경비대입니다. 선두에는…… 제2 왕녀 전하도 계십니다."

"……하필이면 시리스 전하가 납시다니……. 아마미, 괜찮은가?"

"네. 저는 괜찮아요. 하지만 레일라 아가씨는……."

그것은 잊을 수 없는 여자의 이름.

『두고 보자 이 자식아 리스트』 가장 위에 장식된 이름이었다.

음?『태어난 걸 후회하게 해주마 리스트』였던가?

"시리스…… 들어본 이름이군요. 제2 왕녀라면 현재 국왕의 차녀인가요?"

"응. 성격이 괴팍해서 자유 기사와도 자주 충돌하는 인물이야. 그리고 무예에 능하기로도 유명해. 아마 이 나라에서 슌 님과 다리아 님을 빼면 가장 강한 사람일 거야."

참고로 잘 때는 아주 소녀 같은 분홍색 프릴 잠옷을 입으십니다.

아무튼 그 여자가 여기로 오고 있다는 말이지…….

아무래도 수도에 도착하기 전에 한바탕 파란이 휘몰아칠 예감이다.

"……그 성격과 실력 덕분에 왕녀인데도 불구하고 가도 경비대 대장으로 임명받았지. ……레일라, 기회를 보고 반대쪽 문으로 도망—."

들키면 무슨 꼴을 당할지 알 수 없었다. 어떻게 해서든 딸을 도망치게 하려는 아크라이트 경이 말을 꺼낸 그때, 그것을 가로막듯 날카로운 목소리가 객차로 날아들었다.

"거기 마차, 멈춰라."

밖에서 들린 정지 명령에 마차는 어쩔 수 없이 속도를 늦췄다.

자신에게 복종하는 것이 당연하다는 듯 고압적인 목소리는 틀림없이 그 여자의 것이었다.

비오와 말다툼하고 감히 내 옆에서 오잉크를 모욕한 인간.

브라이트 일족이라는 사실은 알았지만 설마 왕족, 국왕의 딸일 줄은 몰랐다.

"아버지, 저는 괜찮아요. 무슨 일이 있어도 아마미 씨를 자기 딸이라고, 그리고 저는 변덕으로 주운 시녀라고 생각하세요."

……상황을 복잡하게 만들 생각은 없었다. 그렇게 피해갈 방법만 있다면.

설사 마찰을 빚어도 피해가 내게만 온다면…… 허용 범위이다.

이건 절대로 속죄가 아니다. 인정하기 싫어도 네가 나 이외의 사람에게 놀림받는 꼴을 보고 참을 수 없을 뿐. 그러니까 착각하지 마.

아마미에게 잘 보이고 싶다는 허영심도 있을 수 있지만…….

"제가 응대하겠습니다. 잠시 기다려주십시오."

제지하는 목소리가 들리기도 전에 문을 열고 긴장한 것처럼 보이기 싫어 마차에서 훌쩍 뛰어내렸다. 고개를 들자 흰 동물에 올라탄 기사 아홉 명이 보였다.

그리고 선두에 있는 자는 역시나 그때와 같은, 짙은 금발과 푸른 눈을 가진 엘프 여성이었다.

외모는 레일라나 아마미와 닮았지만 기가 세고 사람을 내려다보듯 거만한 표정이 결정적으로 내 친구들과 달랐다.

"이게 누구십니까? 경비하느라 수고가 많으십니다, 기사 여러분."

"집사인가? 이건 아크라이트 경의 마차일 텐데 왜 휴먼이 타고 있지?"

"얼마 전에 세미피나르 대륙에서 아크라이트 님께 거두어진 몸입니다. 지금 아크라이트 님은 오랜 여행으로 지쳐 아가씨와 함께 쉬고 계십니다만……."

"상관없어. 안을 검사해야겠어."

역시 말려도 소용없나.

마물에서 내린 시리스가 내게는 눈길도 주지 않고 객차로 가려고 했다.

하지만 다시 한 번 그녀를 멈추고자 앞길을 막아섰다.

이번에는 눈앞이다. 네 앞에 있는 내 얼굴을 자세히 들여다봐라, 이 변태야.

"너그럽게 봐주실 수는 없겠습니까? 제게는 하늘처럼 고마운 은인입니다. 부디 지친 몸을 달랠 시간을 주셨으면 합니다."

집사 룩의 상징인 단안경을 빼고 다시 그녀의 눈동자를 바라봤다.

그러자 마침내 그녀의 기억에 내 얼굴이 걸렸나 보다.

놀라는 표정을 짓고는 걸음을 완전히 멈췄다.

"너는…… 어디서 나와 만난 적이 있던가?"

"한 번도 없는 줄 압니다. 기사님 같은 분을 뵙고 세상 어떤 남자가 잊을 수 있겠습니까?"

"흥…… 충성심이 강한 건 미덕이지. 하지만 이것도 내 일, 의무, 역할이다."

그래, 이만하면 됐다. 이제 너는 완전히 『객차 안에 있는 사람은 잠들었다』라는 인식이 머리에 박혔을 테니까.

그리고 너 같은 인간은『남이 곤란할 일, 싫어할 일을 했다』라는 사실이 있으면 충분히 만족하지. 안 그래?

그렇다면 이제는 잠든 상대를 억지로 깨웠다는 사실을 안겨주면 그만이다.

“알겠습니다. 그럼 적어도 제가 말씀드리겠습니다…….”

“좋아. 빨리해.”

객차로 돌아온 나는 의아하게 생각하는 세 사람에게 눈짓해서 아크라이트 경과 레일라로 분장한 아마미를 객차 밖으로 데리고 나왔다.

이제 객차에 관한 관심은 사라졌을 것이다. 레일라를 들킬 염려도 없으리라.

대화가 들렸을 아크라이트 경이 지금 일어났지만 최소한의 몸단장을 끝낸 것처럼 연기하며 시리스에게 인사했고, 아마미도 무난한 인사말을 건넸다.

“……흥. 역시 금지옥엽으로 자랄 뿐이라면 이 피를 썩히는 거야. 밖으로 나오면서 얼굴이 한결 나아졌는걸? 레일라.”

“……감사합니다, 시리스 님.”

어이쿠, 방심은 금물이군. 서로 얼굴 볼 일이 많지는 않았을 테지만, 레일라와 아마미의 사소한 차이를 은연중에 느꼈는지 시리스가 그런 말을 건넸다.

의심하는 눈치는 아니지만 그래도 순간 아크라이트 경의 어깨가 흠칫했다.

"여기는 결계 밖이니까 만약을 위해서 감정 마도구를 쓸게. 브라이트 혈족 중에 문제아가 나올 리는 없겠지만, 이것도 나라를 지키기 위한 일이야. 나쁘게 생각하진 마."

그러더니 기사 한 명이 망 없는 잠자리채 같은 물건을 가지고 왔다.

흠, 금속 탐지기 같은 건가?

그것을 서슴없이 두 사람 머리 위로 들이밀었다.

하지만 변화는 없었다. 아마도 위장이나 마력을 쓴 변장을 간파하는 도구 같았다.

"이제 됐어. 우리도 지금 좀 급해. 시간 내줘서 고마워."

"아닙니다. 수고 많으시군요, 시리스 님. 무사히 돌아오시기를 바라겠습니다."

"조심해서 가."

상상 이상으로 쉽게 물러나서 김이 빠졌다.

하지만 상대가 같은 혈족이라 설렁설렁 넘어간 것도 있으리라.

아무에게나 싸움을 거는 인간이었다면 이렇게 넘어갈 리 없겠지.

무사히 넘어가서 다행이라고 가슴을 쓸어내리던 그때였다.

지나가려던 시리스가 마물을 몰고 내게 다가왔다.

"집사, 이름을 말해."

"……카이입니다."

그럼 그렇지. 수정이 된 상태였다고는 해도 남의 거기를 그렇게 문질러 댔으니.

그녀는 내 이름을 혀로 굴리듯 몇 번 중얼거린 뒤 아크라이트 경을 돌아봤다.

“아크라이트 경. 이 남자를 소중히 다뤄. 가까운 시일 내에 내가 받으러 갈 거야.”

“……네?”

“못 들었어? 제법 봐줄 만해. 우리 집에 두고 싶어.”

“아, 안 돼! ……요.”

그러자 그때, 아마미의 말버릇인『안 돼』가 튀어나왔다.

야야야, 지금은 가만히 넘어가야지?!

말한 본인도 놀랐는지 무심코 손으로 입을 막고 있었다.

신경을 건드리지 않았을지, 쭈뼛쭈뼛 시리스의 얼굴을 쳐다봤다.

그런데 그녀는 마치 최고의 과자가 눈앞에 있는데 기다리라는 말을 들은 것 같은 흥분과 짜증, 묘한 기쁨이 섞인 도착적인 표정을 보였다.

“후후…… 그래, 그렇단 말이지? 됐어. 조만간 반드시 받으러 갈 거야. 카이, 당신도 기대해. 그런 말단 가문보다는 대우가 좋을 테니까.”

“그럼 저는 그때까지 아크라이트 경에게 충의를 다하겠습니다. 그 후에는…… 도망칠지도 모르겠군요. 아름다운 여성에게 쫓기는 것은 그다지 익숙하지 않아서 말이죠."
"흥, 두고 봐."
내 도발에 특별히 기분이 상한 것 같지도 않았다. 오히려 유쾌하게 떠나가는 뒷모습을 우리는 가만히 지켜봤다.
……누가 널 따라갈 줄 알고. 또 어디서 창피나 당할 줄 알아라.
"……일단 무사히 넘겼군."
간신히 버티고 있던 먹구름에서 빗방울이 떨어졌다.
지금까지 잘 버텼다고 마음속으로 중얼거렸다. 어쩌면 그건 날씨가 아니라 나 자신을 칭찬하는 말일지도 모른다고 혼자 씁쓸히 웃었다.

"카이본, 시리스 님한테 뭘 했어? 이상하게 기분이 좋아 보였는데."
"글쎄? 그냥 내가 취향이었던 거 아니야?"
마차 안으로 돌아오자마자 아마미가 물었다.
설마 『내가 조각상으로 변했을 때 관심을 사서 내 물건을 가지고 놀았다』라고 변명할 수도 없는 터라 대충 적당한 답을 돌려줬다.
하지만 역시 이해되지 않는지, 웬일로 마음에 들지 않는 듯 뚱한 표정을 유지하며 고개를 돌려 버렸다.
"그나저나 이번에는 정말로 고마웠네. 나도 딸을 흉보는

말을 견딜 수 있을 만큼 달관하지는 않았어. 다시 한 번 감사하네."

"빚지신 겁니다. 돌려받을 테니 각오하십시오."

"……무서운 소리를 하는군."

마차는 달렸다. 쏟아지기 시작한 빗줄기를 뚫고 목적지인 『수도 브라이트니스아치』로.

드디어, 드디어 너희의 나라에, 그 중심부에 간다.

너희 둘이 있다는 것을 알고 아직 1년도 지나지 않았건만 참 오랜 시간이 지난 기분이다.

너희와 마주했을 때 분명히 어떤 식으로든 답이 나오겠지. 그런 예감이 든다.

나는 너희의 적이 될까? 그리고 너희는 내 적이 될까?

지금은 그 그리운 재회에 약간의 기대만을 품어 보겠다.

공기가 변했다.

분위기나 기운이 아니라 실제로 피부로 느끼는 감각의 변화였다.

살에 달라붙는 찝찝한 공기가 갑자기 옅어졌다. 기분 탓인지 공기의 산소 농도가 오르고 호흡이 편해진 듯한 상쾌함마저 들 정도였다.

그 갑작스러운 변화에 놀란 것은 나뿐인 모양이었다.

모두 한숨 돌린 것처럼 긴장을 푼 모습이었다.

대체 무슨 일이 있어났는지 아마미에게 물었다.

"수도를 덮는 결계에 들어온 거야. 전에 말했지만, 이 대륙은 한 번 비가 내리기 시작하면 예사로 한 달 이상 이어지기도 해. 그래서 수도를 덮는 결계는 위장 술식을 간파하거나 마물의 접근을 막는 역할 외에도 물리 결계로 하늘의 비를 막고 공기를 조정하기도 해."

"어마어마하네……. 그렇게 발달한 결계라면 대륙 전체를 감싸 버리면 안 돼?"

"카이본 님, 그건 어려워요. 수도에 설치된 결계는 주민의 생활에 사용하는 마도구에서 나오는 잔여 마소나 주민에게 조금씩 징수한 마력을 증폭하고 재활용해서 만든 거예요. 게다가 봉인된 칠성에게서 흘러나오는 마력까지 이용하고 있죠."

"성녀 다리아 님과 오른팔이라고 불리는『펜넬 님』이 만든 기적과도 같은 결계야. 아무리 그 두 분이라도 이 이상 규모를 넓히기는 불가능할 테지."

"……그렇군요."

동원할 수 있는 모든 것을 이용해 만들어 낸 거대한 결계라…….

설마 칠성 봉인에서 흘러나온 마력을 생활에 이용할 수 있을 줄은 상상도 못 했다. 이 기술이 있으면 칠성을 해방할 필요도 없이 풍족한 삶을 실현할 수 있겠는데…….

독점하고 싶은 마음도 이해는 된다. 국가 경쟁에서 우위에 서고 싶겠지.

"그런데 도시 이름에도 있는 아치는 어디?"

"응? 그건 그냥 이름이지. 뭐야? 무지개라도 걸려 있을 줄 알았어?"

"후후…… 카이본 님도 참. 안 어울리게 귀여운 상상을 하시네요."

"……크크, 그래도 이해는 되는군."

기대 안 했거든? 그냥 이름의 유래가 궁금해서…… 에이, 그래! 기대했다, 기대했어!

1장 지금은 먼 친구를 그리며

『수도 브라이트니스아치』.

서디스 대륙의 약 절반을 다스리는 대국 『서즈가르드』의 수도이며, 도시 전체를 덮는 결계로 언제나 일정 온도와 습도를 유지하여 주민이 쾌적하게 생활하는 낙원이라고 부르기에 부족함이 없는 거대 도시.

발달한 마도구 덕분에 주민의 생활 수준은 다른 도시보다 크게 앞섰다.

뭐, 사실 『편리성이 뛰어나다』고 말하는 편이 적절한 느낌도 들지만…….

또한 우수한 마술사가 많은 왕가가 철저하게 치안을 유지하므로 범죄율이 굉장히 낮아 여자와 아이들이 밤의 뒷골목을 싱글벙글 돌아다닐 정도였다.

하지만 그 반면에 출입 제한이 엄격해 허가를 얻은 사람이 아니면 행상인도 입국은커녕 결계 내부로 들어오기가 어려웠다.

"이게 브라이트니스아치에 관한 주된 설명이에요. 아마미

씨는 머리색으로 거의 프리패스지만, 조금 전처럼 경비대와 직접 대화할 때는 역시 신분 증명이 필요해서 제 대역으로 동행하는 거죠."

"그랬군……. 아크라이트 경, 아마미를 자유롭게 드나들 수 있게 할 수는 없나요?"

"본인만 허락한다면 우리 가문의 정식 기사로 들일 수 있는데, 어떤가?"

"네?! 저, 제가 말하기도 그렇지만, 제가 엄청…… 신분이 수상해서……."

현재 그녀의 신변은 결코 안전하다고 할 수 없었다.

도시 설명을 들은 나는 마침 잘됐다 싶어 아크라이트 경에게 제안했다.

갑작스러운 제안이었지만 그도 아마미를 가만히 두기 어려운 듯했다.

반대로 지금이라면 아마미를 자신의 보호 아래 둘 최고의 기회이기도 했으니까.

"그, 그런데…… 왜 갑자기 그런 말씀을?"

"자유 기사가 아니라면 내가 아마미를 스카우트해도 문제없잖나?"

"……귀중한 대역을 잃기 싫다는 말씀이죠?"

『대역을 잃고 싶지 않다』라는 말에 아크라이트 경의 표정이 미세하게 구겨졌다.

사실은 『딸을 지키고 싶다』라는 마음에서 나온 말일 테니까.

어쩌면 사정을 아는 내가 부녀 사이에 다리를 놓았다고 생각할지도 모른다.

그래도 내가 아마미의 자유를 바라는 가장 큰 이유는 아쉽지만 아마미보다 나를 위해서였다. 한 달 뒤 그녀가 마을로 돌아가 류에와 레이스를 데리고 와야 하기 때문이었다.

"……저울질하는 기분이군."

가족과 친구. 미안한 마음도 들지만, 역시 전자로 기운다. 물론 네가 무사하기를 바라는 마음도 거짓은 아니지만…….

기분이 좋지 않다. 나는…… 앞으로 몇 개나 저울을 준비해야 할까.

"그럼 내 저택까지 동행한 뒤에는 어쩔 생각이지? 미안하지만, 도시 안에서 내가 협력할 수 있는 일은 얼마 없네."

"일단 아마미를 맡아주십시오. 저는 적당히 혼자 움직이겠습니다."

"그런데 카이본 님은 무슨 연유로 이 도시에 오셨나요?"

"옛 친구를 만나러 왔을 뿐이야."

흔들림이 적은 객차 내에서 앞으로 내 행동에 관해 이야기를 주고받았다.

듣고 보니 수도에 들어오는 것만 생각하고 그 뒷일을 별로 신경 쓰지 않았다.

우선은 정보 수집이 정석이겠지만 이 도시의 성격상 소문이나 유익한 정보를 모으기는 어렵지 않을까?

밖을 살펴도 밤거리 특유의 소란은 없고 조용히 제 갈 길만 오갈 뿐이었다. 마치 도시 전체가 절간 같다고 느끼지만…… 의외로 알딸딸하게 취한 엘프도 많이 보였다.

"카이본, 저택에 도착하면 옷 갈아입고 잠깐 얘기 좀 할 수 있어?"

"응, 알았어."

그때, 내 생각을 들여다본 것처럼 아마미가 제안했다.

가벼운 말이었으나 그녀의 얼굴에는 절박함이 묻어 있었다.

아마 나에게 뭔가 전하고 싶은 말이 있나 보다.

하지만 여기서 나에 관한 발언은 할 수 없겠지.

"그나저나…… 정말로 아름답게 정비된 도시야. 모형 정원 같군."

"모형 정원이라. 틀린 말은 아닐지도 모르지……."

너무나도, 이 나라는 너무나도 풍족했다.

도시 전체를 감싸는 공기 조절기는 지구에 있을 때도 들은 적이 없었다.

그리고 적어도 이 도시의 치안은 일본보다 좋아 보일 정도였다.

이 도시의 발전에도 다리아와 슌이 관여한 것일까?

"발전 뒤에는 반드시 쇠퇴가 있다…… 빛이 있는 곳에는……

반드시 깊은 어둠도 있다."

만약 두 사람이 관여했다면…….

그들은 알 거다. 빈부 격차는 절대로 사라지지 않는다는 사실을…….

엄격한 통제로 만들어낸 세계는 반드시 부작용이 생긴다는 사실을…….

알고 있을 거다. 너희도 나와 같은 나라에서 역사를 배우고 같은 세상을 봐 왔으니까.

"응? 카이본, 왜 그래? 아까부터 혼자 중얼중얼."

"음, 그냥 고민할 게 있어서."

"태평하게 말할 정도면 별 고민은 아닌가 보네. 이제 곧 도착이야."

그 말을 듣고 밖을 보자 생각지도 못한 광경이 눈에 들어왔다.

나무였다. 수없이 많은 나무.

조금 전까지 조용한 거리가 펼쳐져 있었는데 지금은 올려다봐야 할 정도로 큰 나무가 드문드문 자라 있었다.

물론 저택도 보였다. 하지만 대부분이 나무에 가려졌다.

이런 경치는 처음 봤다. 숲과 귀족 거리를 합친 것 같은 신기한 풍경…….

"반응을 보니 카이본 님은 이 양식을 모르시나 보네요."

"설명 플리즈. 정원 앞에 나무를 심는 저택이라면 본 적

있지만, 이건 이미 숲에 저택을 세운 수준이잖아."

"우리는 엘프야. 아무리 기술이 발전해도 숲과는 떼려야 뗄 수 없는 관계지. 이 땅은 고목과 그곳에 모이는 많은 마소, 지맥, 영맥의 힘으로 흘러넘쳐. 당연히 우리도 그 은총을 받으며 살아가지."

"귀족이라면 그만큼 은총을 강하게 받아요. 여기서는 보이지 않지만, 왕성 주변은 더 대단해요. 원시림을 온전히 활용한 구역이거든요."

류에는 내색한 적 없었지만 역시 엘프는 그런 습성이 있나? 쉽게 말해, 유복한 자일수록 나무가 많은 곳에 산다는 것이다.

그렇다면 밀림에 살면 되지 않나? 그렇게 생각했지만, 적어도 지금 눈에 들어오는 이 거목들은 도시 주위에서는 보지 못한 종류로 보였다.

아마도 무슨 특수한 나무겠지.

혼자 그렇게 납득하는데 밖에서 쇠가 긁히는 소리가 들렸다.

"아크라이트 님. 레일라 님. 무사히 도착했습니다."

객차를 내리고 가장 먼저 눈에 들어온 것은 신전을 연상케 하는 하얀 저택이었다.

달빛을 받아 푸르스름한 벽에 나뭇잎이 그림자를 드리운 신비한 모습에서는 깊은 역사의 숨결이 느껴졌다. 하지만 건물 자체는 그다지 오래된 느낌을 주지 않고 자연과 조화를 이룬 외관에 마음이 빼앗길 것 같았다. 이런 멋진 저택은 쉽게 볼 수 없다.

내가 눈길을 빼앗긴 사이 다른 이들은 모두 저택으로 걸어갔다. 나도 허둥지둥 뒤를 따랐다.

문을 지나자마자 바로 레일라와 아마미가 저택 안쪽으로 사라졌다.

그리고 나와 그녀들의 아버지만 덩그러니 남았다.

조금 어색한 분위기 속에서 먼저 침묵을 깬 사람은 아크라이트 경이었다.

"두 사람은 준비에 시간이 걸릴 겁니다. 그동안 제 서재에서 기다리죠."

서재로 안내받은 나는 먼저 그 장서 수에 압도당했다.

벽 한 면을 전부 메우는 책장이 천장까지 이어졌다. 그리고 그곳 모두 빈틈없이 책이 꽂혔다.

그중에는 동화인지 뭔지 모르겠으나, 묘하게 익숙한 제목도 섞여 있었다.

『피치 존』, 『백 아일랜드 존』, 『골든 존』.

이거 다리아지? 다리아가 썼지? 이 제목 다리아가 생각했지?

그야 『타로(太郎)[#1]』가 영어권 『존(John)』이랑 비슷하긴 하지만 이건 좀…….

#1 타로(太郎) 일본에서 가장 흔한 남성 이름.

너무 직역[#2]한 거 아니야?

"그 책이 마음에 들었습니까? 그건 다리아 님이 옛날에 쓰신 동화입니다. 지금도 극단용 연극으로 인기작이죠. 정말이지 그분의 재능은 미치지 않는 곳이 없군요."

"그, 그런가요."

"여기에는 없지만, 『리틀 차일드』라는 작품도 있습니다. 타고난 장애를 극복하고 행복을 쟁취하는…… 내게는 마음이 무거워지는 내용이지만요."

……숙연한 분위기에 죄송하지만 그거 한치 동자죠?

아무리 그래도 『리틀 차일드』는 너무 성의 없지 않냐, 다리아.

"그런데…… 카이본 님은 친구를 만나러 오셨다고 했는데—."

"아, 존대하실 필요 없습니다. 나눠서 쓰기도 귀찮잖아요? 저도 평상시에는 그냥 여행자일 뿐이니까 평범한 젊은이, 딸의 친구처럼 생각해 주십시오."

"……알겠네. 그럼 카이본, 너는 이 나라에 친구를 만나러 왔다고 했는데, 오늘 묵을 숙소가 없다면 우리 집에 머물면 어떤가."

"괜찮습니까? 그렇게 해주시면 고맙죠. 숙소를 찾아다니기에는 이미 시간도 늦었고요."

#2 직역 위 제목은 일본의 전래동화 『모모타로(桃太郎)』, 『우라시마 타로(裏島太郎)』, 『킨타로(金太郎)』를 영어로 직역한 것.

"미안했어. 순찰 시간을 피하려고 늦게 출발했는데 결국 자네 도움을 받았군."

"아뇨, 상관없습니다. 어차피 지금은 경계 태세에 들어갔으니까요. 저도 오늘만 묵는 게 나을 겁니다. 무슨 일이 생기면 큰일이니까요."

"후후, 그렇군. 귀여운 딸의 남자 친구를 며칠이나 한 지붕 아래 두는 아버지는 없지."

"……그런 뜻은 아니었는데요."

일부러 이런 소리를 하는 점이 딸을 둔 아버지다웠다.

슬슬 때가 됐다고 생각하여 서재를 나와 어떤 방으로 가는 중이었다.

마침 그때 복도 앞에서 발소리가 들렸다.

복도 모퉁이에서 나타난 사람은 아마미와 레일라였다. 옷을 갈아입은 아마미는 여느 때와 같은 모습이었다. 그리고 레일라는 조금 전 아마미와 똑같은 아름답게 세팅한 금발로 돌아갔다.

"만나자마자 너무 바라보는 거 아니야?"

"오랜만에 아마미를 본 거 같아서."

"후후, 그래?"

"그럼 오랜만에 본 저는 어떤가요?"

"질렸어."

"너무해요!"

대화를 나누면서도 아무래도 늦은 시각인지라 레일라는 조금 기력이 없어 보였다.

그에 비해 아마미는 역시 훈련한 몸답게 아직 팔팔했다.

"아, 참. 그리고 오늘 하루만 여기서 묵게 됐어."

"어머나! 그러면 하룻밤이 아니라 아예 여기 머무는 동안 저희 집에……."

"……그럴 수는 없지. 혹시 모르니까."

인사치레인가, 아니면 진심으로 하는 말인가.

내가 그 대륙에서 일으킨 사건들을 알면서도 레일라는 나를 호의적으로 대했다.

……그래, 이제 그만하자. 포기해야 할 사람은 나다. 쓸데없는 고집은 그만 버리자.

"폐를 끼칠 수는 없어. 친구한테 무슨 일이 생기면 꿈자리가 사나워."

말했다. 친구라고.

최악의 관계, 내가 일방적으로 최악으로 치닫게 한 관계에서 시작한 상대를 인정했다.

친구라고. 피해를 주고 싶지 않을 만큼은 애착이 생겼다고.

내가 한 말에 진심으로 놀랐는지 경악한 레일라의 입이 쩍 벌어졌다.

그렇게 놀랄 일이냐. 적어도 네 정신력과 요리 실력은 진작 인정했어.

"……후후, 기뻐요. 친구로 인정해줘서."

"그, 그런가요? ……카이본과 친구가 된 것만으로요?"

"왜 그런 눈으로 쳐다봐?"

『뭐~? 저거랑~?』 같은 눈으로 보지 마. 슬퍼지니까.

꽤 멋진 모습을 보여주지 않았나? 왜 이렇게 저평가당하는 기분이지…….

"그야 카이본은 심술궂고 좀 변태 같잖아."

"남자는 다 조금씩 변태거든요~."

"후후, 사이가 좋으시네요. 그러고 보니…… 류에 님과 레이스 님은……."

"아, 지금은 다른 마을에서 대기 중이야. 일이 좀 있어서."

"……류에 님은, 괜찮으신가요?"

아마도 지금까지 궁금하면서도 차마 묻지 못했을 질문이었다.

신경 쓰였겠지. 자기보다 심한 박해의 대상이 될 류에가…….

그래서 나도 가능한 한 가볍게 대답했다.

"그렇게 보여도 최상급 마도사야. 오랜만에 두 다리 뻗고 쉬고 있겠지."

"후후, 그 말을 들으니까 마음이 놓이네요. 그럼 이야기 나누실 수 있게 저는 이만 가 볼게요."

그렇게 떠나가는 레일라의 뒷모습을 바라보다가 다시 아

마미의 이야기를 들으려고 돌아섰다.

"내가 쓰는 방이 있으니까 거기서 얘기할래?"

그곳은 사용인이 쓰는 방으로 보였고 2단 침대가 놓여 있었다.

하지만 사용한 흔적은 아래쪽에만 있었다. 아마 아마미 전용 방이겠지.

"아무 데나 앉아."

"고마워. 그래서 할 이야기란 건…… 다리아에 관해서야?"

침대에 걸터앉은 나는 거두절미하고 본론에 들어갔다.

"맞아. 카이본의 첫 목표가 다리아 님과 만나기라면 만날 방법을 생각해야지."

아마미의 말에 따르면 보통은 성이 있는 구역에 들어가는 것조차 불가능하다.

제도나 규칙 때문이 아니라 물리적으로…… 아니, 이건 마력적으로 어렵다고 해야 하나?

우선 이 대륙을 덮는 결계와 마찬가지로 식별 결계가 있다고 한다.

궁정 귀족과 성에 상주하는 기사밖에 들어가지 못하고, 예외는 일부 어용상인뿐이었다.

하지만 어디까지나 구역에 들어갈 수 있을 뿐이며 성문을 넘으려면 또 별개의 검문과 결계를 뚫어야 한다. 그런 고로 성에 들어가기는 불가능에 가까웠다.

“폭력으로 해결할 수는 없으니…… 침입은 포기하는 편이 낫겠군.”

그렇다면 다음은 불러내는 방법이었다. 이건 단순히 불가능했다. 지구를 예를 들면 일반인이 느닷없이 찾아가서 대통령이나 총리에게 면회를 신청하는 셈이었다. 제안해 봤자 문전박대나 안 당하면 다행이다.

이게 문제야……. 내가 다짜고짜 찾아가서 이름을 댈 수도 없는 노릇이지.

애초에 소란을 일으키는 것만으로 위험한 상황이다.

“그러니까 지금 카이본에게 가능한 행동은 하나밖에 없어. 다리아 님이 나오시길 기다리는 거.”

“나보고 거지처럼 성 앞에 죽치라고? 그러면 더 의심받지.”

“못 할 건 또 뭐야? ……뭐, 사실 이건 농담이고, 사실 다리아 님에 관한 어떤 소문이 있어. 아마 다리아 님과 만날 방법은 이거밖에 없을 거야.”

농담처럼 말하면서도 아마미는 돌파구를 제시했다. 그 내용은—.

“……다리아가 성을 몰래 빠져나와?”

“응. 임무로 몇 번 성의 행사에 출석한 적이 있는데 거기서 들었어. 딱 작년, 다리아 님이 막 눈을 뜨셨을 때 일이었을 거야.”

“흠. 그렇지만 몰래 빠져나오는 건 위험할 텐데. 밖에 중요한 일이라도 있나?"

"이유는 몰라. 그래도 가끔 사라지신다고 해. 전에 깨어나신 건 20년 전이라고 하는데, 그때도 자주 성에서 사라지셨대."

"……다리아는 20년 전에도 깨어났었나. 그때도 그런 소문이 있었단 말이지?"

아마미가 준 정보는 다리아가 상습적으로 성을 빠져나온다는 사실이었다.

외출 정도는 자유롭게 해도 될 법하거늘, 내 친구는 이미 자기 의지만으로 움직일 수 없는 지위에 서 있었다.

위문, 기술 지도, 시찰에 진압, 그리고 그 『검은 그림자』 경계.

지위가 높아질수록 다룰 수 있는 힘과 허가되는 행동도 늘어난다.

하지만 반면에 권위를 행사하기 위한 책임과 책무가 따라온다.

그렇다면 다리아가 성을 빠져나오는 데는 어떤 진실이 숨겨져 있을까.

그것을 찾는 것이 내 목적을 달성하기 위한 지름길이 아닐까.

생각에 빠진 나를 들여다보던 아마미가 만족스럽게 고개를 끄덕였다.

"바로 그거야. 다리아 님이 왜 빠져나오는지, 그것을 밝혀

내지는 못하더라도 예측할 수만 있으면 기약 없이 기다리는 것보다는 가능성이 있지 않겠어?"

"일리가 있어. 나는 걔 친구야. 무슨 생각을 할지 어느 정도 예측되니까 괜찮은 방법이군."

빠져나와서 어딘가로 가는 것이라면…….

그 행선지를 내가 예상하고 기다릴 수 있다면…….

생각해라. 그 녀석은 왜 성을 빠져나오지?

만약 나라면, 내가 같은 상황이라면…… 성을 나오고 싶은 이유는 뭐지?

물론 『성 안에서는 불가능한 일을 하기 위해서』다.

그럼 그 『일』이란?

"……성 안이 특별히 불편하거나 하진 않지?"

"응. 굉장히 쾌적해. 한숨 돌릴 공원 같은 정원까지 있어."

흠, 그렇게 쾌적한 공간이라면…… 시설에 관한 불만은 아니겠군.

그렇다면 『누군가를 만나러 간다』라는 가설은 어떨까?

다리아와 누군가 친분이 없냐고 아마미에게 물었다.

하지만 내 생각 이상으로 다리아의 상황, 환경, 대우는 특별했다.

"친분 있는 사람은 슌 님이나 결계 관리를 맡은 마도사단 단장 정도야. 성 밖으로 만나러 간다면 어디 연구소나 시설, 아니면 전쟁 피해자의 유족 위문이려나? 하지만 모두 공적인 일이니까 몰래 빠져나올 이유는 아니라고 봐."

"정말로 없어? 몰래 만나러 가서 이야기하거나 같이 식사할 사람."

"음…… 일부 귀족이 다리아 님과 인맥을 쌓으려고 시도는 해. 그래도 절대로 그런 자리에는 안 나간다고 옛날부터 거절한댔어."

으음, 사람을 만나러 가는 것도 아니라고 봐야 하나.

그럼 반대로 사람에게 보이고 싶지 않은 일을 위해서 빠져나오나?

"아마미. 이 도시에 유곽촌은 있어?"

"……안 돼. 안 알려줘."

"그래. 적이도 있긴 있네."

"아~, 또 머릿속을 들여다봤어~!"

아니, 이건 그냥 추리라니까. 반응이 너무 노골적이잖아.

"필요하다는 건 나도 이해해. 그래도 그럴 거면 차라리 그때—."

"무슨 착각하나 본데, 다리아가 갈 가능성을 묻는 거야."

"……설마. 다리아 님은 여자야. 물론 그런 사람도 있기야 하지만……."

뭐, 그렇겠지. 이건 나도 진심으로 한 소리는 아니다.

걔가 꺼내는 화제는 언제나 술과 게임, 뭔가 재미있는 물건에 관한 것뿐이었다.

흠…… 그럼 오히려…….

나는 아마미에게 이 도시에 있는 유흥가와 놀이 시설을 물었다.

여기에도 투기장이나 도박장 같은 곳은 있을 것이다.

아무리 신성하고 규율이 엄격한 도시라고는 해도 숨구멍은 필요한 법이다.

그런 난잡하고 속된, 살짝 저급한 웃음이 끊이지 않는 곳은 있을 것이다.

"음, 나는 살롱에서 하는 카드 게임이나 보드 게임 정도밖에 몰라. 이 도시는 놀이와 연이 없거든. 공화국에는 그런 쪽으로 발달한 거리도 있지만."

"심하네…… 그 정도로 엄격해? 다들 어디서 기분 전환을 하는 거야?"

"새로운 마도구를 구경하거나 술식 개발, 그 외에는 맛있는 음식 먹기?"

정말로 건전하기 짝이 없는 도시구나.

하지만 그렇다면 정말로 다리아가 왜 빠져나가는지 모르겠다.

아니지……『맛있는 음식』?

"……그거야. 다리아는 뭘 먹으러 가는 게 아닐까?"

"뭐~? 이 도시에서 가장 맛있는 음식이 뭐냐고 물어봐. 백이면 백, 성의 식사라고 답할걸?"

“하지만 개인의 취향이란 게 있잖아. 다리아가 뭘 좋아하는지, 그런 정보는 없어?”

“으음…… 내가 첩보 활동을 하는 목적은 기본적으로 귀족의 배신, 타국과 내통하는 정황 포착이었어. 다리아 님에 관해서는 특별히 조사한 적 없어.”

만약 내가 다리아와 같은 책무를 짊어지고 성에서 살아간다면…….

만약 매일 최상급 요리를 제공받는다면…….

먹고 싶은 음식을 마음대로 먹지 못하고, 가벼운 마음으로 이야기할 상대가 없는 상황, 그리고 자신을 드러내지 않고 『성녀』로 행동하는 나날을 강요받는다면…….

당연히 기분 전환을 하러 나가고 싶겠지.

그리고 우리가 그런 스트레스를 끌어안았을 때는 언제나—.

『아~, 한잔하러 가고 싶다.』

『히사시, 피곤해 보인다?』

『정신 나간 손님뿐이야. 생선이 당기는데.』

『나도 내년에는 도쿄에 가는데 너도 직접 가게를 찾아보는 게 어때?』

『나는 어디가 맛있는 집인지 짐작도 안 돼.』

『……어쩔 수 없지. 그럼 회 잘하는 집으로 가자.』

『오, 좋은데?』

……언제나 둘이서 마시러 다녔지.

히사시와 나눈 대화와 추억이 새록새록 떠올랐다.

지친 친구를 보고 나는 내심 『맛있는 거라도 먹여줘야겠네』라며 사명감 비슷한 마음을 품고는 했다.

아, 그래. 그 녀석은 안 변했어. 그 마을에서 잠깐 말을 나누고도 알 수 있을 만큼 다리아는 예전의 히사시와 다를 바가 없지 않았나.

“아마미. 음식점이 모인 곳만 알려줘. 그다음은 내가 알아서 찾을게.”

“진심이야? 정말로 다리아 님이 먹을 거 때문에 빠져나온다고 생각해?”

“……생각해. 걔는 그런 인간이야. 확실해, 장담할 수 있어.”

반신반의하겠지. 나라를 지탱하는 성녀가 먹을 것 때문에 성을 빠져나온다니 믿기 어려운 이야기다.

그게 나와 아마미의 인식 차이다. 나에게 그 녀석은―『맛있는 음식과 재미있는 일을 좋아하는, 언제나 어린아이처럼 인생을 즐기는 남자』다.

거기에 성녀라느니 나라의 요직이라느니 그런 역할이나 직위는 존재하지 않는다.

그러니까 분명히 그 녀석은 자신의 본래 모습으로 돌아갈 시간을 바랄 것이다.

§ § §

"그럼 이만 실례하겠습니다, 아크라이트 경. 아마미를 잘 부탁드립니다."

"그래. 일이 잘 풀리면 한 번 더 들리게."

"카이본 님. 당신이라면 무서운 일을 일으키지 않을 거라고 믿어요. 하지만 당신에게 그런 일이 닥치지 않도록 조심해주세요."

다음 날 아침. 저택 현관에서 아크라이트 경과 레일라가 배웅해줬다.

그리고 둘은 입장상 뒤에서 대기하던 아마미를 앞으로 내보내듯 뒤로 물러났다.

아마 레일라 본인도 아마미에게 이유 모를 친밀감을 느끼고 있으리라.

"……용무를 마치면 꼭 돌아와야 해."

"나는 약속은 안 어겨. 해야 할 일이 끝나면 반드시…… 네 소원을 들어줄게."

"그런 뜻으로 한 소리는 아니지만, 그래주면 더 고맙지."

괜찮다. 나도 촌장님을 잊지는 않았다.

다리아를 회유할 수 있으면 적어도 지금보다는 사태가 진전된다.

괜찮다, 분명히 괜찮을 테니까 그렇게 걱정하지 마라.

지금까지 본 것 중 가장 불안한 표정을 지은 아마미가 나는 도리어 걱정되어서…….

그런 모습이 『그녀』와 겹쳐 보여서…… 그만 오랜만에 팔을 뻗었다.

『그녀』에게 하듯, 머리 위로.

“……마음 놔. 나는 실패 안 해. 잘 안 풀릴 수는 있지만, 그게 곧 실패는 아니야.”

“앗, 안 돼. 만지지 마, 머리 망가져.”

착하지, 착하지. 역시 감촉이 다르다.

착하지, 착하지. 이 똑똑하지만 미련하고, 착하지만 엄격한 친구에게.

그리고 너는 머리 디밀지 마, 레일라.

아크라이트 경도 노려보지 마시고요. 그냥 친구의 스킨십입니다.

나는 친구들의 배웅 속에서 아직 인기척 없이 아침 이슬 머금은 귀족 거리를 뒤로했다.

길을 오가는 주민 중 열에 여덟은 엘프였다.

이렇게 많은 엘프를 볼 기회는 지금까지 없었는데 이렇게 보면 모두 머리색과 눈동자 색, 그리고 귀의 각도 등 얼핏 봐서는 알기 힘든 특징이 있었다.

그렇게 많은 엘프를 보고 새삼 깨달았다. 아마미와 브라이트 일족 같은 진하고 선명한 금발 엘프가 적다는 것을…….

가끔 인파 속에서 눈길을 끄는 금발을 발견해도 엘프가 아니거나 아주 살짝 갈색이 섞여 있거나 했다.

아마 왕족과 닮은 금발 엘프도 있겠지만 거기에 『짙은 녹색 눈동자』라는 조건이 더해지지 않으면 브라이트의 용모라고 할 수 없었다.

"식당가는 이 앞이랬지. 너무 일찍 왔나?"

도착한 곳은 시간대 관계없이 영업하는 가게에서 드문드문 사람이 나오는 모습이 보이는 정도고 그 외에는 별로 인적이 없었다.

식당들이 처마를 맞댄 거리는 끝이 보이지 않았다. 여기서 다리아가 방문하는 가게를 찾아야 한다는 불안이 고개를 치켜들었다.

아니야, 그래도 찾아야지. 그 녀석이 좋아하는 가게를…….

"그나저나 다들 간판을 집어넣었군……. 조금만 이따가 왔어야 했나."

메뉴를 거리에 표시한 가게도 적고 가게 이름도 『루드윅의 식당』이니 『비취색 깃털』이니 무슨 가게인지 짐작하기 어려운 것들뿐이었다.

그리고 용 문양이 있으니까 중국집! 같은 알기 쉬운 상징도 없고 모두 목조에 자연과 조화를 이룬 가게뿐이었다. 이건 너무 몰개성 아닌가?

어디 정보상이나 안내소는 없을까? 이렇게 가게가 많으면 손님도 헷갈릴 텐데.

우선은 안내소나 사람이 많은 곳부터 찾기로 하고 길을 따라갔다.

아마 점심시간에 맞춰 음식을 준비하는 것 같았다. 뒤죽박죽으로 뒤섞인 냄새가 바람을 타고 코로 파고들었다. 그 냄새가 왠지 그리워 자꾸만 원래 세계의 온갖 추억을 불러일으켰다.

"……이럴 때는 그 난잡한 도시에서 일하던 경험이 쓸모가 있어."

어디를 가도 코딱지만 한 땅에 꾸역꾸역 가게를 쑤셔 박은 듯한 그 도시.

그곳에서도 나는 이렇게 가게를 돌아보며 손님층을 조사한 적이 있었다.

지구에 비하면 이곳은 분위기가 무척 좋았다. 이러면 돌아다닐 맛도 난다.

더 깊은 곳까지 걸음을 옮기자 앞쪽보다 가게 규모도 조금씩 커지고 간판 장식에도 공이 들어간 곳이 많아졌다. 하지만—.

"고급 지향인가…… 그렇다면 성을 빠져나와서까지 갈 이유는 없겠지."

이 구역은 제외해도 될 것이다. 그럼 다리아가 갈 만한 가게는…….

"패스트푸드……는 아니겠지. 서민적인 술집인가?"

나는 끝없이 이어진 식당가를 따라 점점 더 깊은 곳으로 들어갔다.

어떻게 된 까닭인지 그 구역에는 개성적인…… 잘못하면 천박하다는 생각마저 드는 간판을 세운 가게가 모여 있었다. 바꿔 말해 품격이나 조화라는 개념을 내다 버렸다는 뜻이다.

가게 앞에 대량의 빈 병이 쌓인 것으로 보아 아마 이 근처가 술집이 밀집한 곳 같지만…… 개성적인 가게가 많아도 너무 많았다.

"어젯밤에도 취한 엘프를 봤시……. 역시 술집이 유일한 오락인가?"

엄격한 풍토 때문에 이 시간부터 마시는 사람은 단 한 명도 안 보이지만 지금도 묘한 흥분이 몸속에서 치밀어 올라왔다.

만약 밤이 되면 참 꿈같은 공간으로 변모할 것이다.

"하하하…… 그럴 상황이 아니란 건 알지만…… 가슴이 뛰는 건 어쩔 수가 없구만."

그럼 인적이 적을 때 이 근처 가게를 조사해 볼까?

다행히 입지 조건과 건물 크기, 그리고 술병과 술통 수를 통해서 인기 있는 가게를 대충 알 수 있었다. 이제는 다리아가 좋아하는 가게를 추려 나가면…….

"흠…… 바다를 모티브로 한 가게가 인기인가? 이 도시에 흐르는 강은 항구까지 이어졌을 거야. 해산물이 많이 실려 오나?"

아마 술집은 이곳 주민들의 유일한 오락으로 보였다. 당연히 경쟁이 심한지 해산물 메인인 가게 옆으로 비슷한 장식을 한 가게가 줄지어 섰다.

결국 여기까지 와서 또 몰개성. 여기다 싶은 곳이 없었다.

이렇게 되면 한 곳씩 실제로 방문해 맛을 확인하거나 단순히 가장 인기 있는 가게를 찾을까? 가능하면 아는 사람만 아는 숨은 명소, 명물이 있는 가게가 좋은데…….

"자신 없어 했지만, 다리아도 좋은 가게를 잘 찾게 됐지……."

고민하면서 길을 걷다 보니 겨우 식당가의 끝이 보였다.

그런데 그 끝자락에 조그마한 건물 한 채가 눈에 띄었다. 술집은 아닌 것 같은데…….

"안에 게시판이 많아……. 혹시 여기가 안내소인가?"

바로 안으로 들어가자 게시판을 관리하는 노령의 엘프가 보였다.

그에게 물으니 생각대로 이곳은 가게 소개소며 광고료를 낸 가게의 전단을 붙여준다고 했다. 물론 식당뿐 아니라— 아마미가 『안 돼』라고 말할 법한 가게도…….

"개인적인 흥미가 생기지만…… 지금은 참자, 참아."

매혹적인 문구가 난무하는 게시판에서 눈을 돌려 술집 광고를 훑어봤다. 아무래도 지금 유행은 해산물을 쓴 요리와 마시기 쉽게 개량한 술, 한마디로 칵테일이 붐이라는 사실을 알았다.

"꽤 오래된 전단도 있어. 유행하는 요리와 가게가 자주 변하나?"

유일한 오락인 이상 끊임없이 변화하는 게 정상인가.

괜찮아 보이는 가게, 가장 광고에 힘을 실은 가게를 몇 군데 꼽은 그때, 이 소개소에 다른 사람이 들어왔다.

"오늘도 왔나, 미스티 아가씨. 미안하지만 너희 전단은 구석 쪽에 붙여줘."

"네……. 붙여주시는 것만으로 감사해요."

이상하게 패기가 없다. 이래서야 마치 피곤에 절어 당장에라도 쓰러질 것 같은 노파가 아닌가. 보아하니 외모는 30대 정도에 한창때라고 해도 좋은 풍모인데.

엘프 여성은 힘없이 전단을 붙이고는 터벅터벅 떠나갔다.

그 모습이 워낙 독특해서 그만 그녀가 붙인 광고를 보고 싶어졌다.

『유행하는 요리를 만들 수 있는 사람 구합니다.』

『급료는 적으나, 방 빌려드립니다.』

『「페쉬 드 아르젠토」 주인 미스티』

아, 구인 공고도 여기서 하나…….

"휴먼 형씨, 그 공고에 관심이라도 있나?"

"아뇨, 너무 기운이 없어 보여서……."

"그럴 만도 해. 그 사람 남편은 실력 좋은 요리사였는데 최근 유행에 뒤처지지 않으려고 재료를 찾으러 배를 탔다가 그만 바다에 빠져 돌아오지 못했어. 옛날부터 아는 가게라서 광고를 받아주기는 하는데…… 슬슬 그것도 힘들어 보여."

"……그랬나요."

최근 몇 년 사이에 해산물이 유행했다는 말이지. 그렇다면 차라리…….

§ § §

중단되었던 일종의 의식. 아껴놓은 술을 방에서 혼자 마시며 오늘도 나타나지 않는 사람, 펜넬의 귀국을 기다린 지도 벌써 2주가 넘었다.

남에게 임무를 맡기더니 자기는 나라를 비우고 어딘가로 사라졌다. 이럴 줄 알았으면 대체 뭐 하러 급하게 돌아왔을까. 괜히 성질이 나서 술을 쭉 들이켜 잔을 비웠다.

"……이렇게 마시니까 술맛 떨어지네."

대면한 자리에 기대어 놓은 자신의 검에 말을 걸듯 중얼거렸다.

그런 그때, 또 혼자만의 시간을 방해하는 노크 소리가 들렸다.

“다리아 님. 지금 막 펜넬 님께서 귀환하셨습니다.”

“알았어요. 보고해주셔서 감사합니다. ……드디어 납셨군.”

그 숲에 사는 무언가를 토벌하라고 명령한 상대. 하지만 아마도—.

“……굳이 전령을 보내고 멋대로 들어오지 마.”

“음? 들켰나 보군. 다리아, 또 검이랑 술 마셔?”

자기밖에 없었을 방에 누군가의— 펜넬의 목소리가 울렸다.

“됐고, 보고나 들어. 그 숲은 이미 사람이 드나들 수 없는 곳이 됐어. 이게 네가 바란 결과인지는 모르겠지만, 앞으로 수십 년은 봉인하는 편이 나을 거야.”

“후후, 그래? 나도 그 일대의 마력 흐름이 변한 건 확인했어.”

거짓말은 하지 않았다. 그곳의 결계는 붕괴했고 나와 마을의 마술사가 새롭게 엄중한 결계를 쳤다. 틀림없이 보통 사람은 출입할 수 없는 장소로 변했다.

“그나저나 요즘 너무 자주 성을 비우는군. 슌도 안 보이고.”

“공화국의 동향을 이래저래 조사하느라고. 슌도 마찬가지야. 그러는 너는 최근 일도 많이 했으니까…… 잠깐 쉬는 게 어때? 평소처럼.”

“그럴 거야. 이번 임무는…… 생각할 일이 너무 많았어.”

“후후…… 너도 의문은 있겠지만…… 이것도 다 필요한 일이야.”

너는 처음부터 알고 있었겠지, 그 마을을. 왜 백발 엘프를 눈엣가시로 여기지?

국민 정서를 조종하기 위해서? 아니면 백발에 무슨 원한이라도 있나?

추궁하고 싶은 것이 한두 가지가 아니었다. 하지만…… 지금은 마음을 다스리자. 술이 들어간 머리로 추궁할 수 있을 만큼 이 남자는 녹록하지 않다.

"그럼 나는 가 볼게. 그 전에…… 그쪽 잔에 든 술, 내가 마셔도 돼?"

펜넬은 검 앞에 놓인 잔으로 손을 뻗었다.

"안 돼. 다른 **사람** 술에 손대지 마. 자, 여기 네 몫."

"후후…… 음, 맛없어. 일본주랬나? 이런 썩은 물을 잘도 마시네."

"아마 너랑은 평생 친구가 못 될 거야. 딱 사제지간에서 끝이지."

기껏 새 잔을 꺼내서 줬더니 미안한 시늉조차 없이 그런 말을 뱉고 떠났다.

흥이 깨졌다. 저 녀석 말대로 오랜만에 거리로 나가는 것도 나쁘지 않겠다.

그 날은 제법 술맛이 좋았다. 그 마을을 떠나고 급히 성으로 돌아온 날.

공교롭게도 펜넬은 부재중이라서 보고하지 못했지만 추가 조사대가 파견될 걱정이 없다는 생각에 가슴을 쓸어내렸다. 그때 나는『그들의 기대에는 부응할 수 있겠다』라는 생각이 가장 먼저 떠올랐다.

나를 아무 의심도 없이 믿는다고 말해준 검사와 마도사. 그리고 분명히 습격을 멈춰줄 거라고 믿고 스스로 정체를 밝힌 그 노점 아가씨.

그때 들은 말이 지금도 가슴속에 살아 숨 쉬는 것 같아 기분이 고양됐다.

"추억이 안주라서 술맛이 좋았나?"

정보를 모으자. 이 도시의 얼마 안 되는 오락, 맛있는 술을 마시기 위해서.

우선 아이템 박스에서 이 나라의 다양한 제복을 보았다.

변장은 필수였다. 성 안에서도 혼자 돌아다닐 수 없는 나의 지위가 지금 이 순간만은 거추장스러웠다. 전에 잠깐 산책하러 정원으로 나갔을 뿐인데 어느새 뒤로 시종과 귀족의 사용인들이 꼬리를 물고 따라다니던 광경이 떠올랐다.

"어디…… 이번에는 연구원으로 변장해 볼까?"

로브 위로 백의를 덧입고 머리를 금색에서 밤색으로, 눈동자를 에메랄드그린으로 바꾸면 완성. 간단한 변장이지만 원래 이 도시에서 변장은 불가능했다. 그러니까 들킬 리도 없다.

"좋아, 완벽해. 이제 키 높이 부츠만 신으면 돼."

준비를 마치고 정원으로. 좋은 가게가 있으면 틀림없이 휴식 중인 사람들의 화제에 오른다.

통탄스럽게도 이 나라는 정말로 오락이 적었다. 슌과 함께 지구산 게임을 퍼뜨려도 고작 몇 년이면 묻혀 버렸다. 엘프의 수명을 기준으로 그것은 정말로 한순간에 지나지 않았다. 물론 유행은 요리에도 적용됐다.

"작년에 눈을 뜨기 전에는…… 20년 전이었나? 그 무렵에는 닭고기가 유행이었지, 아마."

그래도 내가 좋아하는 데리야키 맛이 퍼지지는 않았지만…….

기억을 뒤지는 사이에 정원에 도착했다. 큰 분수와 수조 같은 공간을 고정한 연못, 다양한 종류의 꽃, 스트레치에 편리한 형태의 등받이를 가진 벤치.

지구의 지식을 아낌없이 쏟은 이 정원은 지금도 많은 사람의 휴식처가 되고 있었다.

민간 개방은 불가능하지만 성에 근무하는 사람이라면 누구나 사용할 수 있는 이곳에서, 지금도 많은 사람이 이야기꽃을 피우고 있었다. 그중에는 분명히 오늘 밤의 예정을 이야기하는 사람도 있을 것이다.

마법을 구사해 주위 목소리가 들리도록 공기 진동을 조종했다.

그리하여 이 자리에 있는 사람의 말을 종합해 숙고한 결과—.

“그래…… 수도 운하 확장 공사가 끝난 게 5년 전이지. 옛날보다 해산물 유통도 늘었군. 이번에는 근처에 대규모 항구라도 만들까?”

최근 해산물을 취급하는 가게가 늘었다고 한다. 원래 이 대륙에서 해산물은 공화국이 주로 취급했는데…… 제법 기대가 부푸는 이야기였다.

“아, 너 오늘도 일찍 들어가?”

“헤헤, 곧 원래 연구소로 돌아가니까. 당분간은 일이 일찍 끝나.”

그런데 그때, 자신이 입은 것과 비슷한 백의를 입은 단체가 담소를 나누며 걸어왔다.

“어차피 또 그 가게에 갈 거지? 우리가 일을 마치고 가면 이미 자리가 없는데.”

“후후, 부럽지? 오늘은 전부터 궁금했던 『감바스』를 시킬 거다.”

오호라, 구미가 당기는 이야기다. 감바스는…… 지구에서도 먹은 적이 있었지.

솔직히 요리 이름은 잘 모르지만 그렇게 인기 있는 가게인가?

“나는 안정적으로 아쿠아 파자. 다른 가게와 비교해서 그 가게만 확연히 맛이 달라.”

“요리도 연금술과 비슷하게 만드는 사람에 따라 질이 달라지나.”

오오. 이름은 처음 듣지만 대표 요리인가 보다. 일본에서 먹은 곱창 조림 같은 건가? 그게 그렇게 맛있다면…… 분명히 좋은 가게겠지.

상상으로 기대를 키워 나가는데 내 배에서 꼬르륵 소리가 났다. 이러고 있을 시간이 없다. 지나가려는 연구원들에게 달려가서 그 가게에 관해 묻기로 했다.

“실례합니다, 말씀 좀 물을게요.”

§ § §

세 갈래로 나뉜 운하를 넘어서 도착한 식당이 밀집한 구역.

옛날에는 이토록 많지 않았지만 오락과 자극을 바라며 개성적인 요리를 내는 가게가 오랜 세월에 걸쳐 서서히 늘어났고, 지금은 점포 수가 세 자릿수에 육박할 정도라고 한다.

노을이 비치는 술집 거리에는 조금씩 사람의 발길이 늘어나고 있었다.

이곳이 아니면 보기 힘든, 어딘지 모르게 들뜬 표정으로 걷는 주민들의 모습이 먼 과거에 두고 온 『히사시』의 추억을 들추어냈다.

마지막으로 세 명이 함께 나갔던 밤. 그리고 그날 밤 대화를 떠올렸다.

끝나는 세계. 이주할 땅은 어딘가. 헤어질 때 나눈 「거기서 또 보자」라는 말.

"만약 네가 게임으로 꼬시지 않았다면…… 지금 여기 없었을지도 모르지."

다시는 못 만날지도 모르는 친구를 떠올렸다.

홀로 노을을 걸을 때마다 떠올린다.

홀로 술을 홀짝일 때마다 떠올린다.

너는 『나』에게 너무 많은 영향을 줬다.

그래서 『나』는 아직 너를 기다린다.

또 그 시절의 세 명이 모이는 순간을, 그날 밤의 뒷이야기를…….

『야, 이거 마셔 봐. 도수가 낮고 부드러운 브랜드야. 온더록이면 더 마시기 쉬워.』

『아저씨도 아니고 무슨 일본주를…… 제법 맛있네?』

『그렇지? 나는 요즘 빠졌어.』

그건 아마 막 스무 살이 되었을 때였던가.

『나』에게 술의 맛을 알려준 것도, 맛있는 가게를 알려준 것도 너였다.

동급생이었는데 언제나 너는 내 앞을 걸었다.

그 등을, 앞을 걷는 모습을, 이 노을빛 길에서 몇 번이나 찾았던가.

"……남자답지 못하군. 지금은 성녀도 아닌데."

실소를 흘리고 생각을 뿌리치고자 고개를 들어 다시 행인들을 봤다.

『나』는 아마도 성을 빠져나온 이 노을 속에서 네 모습을 찾고 있다.

야, 너는 여기에 안 올 거야? 나 여기서 엄청 출세했다.

네가 지금 나를 보면 뭐라고 할까? 감탄할까? 놀랄까?

아니, 너라면 뭐 하는 거냐고 웃어 대겠지.

"……그 가게는 어디 있으려나. 옆길로 빠진 곳에 있다고 들었는데."

곳곳에 있는 샛길 중 가장 사람이 많은 곳을 찾았다.

남녀노소…… 사실 외모 연령은 거의 똑같지만, 유독 사람이 북적이는 곳이었다.

아마도 이 앞이 그 가게겠지. 마음을 정하고 그 인파 속에 섞여 들었다.

"끙…… 정체를 밝히고 전부 비켜 달라고 하고 싶네."

조그만 체구가 원망스러웠다. 왜 성장하지 않는 거야? 오잉크는 잘만 마르던데.

역시 『조건을 맞추지 않는 한』 성장하지 않나?

곧 사람이 우르르 몰려가고 영화의 한 장면이 떠오르는 멋들어진 술집에 도착했다.

"어서 오세요. 어머…… 혼자 왔니?"

인파에 떠밀리다시피 가게로 들어오자 종업원으로 보이는 묘령의 여성이 물었다.

아, 아무리 엘프라도 이 모습이면 애로 보이겠지.

하지만 힘이 강한 엘프는 원래 성장이 느린 법.

그 뜻을 넌지시 알리기 위해 오늘 변장에 사용한 완장을 보여줬다. 그것은 곧 성에서 일한다는 증거였다.

"제가 실수했네요. 안쪽 벽 자리도 괜찮을까요?"

"오케이, 오케이. 일단 술부터 한 잔 내주고, 대충 잘 나가는 요리랑 술 하나씩 가져다줘."

"후후, 손님, 뭘 좀 아네요?"

"그럼. 이래 보여도 술 좀 마셨거든."

꾸밈없는 말로 자유롭게 행동하는 기쁨을 곱씹으며 의기양양하게 자리로 이동했다.

장사는 잘되는 모양이지만 종업원은 방금 아가씨 한 명뿐이었다. 그리고 카운터에는 두건을 한 머리 하나가 흔들거리고 있을 뿐이었다.

이렇게 손님이 많은데, 고작 두 명으로 가게가 돌아가나? 너무 무리하는 거 아니야?

그렇게 걱정하는데 조금 전 여성이 접시와 잔이 담긴 쟁반을 들고 왔다.

너무 이른데? 아직 주문하고 3분도 안 지났다.

"후후, 빨리 나와서 놀랐어요? 여기 인기 메뉴는 금방 나오기로도 유명해요. 해산물 찜, 요리사인 저 사람 말로는 『변칙 아쿠아 파자』래요."

"역시 해산물이 인기인가……. 와, 뭐야? 냄새 엄청 좋네?"

"후후, 먹어 봐요. 놀랄 거니까."

붉은 수프 위로 튀긴 생선 토막과 작게 썬 오징어가 보였다.

그리고 조개와…… 뭔지 잘 모를 것도. 이게 뭐지? 간인가?

경계심보다 호기심이 이겼다. 급히 그것을 떠서 그 향과 함께 입으로 넣었다.

"응?! 으흡! 으음~!"

엄청 맛있어! 이건 뭐야, 아귀 간? 바다의 맛과 향이 입안을 점령해 버렸다.

같이 나온 것은 화이트 와인처럼 보이는 연한 호박색 액체였다.

가히 폭력적으로 농후한 첫술의 맛을 씻어내기는 아쉽지만 와인을 한 모금 마셨다.

하지만 또 내 예상을 초월하는 일이 벌어졌다. 조금 전부터 히죽거리며 내 반응을 구경하던 종업원이 이 놀라움의 정체를 알려줬다.

"상그리아 비앙코라고 해요. 레시피는 기업 비밀이지만, 최근 흉내 내는 가게가 늘었죠."

"마법약 조합용 정제수를 탔나……. 맛있어."

"후후, 더 필요하면 얼마든지 불러요."

쉽게 말하면 연구용으로 만들어진 인공 탄산수였다. 이 나라의 특산물이기는 하지만, 사실 선입견 때문에 음용수로는 잘 이용되지 않았다.

“이 나라의 요리도 마침내 여기까지 발전했나……. 참 맛있어졌어.”

좋았어, 돈 생각은 집어치우자. 오늘 이 가게 요리를 전부 정복해 볼까.

다 못 먹으면 몰래 아이템 박스에 넣어서 다음에 꺼내 먹으면 되니까.

§ § §

“카이 군, 13번 손님, 이번에는 『냉제 빈 포타주』.”

“정말요? 그거 웬만하면 안 가는데…….”

“모든 메뉴를 다 먹어 보겠다고 선언했어, 저 애.”

아름답게 화장하고 머리를 정리해 주위로 웃음을 전하는 그녀, 미스티 씨가 홀을 춤추듯 돌아다녔다.

이전의 당장 쓰러질 것만 같은 모습에서는 상상할 수 없는 활기였다. 그 시절의 그녀를 아는 손님의 얼굴에는 흐뭇한 미소가 번져 있었다.

그날 나는 그녀를 쫓았다. 지극히 개인적인 이유와 약간의 자비심. 그리고 이미 나에게 남아 있는지도 의심스러운 『요리사』의 마음을 따라서.

"미스티 씨, 그 손님 누군지 알아요?"

"성녀님의 이름을 받은 아이 아니겠니? 어려 보이는데 벌써 성에서 일한다나 봐."

"이야, 대단하네요."

여기서는 보이는 것은 그 손님의 밤색 뒤통수뿐이었다. 하지만 만약 그것이 변장이라면?

생각의 파도에 휩쓸리기 전에 손을 움직여 요리를 완성해 나갔다.

요리 도구 안에서 페이스트가 된 내용물을 체에 걸러 포타주 접시에 올렸다.

그리고 메뉴에 더할 생각이 없는 음료를 하나 추가했다.

"미스티 씨, 이 글라스도 저 사람에게 전해주세요."

"어머, 혹시 아는 사람이니?"

"그럴지도 모르죠."

은은한 배 향기가 나는 수제 과실주. 이것으로 간을 보자.

마치 스무고개처럼 가느다란 실을 더듬어 올라가듯 작업에 착수했다.

내 요리를 받는 모습을 확인하고 다른 요리를 만들었다.

아직 손님은 끊길 기미가 없었다.

그러니까 너도 벌써 떠나지 말라고, 작은 손님.

손을 움직이면서 곁눈질로 상황을 살폈다.

글라스의 술을 마신 순간, 상대의 움직임이 우뚝 멎었다. 아아, 역시.

확신을 갖기에 충분하고도 남을 리액션이다.

일본주를 다 마시지 못하고 버릴 뻔했지? 향이 날아가서 맛이 없다면서.

그래서 내가 그걸로 배술을 만들어서 처음 마셨을 때 제법 감동했었지.

"……시험 시작이다. 네가 언제 눈치챌지 한번 보자고."

주문받으면서도 친구가 자주 시키던 요리를 짬짬이 만들었다.

닭꼬치, 회, 계란말이에 뼈 있는 생선튀김. 구운 오징어와 그리운 시지미 마요네즈.

그것들을 조금씩, 저 친구가 요리를 새로 주문할 때마다 서비스했다.

계속해서 오가는 말 없는 대화.

그리고 가끔 입이라도 닦는지 팔을 얼굴에 비비는 그 몸짓.

저녁 반주를 이어가는 뒷모습을 관찰하는 사이 폐점 시각은 시시각각 다가오고—.

"저 아이, 끝까지 남았는데…… 마지막으로 모르는 요리를 주문하네?"

"그대로 전해주세요. 만들 테니까."

"우엉조림? 이랑 두부 튀김? 이란 요리인데……."

그 이름을 듣고 나도 모르게 웃음이 나왔다.

하하하…… 너 그거 엄청 좋아했지. 미안한데 두부는 아직 못 만들었어.

하지만 비슷한 식감의 음식이라면 바로 만들어줄게.

우선은 거의 먹지 않고 생약으로 다루어지는 우엉 손질부터.

"흐흐, 두부보다 좋은 게 있지. 이 동네는 생선 내장이 거의 공짜거든……."

사실 나는 이곳 시장에서 헐값에 구한 하급 생선과 내장을 총동원해 메뉴를 짰다. 해산물은 살이 아닌 부위까지 다룰 줄 알아야 비로소 요리사다. 이곳 주민들은 아직 그 점을 이해하지 못해서 손님을 빼앗아 오는 것은 생각보다 어렵지 않았다.

"……됐다. 이리 튀김이랑 우엉조림. 이세계에서 이걸 다 만들어 보네."

"아, 완성했어? 그럼 가져갈—."

"아니에요. 제가 직접 가져갈게요."

§ § §

왜일까. 조금, 아주 조금 그런 예감이 있었다.

요즘 이상한 일이 이어지면서 무슨 일이 시작됐다는 느낌이 들었다.

그래도…… 네가 왔다면 그것도 이해가 된다.

뒤에서 인기척이 난다. 그리고 먹음직스러운 향과 그리운 간장의 진한 냄새가 흘러들었다.

"오래 기다렸지? 마지막 요리는 내가 가지고 왔어, 다리아."

"……항상…… 너만 만들게 해서…… 미안해."

§ § §

영업을 끝내자마자 다리아를 데리고 조용히 이야기할 곳으로 갔다.

서로 하고 싶은 말은 있었다. 하지만 그러려면 그에 어울리는 장소, 남의 귀와 눈을 막아줄 곳이 필요하다는 것을 우리 모두 이해하고 있었다.

그래서 밤의 베일에 싸인 거리에서 이 작은 아이를 데리고 목적지로 갔다.

"여기는…… 귀족 거리잖아? 요시키, 너 귀족이랑 아는 사이야?"

"카이본이야. 너도 그 꼴로 히사시라고 불리기는 싫지, 성녀님?"

"이제 막 만나서 실감이 안…… 아니, 잠깐. 내 입장을 알고 있었어?"

옛 이름으로 불리지만, 반사적으로 거부했다.

그것은 과거와 결별하기 위함인가, 아니면 자신이 흔들릴 것에 대한 두려움인가.

"안다니까 말하겠는데, 일단 특정 파벌에 편들지 않고 절대 중립을 고수 중이야. 만약 네가 어떤 파벌에 협력하고 있다면…… 일이 귀찮아져."

"걱정하지 마. 나를 길들일 인간은 이 세상에 없어. 의리는 지켜도 절대로 충성은 안 해."

"……정말로 너는 어디를 가나 똑같네."

이렇게 어둠 속에서 나무 소리를 들으며 함께 걷는 시간이 무척 그리웠다.

옆에서 걷는 다리아가 조용히 말했다.

"그립네. 심야에 둘이서 마실 거 사러 편의점에 갔었지. 이런 식으로."

푹푹 찌는 열대야. 자연이 살아 있는 시골의 공기는 그만큼 강한 습기와 풀 냄새를 품었다. 우리는 그 살에 달라붙는 공기에 불평하면서 편의점으로 가는 밤길을 걸었다.

……확실히 그립긴 하지.

"그래, 그랬지."

역시 하는 생각은 같았다.

곧 목적지인 저택이 보였다.

"여기는…… 왕의 먼 친척인 아크라이트 경의 저택이었나?"

"역시 성녀쯤 되면 자국 귀족에 관한 정보는 다 머리에 들어 있나?"

시간이 시간인지라 저택에 불빛은 없었고 문지기가 밤의 정적 속에서 자신들의 책무를 다하고 있었다. 갑작스럽게 방문해서 들여보내 주리라는 보장도 없었다. 그래서—.

"자, 다리아, 변장 해제해. 빨리 네 위엄으로 열려라 참깨 해줘."

"너…… 내 입장 알잖아? ……하는 수 없지."

머리가 희미하게 빛을 띠더니 어둠 속에서도 선명하게 빛나는 금발이 나타났다.

"이거면 됐냐?"

"그리운데. 역시 게임 시절이랑 똑같네."

"보통은 그래. 그러고 보니…… 너 오잉크랑 만났냐? 걔는—."

"그것도 포함해서, 일단 안에 들어가서 얘기해. 부탁한다?"

다리아는 누가 볼까 두려워 후드를 뒤집어쓰고 저택 문지기에게로 갔다.

당연히 이런 밤중에 찾아온 방문자를 의심한 문지기가 허리춤에 찬 검을 조용히 잡았다. 하지만…… 다리아가 후드를 벗은 순간 그 표정이 경악으로 덧씌워졌다.

그때를 노려 나도 걸어가서 용건을 전했다.

「우리가 온 사실을 저택 주인에게 알려 달라」라고…….

효과는 직방이었다. 졸려 보이는 아크라이트 경이 아마미를 대동해 나왔다.

갑작스러운 성녀의 방문을 믿지는 않았을 것이다. 얼마 전 저택을 떠난 내가 문지기가 속을 만큼 성녀와 닮은 인물을 데리고 왔기 때문이겠지.

“이런 시간에 대체 무슨 일이 일어난 건가, 카이본.”

“자리를 빌리고 싶습니다. 성녀님을 변두리 숙소로 모실 수는 없지 않습니까.”

그의 시선이 다리아에게 쏠렸다. 의구심에 찬 눈이 점점 믿어지지 않는다는 양 커지고, 힘없던 표정에 점점 생기가 돌아왔다.

“밤늦게 죄송합니다, 아크라이트 경.”

“설마…… 진짜 다리아 님이…… 아니, 어째서…….”

“몰상식하게 찾아와서 뭐라고 사과를 드려야 좋을지…….”

“아, 머리를 들어주십시오! 지금, 지금 바로 안내해 드리겠습니다.”

아주 쩔쩔매시는군. 하긴, 한밤중에 교황이 「안녕하세요?」 하고 현관 앞에 나타난 격이었다. 보통은 이러겠지.

곧장 응접실로 안내받아 먼저 우리의 용건과 지금 상황을 전달했다.

다리아가 친구라는 사실, 남의 눈에 띄지 않고 이야기할 장소를 찾는다는 사실을…….

“예기치 못한 상황에 아무 준비도 되어 있지 않지만, 자리라면 얼마든지 빌려드리겠습니다. 부디 편히 머물러 주십시오.”

"예. 죄송합니다, 아크라이트 경."

아크라이트 경은 우리를 두고 떠났다. 하지만 그의 뒤에서 대기하던 아마미가 슬쩍 손을 들고 발언했다.

"저기…… 저도 여기 남도록 허가해주시면 안 될까요……."

"아마미……! 아무래도 그건—."

"허가할게요. 저랑…… 인연이 있으신 분 같으니까요."

다리아는 눈치챘을 것이다. 그녀가 그 마을에서 교전한 상대라고…….

내가 안내한 곳에 그녀가 있다. 다리아는 이 사실을 통해 하나의 가설을 도출했을 것이다. 굳이 아크라이트 경을 제지했을 정도니까.

아크라이트 경이 퇴실한 후 다리아가 결계를 치고 입을 열었다.

"……전에 만났죠?"

"……네, 다리아 님."

"그렇다면…… 야, 카이본. 나는 너랑 방금 재회했다고 생각했는데?"

"서로를 인식한 재회라면 그게 맞지. 하지만…… 말을 나눈 건 이번으로 세 번째 아닐까?"

그 어둠 속에서 협력해 싸웠을 때. 그리고 마을에서 대치했을 때.

서로를 모르는 첫 번째 만남과 일방적으로 알고 있던 두 번째 만남.

그리고 마지막 세 번째, 진정한 의미의 재회. 그 사실을 전했다.

“그 어둠 속에서 들은 목소리도…… 마을에 있던 기사도…… 그래, 너라면 그 강력함도 이해가 돼.”

“미안해. 그 상황에서 재회하고 싶지는 않았어. 긴급사태였기도 했고.”

“……당연한 판단이야. 나도 서둘러 돌아가야 했고 선불리 동요할 수도 없었으니까. 그렇지만…… 아마미 씨, 한 번 더 사과할게.”

다리아는 나에게 불만스러운 표정을 보이면서도 아마미에게 다시 사과하며 고개를 숙였다.

“아, 아니에요……. 아무도 안 죽었고 주거도 고쳐주셨는 걸요.”

“그걸로 용서받았다고는 생각하지 않지만…… 그렇지, 아이들은 집을 좋아해?”

“네. 다들 같은 구조지만, 그게 오히려 신선한가 봅니다. 그리고 그 무늬도요.”

쭉 마음에 걸렸는지 다리아의 첫 질문은 아이들에 관한 내용이었다.

대충 상황을 듣고 안심한 다리아는 어깨에 힘을 빼고 의자에 몸을 맡겼다.

하지만…… 아마미가 진짜 하고 싶은 말은 따로 있었다. 그녀가 남겠다고 주장한 이유는 물론—.

"다만, 다시는 눈을 뜨지 못할지도 모를 사람이 한 명 있어요."

"……! 그건…… 정말로 뭐라고 사과를 해야 할지……."

허를 찔린 것처럼 다리아가 벌떡 일어났다.

그렇다면 우선 내가 설명하겠다. 왜 우리가 너를 찾아 왔는지를…….

나는 눈을 뜨지 않는 촌장님과 그녀의 정체를, 내 예상을 섞어 이야기했다.

그리고 내 추리와 해결책, 다리아가 할 수 있을지도 모를 일을 들려줬다.

"……구세계의 유산…… 오파츠 같은 건가?"

"마소 외의 무언가를 동력으로 움직이는 안드로이드라는 게 내 예상이야. 동력 공급 장치가 파손돼서 제대로 에너지 공급이 안 되는 상황이야."

"그래서 임시방편으로 직접 코드를 꽂아 견딘다는 말이지……. 어떻게든 해주고 싶지만……."

숙고 끝에 나온 말에서는 부정적인 내용이 예상되었다.

그 순간, 아마미의 손이 허리로 간 것을 나는 놓치지 않았다. 하지만—.

"진정해. 협력하지 않겠다고는 안 했잖아? 할 수 있는 일을 생각하는 중이야."

"……?! 손이, 저절로……."

칼로 가져가던 손을 원래 위치로 돌려놓았다. 그 움직임이 어딘지 모르게 부자연스럽고, 기름이 떨어진 기계 인형처럼 희미하게 떨렸다. 다리아의 힘에 내심 경계심이 강해진 것일까.

"아마도 내부에 본래 에너지 탱크가 있고, 거기까지 에너지가 도달할 방법이 없어서 간이 배터리 같은 작은 탱크에 직접 에너지를 채웠겠지. 그래서 그 습격과 무리한 공급을 반복한 탓에 결국 쓰러진 거고."

"그럼 그 장치뿐 아니라 촌장님에게도 문제가 있다는 거야?"

"그럴 가능성이 높지. 직접 보지 않으면 확신은 못 하지만……."

역시 나보다 지식이 많은 덕에 현실성 있는 추론을 내놓았다.

하지만 그러려면 한 번 더 다리아와 그 마을까지 가야만 했다.

그것을 언제 실행할지가 문제였다.

왜냐하면…… 목적은 다리아를 통해 류에를 국왕에게 데리고 가는 것이니까.

그 목적이 더 늦어지면…… 내 정신 위생에 그다지 좋지 않다.

물론 아마미도 촌장도 구하고 싶었다. 하지만 우선순위를 따지면 류에가 위였다.

"다리아. 촌장님은 이대로 있어도 괜찮을까?"

"기억을 저장하는 에너지가 얼마나 남았는지가 관건이지. 재기동 가능한 유예를 말하는 거라면 신체가 부패하지 않는 한 괜찮을 거야."

"기억이라……."

"지…… 지금 당장 가자…… 갑시다…… 부탁드릴게요."

애원. 머리를 숙인 아마미에게서 하염없이 떨어지는 눈물. 나는 이걸 내쳐야 하는 건가.

"……미안하지만, 그러기도 어려워. 내 입장 알잖아? 마음대로 사라질 수는 없어. 잘못하면…… 그곳부터 의심받아."

"그래도! 지금 기억이라고 하셨죠! 그건 촌장님이 우리를, 마을 사람들을 잊을지도 모른다는 말이잖아요?!"

그것을 과연 이전의 촌장이라고 부를 수 있을까.

모습은 같아도 그건 그냥 다른 사람이 아닌가.

기억 장치를 교환한 컴퓨터에 옛 데이터가 남을 리 없다. 하지만—.

"아마미, 제발 진정해. 바로 기억이 사라진다는 보장은 없어."

"아직 남아 있다는 보장도 없잖아!"

"악마의 증명이군. ……그래, 그 촌장님은 뭐라고 하면서 잠들었어?"

다리아의 물음에 나는 기억을 더듬었다. 촌장님이 마지막에 우리에게 한 말을.

……응? 진짜 마지막으로 한 말이라면 『그거』인데?

“『아, 잠잘 때 이상한 짓은 하지 마세요. 저는 숙녀니까 그런 행위는 서로 합의한 뒤에 하자고요. 그리고 방문은 반드시 잠그고―.』예요.”

앗, 그걸 말해? 눈치 있게 그 전 말을 알려줘야겠다는 생각은 안 했어?

봐, 다리아도 어이없어하잖아.

“……이 촌장님이 발언 수위가 좀 높은 사람이라.”

“……앗! 지, 지금 건 못 들은 걸로 해주세요.”

묘한 분위기 속에서 아마미는 뒤늦게 정정을 시도했다.

그럼 내가 다시 촌장님의 말을―.

그것을 입에 담으려던 때, 다리아가 뭔가 골똘히 생각에 빠진 것을 깨달았다.

지금 발언에 달리 생각할 요소가 있었나?

아마미와 눈빛을 교환한 나는 얌전히 다리아의 말을 기다렸다.

“……흠. 그 촌장님은 잠들 때 늘 그런 소리를 해?”

“잠 자체를 거의 안 자지만, 가끔 그렇게 하루 종일 주무시고는 했어요. 그때도 「저에게 욕정하지 않도록 방 출입을 금지할게요」라는 둥 비슷한 말씀을…….”

"카이본. 촌장님에 관해 달리 아는 정보는 없어? 이름이나 역할 같은 거."

별거 아니라도 참고가 되면 하는 바람으로 그녀에 관해 아는 사정을 모두 털어놓았다.

『MI 탑재 H 0형』, 『첫 명령을 준수해 마을을 지킨다』. 내가 아는 정보는 이 두 가지였다.

그것들을 말하자 다리아가 곧 머리를 까딱까딱 흔들며 생각에 빠졌다.

그리고 아마미도 거수하더니 촌장님의 평소 업무를 알려줬다.

"촌장님은 그밖에도 몸이 안 좋은 아이를 진찰하거나 가축의 선상도 돌봤어요."

그건 나도 처음 듣는 이야기였다. 생물 진찰 기능이라도 있는 걸까?

"그 MI라는 게 메디컬 인터페이스라고 했었지?"

"적어도 촌장님은 인정하는 분위기였어."

"그래서 가축과 주민의 건강 진단도 한다? 옛 명령을 지키는 일환으로?"

정보를 정리하면 촌장님의 본래 역할은 의료와 관련됐을 가능성이 있었다.

그리고—.

"의료 기록은 중요하게 보관하게 마련이지. 촌장님에게는 잠든 사이에 그런 정보를 지키기 위한 방어 시스템이라도 있는 게 아닐까? 그래서 매번 사람이 다가오지 못하게 막는다면, 그 행동도 이해가 돼."

"일리가 있군. ……그렇다면 적어도—."

"정보 보관 및 방어용 에너지는 비축되어 있다는 거지. 활동용 에너지와는 별개로."

차근차근 따지고 보니까 이해가 갔다. 즉, 의지를 가진 안드로이드인 한편, 장기간 데이터를 보관하고 지키기 위한 기능도 있을 것이라는 말이었다.

"그러니까…… 무슨 뜻?"

"촌장님은 아직 더 버틸 거라는 뜻이야. 나도 이 추리가 맞다고 생각해."

"확정은 아니지만, 확률은 높아. 그런 기술을 가진 시대의 인간이 귀중한 데이터 보관에 아무 대책도 세우지 않았다면 그게 더 어처구니없는 소리지."

"이제는 네가 어떻게 나라에서 빠져나가 마을로 가느냐, 인데…… 안타깝지만 내게도 사정이 있어. 아마미, 지금은 이걸로 일단 만족할 수 없을까?"

우리는 그런 정보의 중요성, 데이터 백업과 수복의 중요함을 알기에 거의 확신을 가졌다. 하지만 아마미는 어떨까?

아마미는 고개를 숙여 표정이 보이지 않았다.

그래도…… 그녀의 목소리는 또렷하게 들렸다.

"……정말로, 괜찮은 거야? 이제 안심해도 돼?"

맥이 빠진 목소리. 늠름함이 느껴지지 않는, 그녀답지 않게 가늘고 떨리는 목소리.

마치 지금까지 꽉 잡고 있던 긴장의 끈을 놓아 버린 듯한…….

"내가 거기로 갈 때까지는 충분히 버틸 거야. 다시 마을에 갈 때는 만반의 준비를 하고 갈게. 그러니까…… 이런 불확실한 말은 별로 하고 싶지 않지만—."

바로 그 순간이었다. 다리아의 분위기와 그 표정이 마치 다른 사람처럼 변했다.

"안심하세요. 그래도 저는 성녀입니다. 거짓말은 안 해요. 꼭 구해드릴게요."

"다리아 님…… 정말로 와주시는 거죠? 도와, 주시는 거죠?"

"당연하지, 맡겨만 둬."

얼레, 내 착각이었나. 갑자기 성녀 모드에서 히사시 모드로 바뀌지 마.

그렇지만 이로써 촌장님 일은 일단 안심해도 되겠다.

변하지 않았다. 너는 도움을 바라는 사람의 손을 뿌리칠 정도로 비정해지지 못한다.

그래, 그게 너지.

다리아의 선언을 듣고 아마미도 겨우 마음의 짐을 내려놓은 것 같았다.

그렇다면 여기서부터는 나와 다리아만의 시간. 어떻게 보면 결판을 낼 때다.

지금부터 중요한 이야기가 있다고 아마미를 방에서 내보냈다.

"지금까지 저지른 결례를 부디 용서해주세요. 이 벌은 모든 일이 끝나면 모두 제가 지겠습니다."

방을 나가면서 머리를 숙인 아마미에게 다리아가 말로 못할 표정을 짓는 것이 인상적이었지만, 이 또한 어쩔 수 없는 일이었다. 다리아가 어떻게 생각하건 이 나라의 사람은 모두 성녀에게 이런 태도를 보이는 것이 당연하니까.

그런 나라에 오랜 세월을 지낸 너는…… 과연 어떻게 변했을까.

그것을 지금부터 들어야만 한다.

응접실 조명이 우리 둘을 비추었다.

서로 무슨 말을 해야 할지 몰라 말 없이 시곗바늘만 움직였다.

새소리조차 들리지 않는 정적 속, 조명에서 나오는 미세한 구동음마저 또렷했다.

"……우선 서로 근황 보고부터 시작할까? 이러다 날 새겠어."

"그래……. 내 사정은 어느 정도 알 테니까 너부터 해."

나는 말했다. 이 세계에 온 것은 작년. 눈을 뜬 곳은 엔드레시아 대륙이었다고.

그리고 여행 도중 오잉크가 날 발견해 너희 둘의 이야기를 들었다고.

그때부터 내 여행 목적은 너희와 재회하는 것이었다고.

중요한 부분은 말하지 않았다. 내가 누구 곁에 나타나 누구와 함께 여행했는지는…….

하지만 너라면 알겠지? 그 숲에서 내 옆에 있던 사람이 누구인지.

친근하게 내 옆에 선 그녀가 어떤 사람인지.

"작년……. 그거참…… 많이도 어긋났군."

"너는 이 나라가 생기기 전에 온 거 같은데, 맞아?"

"522년 전이야. 나랑 슌은 이 대륙 남단의 모래사장에서 깼어."

"둘이 같이 있었어? 운이 좋았네."

"……글쎄다. 원래 세계가 자꾸 생각나는 상황도 제법 힘들더라."

그건 그럴지도 모르겠다.

싫어도 향수가 자극되고, 말 구석구석에 그런 감정이 묻어난다.

그건 어쩌면 고독한 삶과는 또 다른 괴로움일지도 모른다.

"아무튼 너는 나랑 만나서 목적을 이룬 셈인데, 앞으로 어떡할래? 여기서 살래?"

"거절할 줄 알면서 그런 제안 하지 마."

"……그럴 줄 알았어. 그리고, 다른 목적이 있지?"

그 순간, 다리아의 눈이 가늘어졌다.

겉모습은 열두 살이나 될까 싶은 소녀지만 비유 없이 괴물이 노려보는 기분이었다. 보이지 않는 압력이 두 어깨를 짓누르고 차가운 감각이 목을 타고 오르는 착각이 들었다.

……그렇겠지. 성녀로서 지나칠 수 없겠지. 설령 마을을 지키기 위해서라고는 해도 이 나라에 한 번 적의를 내비친 나를, 혼자 국가를 흔들 수 있는 존재를.

"……그 마을 때문인가? 아니, 그럴 리가. 너는 절대로 나쁜 사람은 아니지만, 남을 위해 전부 내던지고 화낼 정도로 착한 사람도 아니지. 안 그래?"

거짓말은 용서하지 않겠다. 다리아는 나라의 수호자다운 적의와 경계심을 내비쳤다.

"……잘 아네."

네가 그런 눈으로 본다면. 내 진의를 살피려고 파고든다면…….

보여주마. 떠올리게 해주마. 내가 어떤 인간이었는지.

입꼬리가 자연스럽게 올라갔다. 볼 근육의 맥동이 전해졌다.

눈이 초승달 모양으로 일그러진다. 기뻐서 어쩔 줄 모르고, 희열을 감출 수 없어서…….

야, 재미있지 않냐. 히사시, 나 이렇게 됐다.

안 돼지. 나한테 이런 힘을 쥐어주면.

안 돼지. 이런 나한테 한순간이라도 적개심을 보이면.

"……살벌하네. 진정해."

"아니…… 그건 무리야, 히사시. 나는 나름대로 인내심이 강한 편이지만—."

상상력을 총동원해 봐.

머릿속에 그 상황을, 광경을 선명하게 그려 봐.

그 때의 내 감정을 가능한 한 섬세하게 세세한 부분까지 재현해 보라고.

"소중한 가족, 애인, 자식, 누구든 좋아. 그 사람이 괴롭힘당해서 몇 번이나 울고, 자살 미수까지 일으키고, 병원을 들락날락하고, 겨우 사회에 복귀하자마자 옛날 가해자가 또 생각 없는 소리를 지껄여서 마음의 병을 앓는 거야."

비유다. 실제로 이 상황이 맞는지는 당사자인 『그녀』밖에 모른다.

하지만—『적어도 나는 그렇게 느꼈다』.

"그런데도 괜찮은 척해. 가해자를 원망하지 않는다, 나는 괜찮다고 말하는 당사자의 말을 존중해서 전부 잊고 용서해줘."

그래도 그녀는 배신한 엘프에 대한 원망을 입에 담은 적이 없었다. 오히려 내가 미쳐 날뛰지 못하게 언제나 의연한 태도를 보여줬다.

그래서 나는 그녀와의 약속을 지키자고 결심하고 지금까

지 참아왔다.

“야, 그런 인간이 어디 있냐? 죽이지? 보통은 죽이지? 만약 살인이, 보복이 죄가 아니면 개나 소나 죽일 거 아냐? 아니, 죄가 되든 말든 체면 차리지 않고 본능대로 물어뜯잖아? 복수하려고, 대가를 치르게 하려고 덤비는 게 정상이잖아?”

정말로 나는 이 앞에 어떤 결말이 기다려도 약속을 끝까지 지킬 수 있을까?

이제 코앞에 있다. 원수에게 가기 위한 티켓을 가진 사람이…….

그런데도 선을 넘지 않는 것은, 류에와 한 약속 때문만은 아니었다.

이미 이 나라에도 소중한 사람이 생겼다. 그들에게 보답하고 싶었다.

“네 앞에 있는 인간은 그런 놈이야. 왜 내가 여기 왔는지나 들어.”

자, 들어라. 류에가 받은 천 년의 고통을.

사람을 구하고, 그리고 구해주기를 바랐다가 배신당한 그녀의 결말을.

너희가 남긴 결과가 나라는 괴물을 낳았다는 사실을.

하지만 그래도 대화를 원하고 왕을 찾아가려는 그녀의 존재를.

제자에게 속고 보답받지 못한, 너무나도 도의에 어긋난 결말.

그것을 듣고 너는 어떡할 거지? 내 앞에서 무슨 선택을 내릴 거지?

자…… 내 이야기는 끝났다. 대답을 들려줘, 히사시.

"……왕을 알현하고 싶다? 지금 왕은 2대야. 류에가 살던 숲의 생존자가 아니야."

"그래도 류에는 왕을 만나겠다고 했어. 나는 그 바람을 이루려고 여기 왔어."

"만나게 할 수는…… 있어. 하지만 그래서 어쩌려고? 그 사실을 말한 다음에는? 국왕에게 사과받고 그걸로 끝이야? 그 뒤에 뭘 바랄지 모를 사람을 만나게 하라고? 나는…… 이 나라의 성녀인 나는…… 못 해."

"류에가 무슨 생각을 하는지는 몰라. 하지만 적어도 나는…… 왕에게 죄를 인정받아야겠어. 그리고 그 사실을 전 국민에게 선언하도록 만들고 싶어."

"안 돼. 그러면 나라가 흔들려. 그것만은 내가 허락 못 해."

"……아, 그러셔?"

열이 식는다. 머리로 솟구쳤던 피가 급격하게 빠져나가는 느낌이었다.

한숨 쉬며 일단 이 생각을 가라앉히려고 힘을 뺐다.

그리고 다시 온몸의 힘을 폭발시켰다.

"히사시. 그건 내가 이 나라와 적대해도 상관없다는 소리지?"

“으! 아니야! 그런 말이 아니잖아! 네가 도를 넘지 않겠다고 보장한다면, 이 나라가 대응할 수단이 마련된다면! 그때는, 만나게 해줄게…….”

머리를 감싸는 히사시…… 아니, 다리아.

그 작은 몸으로 작은 머리를 감싸고 웅크린 모습은 마치 혼나는 아이 같았다.

내가 아는 것과는 너무나 동떨어진 모습……. 왜 그래? 넌 그런 사람이 아니었잖아?

“……부탁할게, 조금만 시간을 줘. 나 혼자…… 결정할 일이 아니야…….”

“……숲이야? 아니면 왕?”

“왕은 아무것도 몰라. 그냥 나라의 대표일 뿐이지. 하지만…… 살아 있어. 초대 국왕도.”

그 말에 귀를 의심했다. 그 말은…… 모든 사태의 원흉이 아직 이 세계에 있다는 뜻.

초대 국왕, 브라이트의 족장. 류에를 그 숲에 묶어 둔 일족의 우두머리.

류에의 가르침으로 그녀를 속이고 계약한, 가장 증오스러운 자들의 대표, 생존자.

“……나도 그 인간에게 물을 말이 생겼어. 부탁이니까 조금만 기다려.”

“기한은 이번 주까지야. 그때까지 답을 줘. 나도 그 이상은 못 참아."

"그렇겠지……. 이 세계에 오고 처음으로 무섭다고 생각했어. 그 얼굴, 다른 사람 앞에서는 보이지 마."

너 혼자 짊어지기에는 너무 큰 문제일 테니까.

그러니까 상담해줘. 나와 만나야 할 또 한 명의 친구와…….

그리고 끌어내줘. 그 초대 국왕이라는 자식을…….

"결말이 어떻게 되든, 일단 류에를 이 도시로 들이고 싶어. 무슨 방법 없어?"

"그래, 본인이 없으면 이야기를 못 하지. 잠깐만, 지금 꺼낼게."

그러더니 다리아가 아이템 박스에서 작은 메달을 꺼내 내밀었다.

"성녀 직속 부하라는 증표야. 왕족과 귀족의 명령을 무시하는 초특권 계급의 증표. 이걸 가진 사람은 슌이랑 내 직속 부하뿐이야. 이걸 가져가."

"알았어. 류에는 아마미가 데리고 올 테니까 걔한테 줄게."

이로써 적어도 류에를 초대할 수 있게 됐다. 진일보라 할 수 있겠다.

서로에게 생각할 문제를 안겨준 심야의 대화는 이렇게 일단락됐다.

§ § §

“이렇게 아침 일찍 떠나시다니…… 하다못해 아침 식사라도 드시고 가시면 어떻습니까?”

“아뇨, 시급히 처리할 문제가 생겼어요. 당장에라도 돌아가야겠어요.”

나는 아크라이트 경의 저택 앞에서 혼자 성으로 돌아가기 위해 등을 돌렸다.

“다리아, 나흘 뒤야. 잊지 마.”

그리고 내 뒤로 들려오는 말은 만류도 이별을 아쉬워하는 말도 아니었다.

그런 소리를 할 인간은 이 나라에 있을 리 없었다. 바로 얼마 전까지는…….

“네. 그때까지 저도 결단을 내리죠. 아크라이트 경, 가까운 시일 내에 다시 방문할게요.”

“예, 옛! 명심하겠습니다!”

아마 이 한 명의 남자가. 아마 지금 내가 끌어안은 문제가…….

틀림없이 여기서 우리가 고를 선택이, 이 나라의 미래를 결정한다.

“……카이본. 그날 밤 못다 한 이야기를, 또 셋이서…….”

마침내 찾았거든. 너한테 추천해도 될 가게를 자력으로.

그러니까—.

"……그건 네가 하기 나름이지."

그렇겠지. 희망을 주는 말을 섣불리 말하지는 않겠다.

너는 그렇게 착한 인간이 아니니까.

미안하다, 카이본. 나도 이 나라가 정말로, 눈물이 날 정도로 소중해.

저택이 보이지 않게 되고 귀족 거리에서 나와 하늘을 올려다봤다.

날은 흐린데 서늘한 마른 공기가 부드럽게 흘러갔다.

"후…… 젠장…… 지금은 그냥 비나 맞고 싶다."

§ § §

외줄 타기였다. 만에 하나라도 다리아와 적대해서는 안 됐다. 그렇게 생각하면서도 나는 마음을 뒤흔드는, 사실상 협박에 가까운 짓을 하고 말았다.

솔직히 악수(惡手)가 아닐까 생각했다. 하지만 그 정도 위험은 감수해야 했다.

만약 다리아가 처음부터 호전적이었다면. 만약 냉정하게 교섭에 응했다면…….

결국 내가 일방적으로 모든 요구를 받아들여야 했을지도 모른다.

나는 어제 기억한 다리아의 스테이터스를 다시 상태창에 표시했다.

【Name】 다리아
【종족】 엘더 엘프
【직업】 마도사(50), 재생사(50)
【레벨】 377(+798)
【칭호】 트릭스터
엘리멘털 마스터
영원한 성녀
대륙 평정자
이야기를 잇는 자
별을 삼키는 자
재생을 다스리는 자
검성에 달한 자
광아(狂牙)를 깨부순 자
요호(妖狐)를 물리친 자
용제(龍帝)에 견줄 자
마의 극에 달한 자
【스킬】 번개 마도, 얼음 마도, 불 마도, 빛 마도, 성 마도,
흙 마도, 수령술(樹靈術) 법술, 상위 결계술,
한 손 검술, 장술(杖術), 재생술, 재생 마도,

용 마도, 요술, 사령술, 붕괴술, 마렬술(魔裂術),
부여술, 마검술, 데미 프로그래밍, 신성술

그것은 오랜 세월에 걸쳐 완성된 압도적인 숫자와 문자의 나열이었다.

말 그대로 손을 댈 수 없는, 나를 능가하는 진정한 괴물이었다.

듣도 보도 못 한 스킬들.

이름만으로 장대한 삶을 연상케 하는 칭호들.

그리고 내 머리로는 이해조차 안 되는 레벨.

내가 전력으로 덤벼도, 철저히 준비하지 않는 한 아마 절대로 이기지 못할 상대였다.

이 외줄 타기…… 반드시 끝까지 건너야만 한다. 다리아가 어떤 답을 내려도 최악의 길로 빠지지 않으려면 발밑을 확실히 확인하며 걸어야 할 것이다.

……정말 너무 강해졌잖아. 뭐야, 그 (+798)이란 건.

왜 네가 검술까지 배운 거야? 치사하게…….

"설마 성녀님이 네 친구일 줄 몰랐군……."

"그냥 옛날부터 알던 사이예요. 그런데…… 아크라이트 경, 한 가지 부탁이 있습니다."

"……성녀님의 친구라면 무시할 수는 없군. 말해 보게."

"아마미를 빌리고 싶습니다. 아마미를 보낼 곳이 있어요."

"……알겠네. 본인과 상담해 보게. 나는 그 아이의 판단을 존중할 테니까."

어떤 답을 내리건 이미 나는 소기의 목적을 달성했다.

이제 아마미를 보내서 두 사람을 불러와야겠지.

"응. 시간 여유를 생각해서 오늘 안으로 출발할게. 아크라이트 경에게 전하고 올게."

"미안, 재촉해서."

"괜찮아. 카이본의 볼일이 빨리 끝나야 촌장님도 빨리 구하지."

"그래. 그럼 조심해서 다녀와. 만약 위험할 때는 이 메달을 보여줘."

"오오…… 나, 위험하면 류에가 어떻게든 해줄 거라고 생각했어. 주먹으로."

"뭐야, 애 무서워."

아마미에게 두 사람을 맡기고 나는 지금 하는 일을 끝내기로 마음먹었다.

바로 미스티 씨의 가게 일이었다. 원래 단기 계약, 그녀가 만족할 때까지 계속한다는 약속이었지만 연일 만원 세례에 그녀는「다시 가게가 사람으로 꽉 찬 모습을 봤다」라며 이미 언제 그만둬도 된다고 말했다. 하지만 다리아를 찾기 위해서 나는 계속 일했었다.

게다가…… 그렇게 기쁘게 일하는 미스티 씨를 어떻게 그냥 두겠는가.

"……이용할 생각이었는데. 그냥 목적을 위해 이용할 생각뿐이었는데."

설령 앞으로 이 나라와 적대하게 되어도, 지금 이 순간 이 나라에 있는 작은 가게를 위해서 내가 움직인다는 사실이 사라지지는 않는다.

다행히 동업자 헤드헌터나 제자로 받아달라는 요리사도 찾아왔다.

내가 없어도 미스티 씨가 바란다면 가게를 존속할 수단을 남겨 둘 생각이다. 불행인지 다행인지, 내가 아는 레시피와 칵테일은 그만한 가치를 가졌으니까.

"나도 마음이 약해졌나. 엘프는 다 적이라고 생각하던 시기도 있었는데."

§ § §

"다리아 님! 대체 어디에 계셨습니까!"

"죄송해요. 빠뜨릴 수 없는 용무가 있었어요. 국가의 미래에 관련된 내용이라서 자세히 말할 수는 없지만, 폐를 끼쳤네요."

성으로 들어오기 무섭게 내 전속 궁정 마도사와 사용인들이 달려왔다.

이 사람들도 내가 조금만 잘못하면 위험에 빠진다.

지킬 수는 있다. 하지만 정말로 지켜야만 하는 건, 뭐지?

나라? 사람? 왕족? 친구? 우정? 아니면 이 대륙?

아니다. 전부 틀렸다. 더, 더 근본적인 것이다.

지켜야만 하는 것, 성취해야만 하는 것, 내가 마주해야만 하는 것은 더 근본적인 것이다. 그것은 『인의』.

정직하게 죄를 벌하고 잘못을 바로잡는다.

약속과 계약, 우정과 신뢰. 정에 치우쳤다고 하면 달리 할 말은 없다.

하지만 나는 언제나 그 선만은 지켰다고 자부한다.

그렇다면 과거에 저지른 큰 잘못을 바로잡아야만 한다.

내가 지금 지위에 서서 선택을 강요받는다면 그것을 혼자 결정해서는 안 된다.

우리에게 있을 곳을 준 이 나라에 대한 은혜.

우리에게 지식을 전해준 사람들에 대한 감사.

그것들을 모두 마음의 천칭에 실어 이야기해야 한다.

가능하다면 수평이기를. 반대쪽에 나타난 『기다리던 동료』라는 추와 대등하기를…….

"급히 펜넬에게 연락해주세요. 『지금 당장 중요한 이야기가 있다』라고."

"펜넬 님이라면 귀국한 슌 님과 나눌 이야기가 있다며 『신령궁』에 가셨습니다."

"……그런가요. 그럼 저도 가겠습니다."

그래, 슌이 돌아왔나. 마침 잘됐다. 너도 들어야 할 이야기니까.

분명히…… 너라면 나보다 카이본을 잘 이해하겠지.

『반신을 잃은』 너라면…… 분명히.

이 왕성 중심에 자란 거목 『신령수』의 내부에는 건축물이 존재했다.

그곳은…… 이 대륙의 칠성을 봉인하는 중추였다.

너희가 지금 그곳에 있다면 이만큼 이 이야기에 어울리는 곳도 없을 거다.

성 최심부에 있는, 숲 속 같은 풍경의 제단으로 갔다.

그곳에 성물로 안치된 『얼굴 없는 여신상』에 주문을 외웠다.

그러자 바닥에 빛의 원이 생겼다. 그 안으로 들어가자 빛이 몸을 감쌌다.

눈부신 광량에 반사적으로 눈을 감고, 다시 눈을 뜨니—.

"오, 다리아. 돌아왔구나? 설마 외박하고 올 줄은 몰랐어."

"또 술 마시러 갔어? 한 달 만에 보네."

평소와 다를 바 없이 태연한 두 사람이 보드게임을 즐기고 있었다.

"슌, 공화국은 어땠어?"

"아, 작은 다툼이었는데 야생 마물을 길들인 머저리가 끼어 있더라고. 예전 『엘다인국』 녀석들이 공화국에서 독립하겠다나 뭐라나 난리였어.”

“……과격한 녀석들이군. 그래서 결국 어떻게 됐어?”

“엘다인의 대장을 반쯤 죽여서 교육해줬지. 그 모양이라도 우리랑 정전 협정을 맺은 공화국이니까. 거기서 떨어져 나오겠다는 게 무슨 의미인지, 제대로 알려줄 필요가 있었어.”

“후후, 믿음직해. 그런데 선물은 뭐야? 와인을 기대했는데.”

이 나라와 인접한 세류 공화국은 원래 우리나라, 서즈가르드라는 공공의 적이 생겨서 뭉친 나라였다. 그리고 서즈가르드와 세류가 다툼을 멈춘 이유는 아이러니하게도 『칠성』이라는 공공의 적이 나타났기 때문…….

그렇다면 칠성을 봉인한 지금 대체 무엇이 이 대륙의 다툼을 막고 있는가.

마음에 안 들지만 바로 내가, 이 나라가 『칠성을 봉인한 주역』이라는 사실이었다.

그래서 나는 사실 일거수일투족을 함부로 할 수 없는 입장이었다.

그래서…… 요시키, 카이본에게 대답해 주지 못한 것이다.

이제는 너도 짊어져라. 그리고 이제 그만 얼버무려라.

나는 오늘…… 여기서 모두 결판을 낼 각오로 왔으니까.

교섭 따위는 필요 없다. 말을 가리거나 체면을 차릴 필요도 없다.

모조리 쏟아내 주겠다. 처음부터 필살기로 찍어 누르는 게 기본이잖아?

"너희한테 좋은 소식이 있어. 류에 세미엘과 카이본이 이 나라에 왔어."

찬물을 끼얹은 듯한 정적.

내가 뱉은 말, 내가 가져온 정보는 이곳에서 모든 소리를 앗아갔다.

둘은 완전히 굳어 버렸다. 어떤 대답이 돌아올까. 긴장으로 가슴 고동이 커졌다.

얼마 전까지 느낀 적 없던 긴장감을 맛보며 꿀꺽 침을 삼켰다.

이 이름을 알 것이다. 펜넬은 카이본을 모른다. 하지만 다른 한 명은? 우리가 전해 들었던 『태고의 마녀』, 『세미엘의 마녀』 말이다.

그게 설마 요시키의, 카이본의 세컨드 캐릭터였을 줄이야.

전해 들은 전설이 사실이라면 아마 교활한 마녀일 것이다.

하지만…… 적어도 내가 카이본에게 들은 이야기는 크게 달랐다.

옛날, 그녀를 속이고 봉인을 떠넘긴 사람이 이 열여덟 살이나 됐을까 싶은 엘프 남자였다.

초대 국왕. 엘프를 이끄는 자. 엘프의 시조. 브라이트의 수호자.

다양한 이름으로 불리고 경외받으며 많은 신뢰와 신앙을 받는 이 남자다.

잠깐의 침묵이 마치 며 시간이나 이어진 듯한 착각을 일으킨다.

"대답해, 펜넬. 아니…… 초대 국왕 펜넬 타니얼 브라이트."

"크크크…… 하하하하하…… 정말로? 정말로 왔어? 크크크……."

목에서 새는 웃음이 유쾌한 웃음소리로 변해 갔다.

진심으로 우스운 듯, 책상에 엎드려서 등을 들썩이며 웃음을 참았다.

굉장히 불쾌했다. 카이본의 분노와 결의를 깔보는 것 같아서…….

"다리아, 카이본을 만났어?"

"그래. 그리고— 나흘 안에 한 번 더 만나야 해."

나는 전했다. 이 나라에 미증유의 위기가 닥칠지도 모른다는 사실을…….

"펜넬. 카이본은 네 행동에 화가 났어. 틀림없이 이 나라에 위협을 가할 거야."

"크크크…… 아하하하, 그게 뭐? 한낱 인간 한 명이……."

그 순간, 나와 슌이 동시에 움직였다.

슌이 가진 칼과 내가 가진 검이 동시에 펜넬의 목 앞에 멈췄다.

""우리도 그냥 인간이야.""
"알았어, 알았어. 그러니까 너희 친구가 비슷한 힘을 가진 존재란 말이지?"
"방심하지 마. 카이본은 가장 경계할 대상이야. 이번 일은 신중하게 처리해야 해."
"……아무리 너라도 그 녀석을 무시하는 발언은 못 봐줘."
의외로 슌도 카이본을 무시하는 말에 분노한 것 같았다.
……잊었다고, 이제 없는 사람이라고 그렇게 떠들어 댔던 주제에.
그리고 나는 이어서 카이본에게 들은 이야기를 두 사람에게 그대로 들려줬다.
과거 엔드레시아에 나타난 최강의 칠성의 이야기.
그 칠성을 봉인하기 위해 이용당하고 속은 류에의 이야기.
천 년이나 홀로 추운 숲 속에 남겨진 역사를…….
나조차 그 절반인 500년에 견디지 못하고 정기적으로 잠들기를 선택했다.
하지만 그녀는 자신을 봉인할 수도 없이 천 년이나 살아왔다.
카이본이 방문할 때까지 아무도 없는 세계의 끝에 위치한 숲에서 혼자 고독을 견뎌왔다.
슌. 너라면, 너라면 이해할 수 있지?
이야기를 끝낸 나는 가만히 귀를 기울이던 슌을 돌아봤다.

하지만 그곳에 있는 것은 분노도 슬픔도 아닌, 달관한 듯한 무표정이었다.

"카이본은 왕족에게 복수할 권리가 있어. 하지만 그걸 참을 테니 진실을 국민에게 공표하라, 류에를 왕과 만나게 하라고 요구했어."

"흐음, 제법 신사적인걸?"

"장난치지 마. 그 녀석은 이미 한계에 달했어. 선택을 잘못하면 상상 이상으로 끔찍한 미래가 기다릴지도 몰라. 우리가 충돌하면 어떻게 되겠어?"

하지만 펜넬은 시종일관 재미있는 이야기라도 듣는 양 희미한 미소를 띤 채로 나를 보고 있었다. 이거다. 이게 이 남자의 마음에 안 드는 부분이다.

이 녀석이 악랄하고 교활한 성격인 건 잘 알지만, 마치 관찰 대상이 재미있는 행동을 하기를 기다리는 것 같은 그 표정이 구역질 날 만큼 싫었다.

"만나게 해주면 되잖아? 국왕에게 해를 끼칠 생각인지는 모르겠지만. 다만…… 그걸 보고만 있을 순 없지. 그렇지? 슌."

"……그래. 나라에 해가 된다면 제거해야겠지."

"……?! 너…… 네가 만약 같은 입장이면…… 만약 희생된 게 제리—."

친구의 입에서 나온 믿지 못할 말에 언성을 높여 버린 그때, 또 순식간에 뽑힌 칼날이 내 목에 닿았다.

한없이 차갑고 예리한 감촉을 목으로 느끼며 침을 꿀꺽 삼켰다.

“지금 이 위치에 있는 우리가 할 행동은 뭐야? 가정을 늘어놓기 전에 지금 자기가 해야 할 일을 한 번 더 생각해 보시지, 성녀님.”

“변명을 하자면, 내가 그녀를 그 땅에 남긴 건 어쩔 수 없는 일이었어.”

그러자 펜넬은 아직도 우스운 웃음을 흘리며 이야기했다.

천 년. 우리보다 배는 오래 산 사실을 새롭게 알게 된 이 남자의 이야기를 들으려고 일단 마음을 가라앉히고 나도 자리에 앉았다.

“너희랑 내가 봉인한 칠성 『마극 리스티리아』, 『검신 하이네른』. 그것들은 악몽 같은 재앙이었지. 그건 나도 물론 인정해. 하지만…… 『용신』은 달라. 악몽이나 재앙과는 차원이 다른 절망 그 자체였어.”

이제야 겨우 펜넬의 표정이 변했다.

희미한 웃음이 사라지고 생각하기도 싫은 것처럼 표정이 살짝 일그러졌다.

그 반응으로 『용신』이라는 상대가 이 미친 남자조차 정상적인 감정을 표면으로 드러낼 정도로 무시무시한 존재라고 깨닫고 다시 침을 삼켰다.

“절대로 안 죽어. 아무리 치명상을 입혀도 금방 회복하고,

어떤 저주도 튕겨 내고, 만 가지가 넘는 술법을 깨뜨려. 몇 천 명의 일기당천이 덤벼도 참극의 시간을 늘릴 뿐이었어. 아마 지금 나랑 너희가 덤벼도 질걸? 대충 그런 상대였어."

"당시 인간이 지금 우리보다 약하긴 했겠지만, 그래도 무시무시한 이야기군."

"그렇지? 그래도—."

펜넬은 말했다. 그 절망에 홀로 맞선 한 성기사의 일화를.

천 명을 잃으면 천 명을 구하고자 분투하고, 만 가지 술법이 통하지 않으면 또 새로운 술법을 창조한다.

『용』이라는 이름이 붙는다면 얼음 속성이 주특기인 류에가 대항 수단이 되었겠지. 그리고 내 기억이 맞다면 류에는, 게임 시절 최강으로 불린 장비 세트를 가졌다. 그렇다면 이해가 된다. 그 장비를 착용했다면 쉽게 지지는 않았을 것이다.

누가 뭐래도 우리 팀 멤버가 모두 협력해 모은 장비니까.

다시 말해 류에의 승리는 곧 우리 모두의 승리다.

생각이 거기에 미쳤을 때 슌도 어딘지 모르게 자랑스러운 표정을 짓고 있었다.

하지만 이야기는 거기서 끝이 아니란 것을 우리는 안다.

그 용신은 결국 류에를 희생해서 봉인되었으니까.

"다시 나타난 용신에게 솔직히 좌절할 뻔했어. 그래도 또 그녀가 일어섰지. 사실 우리 숲의 엘프가 협력을 요청한 거지만."

“그런 주제에 너는 류에를 속이고 속박했어.”
“그럼 반대로 묻겠는데…… 너는 언제 죽을지 모를 사투를 몇 번이나 시킬 거야? 어디선가 그 연쇄를 끊어야겠다는 생각 안 들어?”
“일리 있어. 설령 류에가 용신을 물리쳐도 반드시 희생이 필요했겠지. 안 그래?”
펜넬의 해명에 말문이 막혔다. 슌의 말도 이해는 됐다.
그렇다. 근본을 해결하지 못하면…… 소모전을 장기화시킬 뿐이다.
그리고 만약 한 사람의 희생으로 모든 이의 평화가 이루어진다면…….
“그녀, 류에 세미엘은 다리아처럼 특별해. 마력이, 마르지 않아.”
“……그렇겠지.”
그것은 『마도사』를 최고 레벨까지 키운 인간만이 도전할 수 있는 퀘스트의 보수였다.
신예기 인간, 플레이어 캐릭터의 자연 회복 속도는 이 세계에 사는 사람과 비교를 불허했다. 그리고 나와 류에 같은 마도사는 그 속도가 더 빨랐다.
모르는 사람이 보면 무한한 마력을 가졌다고 생각할 만했다.
그래서 펜넬은…… 류에의 마력을 계속 소비하는 봉인을 고안했다, 그건가…….

"……용납은 안 돼도 이해는 했어. 하지만 류에를 속일 이유는 없잖아?"

설득하기는 어렵겠지. 하지만 대화 없이, 타협안도 없이, 일방적으로 그것을 실행했다.

내 질문에 펜넬은 마치 당연한 것처럼 태평하게 웃으면서—.

"응? 설득해서 뭐 해? 싫어하거나 난리 피우면 귀찮잖아?"

죄책감도 느끼지 않는 것처럼 희미하게 웃으며 그렇게 대답했다.

무의식적으로 몸이 움직였다. 검이 불을 두르고 녀석의 얼굴로 곧게 뻗어 나갔다.

그러나 검은 옆에서 날아든 다른 칼날에 제지당했다.

……내 인내심이 한계에 달했던 걸까. 뒤늦게 자신이 왜 그랬는지 이해하고, 자신의 만행을 막아준 친구에게 감사했다.

"펜넬, 말이 지나쳐. 이걸로 두 번째야. 가급적 말은 가려서 해."

"에이…… 딱히 그녀를 무시할 생각은 아니었어. 하지만 그녀는 나이를 안 먹거든. 그러면 언젠가 해결책을 찾아서 데리러 가면 돼. 그렇게 생각했던 거지."

그는 미안한 척도 하지 않고 지금 들은 경고조차 신경 쓰지 않는 기색이었다.

나이를 안 먹어? 그래서? 몸은 괜찮아도 마음은 그렇지 않잖아?

우리가 그랬듯이 류에도…….

이곳에 카이본이 없어서 천만다행이다.

만나게 할 순 없다. 이 남자와 카이본만은 절대로 만나게 해서는 안 된다.

속으로 몰래 결심하고 나도 검을 물렸다.

"그나저나 의외네. 너희, 그녀랑 아는 사이였어? 그런 줄 알았으면 세미엘의 마녀가 아니라 이름을 전해 뒀어야 했나?"

"그건 국민에게 『류에라는 이름의 마녀』로 교육하고 싶었단 뜻이냐? 왜 그렇게까지 적을 만들려고 해? 왜 백발을 금기로 여기는 문화를 만들려고 해?"

"일종의 그거야…… 그 왜, 너희가 말했던…… 아, 프로파건담!"

"프로파간다. 무슨 우주 로봇이냐."

"정치적인 의도가 있다고?"

"『일종의』라고 했지? 실제로는 달라. 그냥, 필요해서 하는 거야."

"……이유를 말할 생각은 없어?"

"없어. 그리고 사실은 이미 눈치챘지? 다리아."

귀신처럼 감정을 긁고 휘저어 놓는 녀석이다.

분노와 수긍, 반발과 이해. 상반된 감정이 계속 충돌해 더 듣기가 고통스러워진 타이밍에 그 녀석은 다시 나를 내려다보듯, 혹은 관찰하듯 바라보며 말했다.

"백발 엘프가 왜 태어나는지. 그 이유, 계기가 뭔지도."

그 질문에 돌려줄 말이 나오지 않았다. 더 말하면 망가질 것만 같아서…….

내 침묵을 무시하고 웬일로 펜넬이 수다스레, 즐겁게 이야기했다.

"너희는 칠성을 둘이나 봉인해서 최고의 샘플이 있는 상태야. 그 연구를 진행해서 용신을 효율적으로 봉인할 방법을 찾으려고 했지."

"류에가 이 대륙에 있어. 그건 용신의 봉인을 더 효율적으로 바꿨다는 뜻인가?"

듣고 보니…… 그래, 류에가 여기 있다는 건 그런 뜻이 아닌가?

"그래, 바로 그거야! 내가 너희 힘까지 빌려 수백 년이나 연구했는데 그녀는 그 땅에서 혼자 내 연구를 따라잡았어! 아니, 추월한 거야!"

미칠 듯한 환희를 주위에 흩뿌리듯, 양팔을 벌리고 하늘을 우러러보며 떠들었다.

기쁨만이 아니라 어떤 어두운 감정이 엿보이는 것만 같아서 왠지 그 모습을 계속 볼 수 없었다. 그건 마치 망가져 버린 것 같은 일그러진 애정.

"……혼자서? 정말로 그럴까?"

"그게 무슨 소리야, 슌?"

“다리아, 전에 한 번 봉인이 흔들렸다고 했지?”

“그랬지. 한순간이었지만.”

“그걸 관측한 건 우리가 작년 눈을 떴을 때야.”

그 말에 나는 카이본에게 들은 이야기를 떠올렸다.

『작년, 엔드레시아에서 깨어났다』. 그 녀석은 분명히 그렇게 말했다.

그리고 지금 이곳에 류에와 그 녀석이 같이 있다는 말은—.

“카이본이 이 세계에 온 건 언제야?”

“……작년이야. 아마 류에 곁에 나타났겠지.”

그 말을 들은 순간, 펜넬이 아닌 슌이 한순간 눈썹을 까딱했다.

……마음은 이해한다. 하지만 지금 그걸 밖으로 꺼내지는 마라.

“즉, 봉인 방법에 관해 카이본이 뭔가 조언을 했다?”

“바로 그거지. 나와 다리아가 그런 것처럼, 뭔가 도움을 주지 않았을까?”

“……아하, 그래? 이름이, 카이본이라고 했었나?”

피부를 더듬는 것 같은 오싹한 감각이 살며시 팔을 타고 올라왔다.

지금까지 환희에 찬 표정을 짓던 펜넬이 가면 같은 얼굴로 말했다.

“슌. 그 녀석이 이 나라를 위협한다면 네가 일할 차례야.

만전을 기해서 장소도 마련할게. 다리아는 나 대신 그 무대를 준비해줘야겠어."

"너, 설마……."

얼마 만일까. 이 남자가 화난 모습을 본 것이.

"방해꾼이 끼었다는 소리지. 나와 그녀의 경쟁에 찬물을 끼얹은 인간이 있다는 거야. 심지어 내 나라를 위협해? 단순한 쥐새끼면 너희 친구니까 눈감아 주려고 했지만, 그럴 수도 없겠어."

"그만둬! 진짜 적대할 거야?! 슌, 너도 정말로 걔를 없앨 생각이야?! 나한테 그 일을 도우라고?!"

"『공정의 가마솥』을 준비해야겠군. 다리아와 슌은 그 해충 구제를 맡아. 나는…… 그녀가 올지도 모르니까 조금 준비할 일이 있어."

정체된 공기가 급격하게 흘러가듯 사태가 급변했다.

"잠깐, 류에는 이미 속박에서 풀려났는데 싸울 이유가—."

"다리아, 이건 친구가 아니라 스승의 명령이야. 해충을 없애."

"……! 나한테도 따를지 말지 결정한 권리가 있어!"

여기서 물러서면 안 된다. 뭔가 이상하다. 이 남자는 뭔가를 숨기고 있다.

뭐지? 이 녀석은 뭘 하려는 거지?

그리고…… 왜 너는 지금 나한테 검을 들이대는 거지?

"슌…… 뭐 하자는 거야?"

"명령에 따라, 다리아. 이 나라를 이끄는 인간으로서 책무를 다해."

"……나는 언제나 평화롭게 해결하려고 했어."

"그리고 성녀인 너 대신 항상 더러운 일은 내가 맡았지."

"알아. 고맙게 생각해. 하지만 이건—."

다음 순간, 왼팔에 날카로운 통증이 퍼져 검을 떨어뜨렸다.

"지금 여기서 너랑 적대하기는 싫어, 다리아."

"큭! 왜, 왜 이러는 거야!"

왜 너는 그토록 나라를…… 아니, 펜넬을 위해 움직이지?

어느샌가 그 녀석은 사라지고 없었다.

아픈 팔에 회복 마법을 쓰며 떨어뜨린 검을 주워 마주 섰다.

정면에는 흔들림 없이 똑바로 나를 바라보는 친구가 있었다.

그 눈에는 한 치 망설임도 없었다. 눈빛은 오로지 『책무를 다하라』라고만 말했다.

……나한테 저울질하라는 거냐?

500년 기다린 친구와 500년 함께한 친구를…….

"패배에서 배우는 길도 있어. 한 번 지면 진정하고 이야기를 듣겠지."

"……처음부터, 이긴다고 전제해?"

"『공정의 가마솥』을 쓴다면 승리는 확고해. 너는 그 녀석을 불러낼 방법이나 생각해."

"그럼 너야말로 적대할 명분이나 생각해 둬. 나는 절대로 직접 적대하진 않아."

상처를 치유한 왼팔을 문지르며 똑바로 바라보는 슌에게서 돌아섰다.

결정적인 사실은 아무것도 알지 못했다.

그래도 가장 나쁜 결말로 가는 길이 열리고 말았다.

왜, 왜 이렇게 되어 버렸을까.

아니, 아마도 너와 재회하기 전부터 정해져 있던 기분마저 들었다.

분명히 펜넬은 뭔가를 숨기고 있다. 그게 이 사태를 일으켰을 것이다.

아무것도 하지 않았던 자신이 미웠다. 그저 성녀라는 입장으로 나라에 있었을 뿐인 자신이.

"……패배에서 배우는 길이라."

만약 정말로 그 녀석이 져서 우리 이야기를 냉정하게 듣는다면…….

그럴 리가 있냐. 내가 아는 카이본은 절대로 그렇게 고분고분하지 않다.

너는 모르는…… 나만이 아는 그 녀석이라면…….

§ § §

아쉬운 목소리, 감사의 말을 들으며 양식으로 삼는다.

다리아와 이야기하고 나흘 후. 이날은 우연히도 내가 미스티 씨 가게를 떠나는 날이었다.

새로 큰 술집에서 온 사람에게 레시피를 전수하고 인수인계를 마친 뒤, 이 가게를 반드시 번성시키겠다고 모인 사람들 앞에서 약속을 나누고 가게를 뒤로했다.

분명히 참아 낼 것이다. 여기 사는 모든 사람에게 죄가 있지는 않을 것이다.

설령 어떤 결말이 기다려도, 설령…… 결별의 길을 걷게 될지라도…….

반드시 류에의 소원을 들어주겠다고, 그렇게 맹세했으니까.

심야.

다시 찾아오겠다고 약속했던 터라, 저택 문지기는 밤중인데도 머리를 깊이 숙이고 나를 안으로 들여보냈다.

저택으로 들어오자 레일라가 이브닝드레스를 입고 나를 반겨줬다.

"카이본 님. 이미 다리아 님이 응접실에서 기다리고 계세요."

"아…… 오래 기다렸어?"

"아뇨, 아직 10분도 안 지났어요."

"그래? 미안, 늦은 시각에 나와 있게 해서."

내가 위로를 건네자 말없이 턱을 들고 목을 드러냈다.

대체 얘 왜 이래…….

나는 그녀를 무시하고 전에 썼던 응접실로 갔다.

문 앞에서 숨을 크게 내쉬고 각오를 다졌다.

노크는 두 번. 그리고 건네는 말은—.

“야, 기다렸냐?”

“빨리빨리 좀 다녀, 카이본. 그리고 선물 줘.”

“그럴 줄 알았다. 잠깐만 기다려.”

정말로 변함이 없다. 옛날 그대로다.

아이템 박스라는 편리한 시스템이 있어서 온갖 요리를 쉽게 보관해 옮길 수 있었다.

가게 마지막 날이라고 만든 많은 요리를 응접실 테이블 위에 차려 놓았다.

버섯 키슈, 갈치 커틀릿, 붉은 살 생선 다타키, 생선 햄버그.

빠뜨릴 수 없는 이리 튀김에 민물 새우 튀김.

요리로 테이블이 보이지 않게 되자 맞은편 소파에서 다리아가 환성을 질렀다.

“오~! 그래, 이거지. 갓 만든 상태를 유지한다는 건 최고의 사기 옵션이야.”

“그렇지. 자, 술도 있어.”

“오, 받기만 하니까 미안한데. 그럼 나도 아끼던 술을 꺼낼까?”

“음? 그거 엔드레시아 술이잖아? 용케 구했네.”

“주세 조정에 나도 관여하거든. 그 연줄로 나한테도 흘러

들어와."

오랜만에 술잔을 나눴다.

이야기가 끝나면 이러지 못할지도 모르니까.

그래서 급하게, 본론을 뒤로 미루듯, 두 사람만의 심야 술판을 벌였다.

"아…… 술맛 좋다……. 이게 천국이지."

"너무 싼 티 나는 천국 아니냐. 이거 재료비 합해 봤자 끽해야 천 룩스야."

"진짜? 아…… 매일 이렇게만 먹었으면……."

겉모습이 변했어도 변하지 않는 미각과 몸짓. 그리고…… 아주 조금 다른 반응.

평소라면 술과 함께 삼켜 버릴 음식을 아쉬움에 몇 번이고 음미하는 모습이 본래 히사시와 겹쳐 보였다.

그것도 조금 지친 모습으로…….

"……그래? 그렇지. 역시…… 그렇게 됐나."

내가 한숨처럼 말을 흘렸다. 그리고 다리아가 우뚝 멈췄다.

"아, 아냐. 그 얘기는 일단 다 먹고 하자."

"이미 거의 다 먹었네, 뭘."

"아, 그러네. 그만 좀 먹어, 인마."

"자기가 다 먹어 놓고는."

솔직히 큰 기대는 안 했다. 혹시나 하는 마음이 있었을 뿐.

사람은 변한다. 하지만 변해도, 관계가 망가져도…….

분명히 우리는 몇 번이든 다시 시작할 수 있다. 그러니까—.

"걱정 마라, 친구야. 나는 이미, 옛날의 내가 아니야."

나는 너를 무섭다고 생각했다. 나와 동등하거나 그 이상의 힘을 가진 너를…….

누구보다 나를 잘 알기에 너는 고뇌했다.

누구와 무슨 이야기를 했는지는 묻지 않겠다. 하지만 적어도 그런 모습으로 밥을 먹으면 결과는 대강 예상이 된다.

대면한 다리아를 바라봤다. 다리아는 단념했는지 식기를 내려놨다.

"……나는 오늘 너한테 거짓말을 하러 왔어."

"……그래?"

"국왕과 만날 수 있다고. 어느 의식에 참가하려고 도시를 나가니까 거기서 만나라고."

"그래, 알았어."

"하지만 사실은—."

"말하지 마. 널 배신자로 만들기는 싫어."

"……여기까지 말했으면 이미 한 거지."

"그래도 하지 마."

분명히 지금 당장 날뛸 거라고 나라에 싸움을 걸 거라고 생각했지?

안 그래. 적어도 너희는 액션을 취했다.

그럼 이번에는 내가 해결해 보겠다.

정말로 아슬아슬했지만. 그래도…… 버텨 냈다.

마지막 순간, 네가—.

"……그러고 보니, 네가 우는 건 처음 보네."

"닥쳐, 몸이 이 모양이라서 눈물샘이 약한 거야. 솔직히 이건 무효지."

네가 울면 나도 약해진다. 뭐, 이걸로 비긴 거지만.

나도 딱 한 번, 이 녀석 앞에서 운 적이 있었다.

머릿속에 내 인생에서 제일 괴로웠던 밤의 추억이 스쳐 지나갔다.

나는 한 번 너에게 도움을 받았다. 그러니까…… 빚을 갚아야지.

지금만은 류에의 소원과 동등하게 너를 우선해 빚을 갚겠다.

"나는 뭐랑 싸우게 되겠지."

"……."

"그건 나라의 위험을 극복하기 위해 준비한 최종 병기일 테고."

함정에 빠뜨릴 속셈이라면 틀림없이 사냥감을 잡기 위한 장치가 있다.

그렇다면 그 함정을 빠져나오면 어떡할 거지? 이 나라는 어떻게 움직이지?

"나는 그쪽 의도를 극복할 거야. 그러니까 그때는—."

너를 믿는다.

"……알았어. 책략을 깨뜨리면, 그때는 나도 독단으로 움직일게."

"부탁할게. 그리고…… 마지막으로 하나만 더."

최악의 경우를 상정한다. 이번에 한해서는 그럴 가능성이 크니까.

마지막 소원을 맡긴다. 내가 만약 정말로 패배할지도 모르면, 그때는…….

"나한테 만약 무슨 일이 생기면, 그때는—."

§ § §

"……좋아. 오늘도 마력 흐름은 이상 무."

마을 거목 아래에서 나는 오늘도 마을 전체에 퍼진 마력 흐름과 결계 상태를 확인하고 안도의 숨을 내쉬며 옛 나의 제자였던 선대 촌장의 묘 앞에 앉았다.

"다리아는 대단하지? 이렇게 깔끔한 술식은 나로선 생각도 못 해……. 후후, 아직 난 배울 게 많나 봐."

묘에 말을 걸어 다리아와 만든 새 술식의 감상을 늘어놓았다. 하지만—.

"하지만 신기해. 왜 나는 이 술식을 손바닥 꿰듯 알 수 있을까?"

처음 보는 형식, 모르는 술법일 텐데 그것이 무엇을 의미하는지 저절로 이해된다. 마치— 원래 내 술법과 같은 것이었던 것처럼.

"……다리아, 너에게 술식을 가르친 건…… 혹시……."

묘비에 손을 댔다. 그리고 촌장에게 들은 그 아이의 말을 떠올렸다.

『세미엘의 진실을 아는 자여. 부디 그녀에게 전해다오. **우리**는 포기하지 않았다고.』

……너는 혼자가 아니었어? 너 말고도 누가 남아 있어?

내가 직접 가르침을 전수한 아이들. 만약 아직 살아 있는 아이가 있다면—.

"……잘못을 저지른 건, 어쩌면 나였을까……."

그렇게 중얼거리면서 돌아서서 저택으로 돌아가려던 때, 마을 아이들이 보였다.

"류에 누나~! 같이 감자 캐러 가~!"

"알았어! 준비할 테니까 먼저 가!"

"응~! 밭에서 기다릴게~!"

『뚝』 소리를 듣고 또 실패했다는 부끄러움이 올라왔다.

아이들은 하는데 나는 못 한다……. 여기 아이들은 손이 참 여물다.

내가 못하는 게 아니라 이 아이들이 비상할 만큼 힘 조절이 뛰어난 게 틀림없다.

나는 포기하고 다시 손에 흙을 묻히며 동글동글 귀여운 감자를 뽑았다.

"류에 누나는 힘이 무식하게 세!"

"무식하다니, 말이 심하네. 봐, 이번에는 깨끗하게 뽑았어."

"원래 줄기를 잡고 당기면 쑥 뽑히는데……."

"어쨌든 바구니가 꽉 찼으니까 돌아가서 씻을까?"

바구니를 메고 기운차게 일어서는 아이들을 따라 나도 일어나서 크게 기지개를 켰다.

부자연스러운 하늘을 보며 오늘도 아무 일도 없이 하루가 지나가기를 빌었다.

촌장님이 잠든 지도 어느덧 한 달이 지났다.

오늘로 딱 한 달째. 그러니까 약속의 날이기도 했다.

왕도로 간 카이 군이 모든 준비를 마치고 우리를 맞이하러 오겠다고 선언한 날.

하루가 천 년 같다고들 하던가. 내가 숲에서 지낸 날에 비하면 정말로 짧은 시간인데도 기대와 불안이 뒤죽박죽되어 마음을 떠나지 않았다.

그런 반면, 이 마을의 생활은…… 무척이나 그리운 것이었다.

쭉 꿈꾸던 광경과 너무나 닮았다.

사람들과 협력하고 함께 웃고, 흔한 일상을 보내는 이 시간이 정말로 꿈만 같았다.

그래서 이날을 기다리는 한편, 이날을 두려워하기도 했다.

그래도…… 달콤한 꿈에 언제까지고 빠져 있을 수는 없었다.

결계의 마력이 약하게 흔들려 나는 정신을 집중했다.

"미안. 중요한 일이 생겼어. 감자만 두고 난 가 볼게."

"뭐~? 누나한테 감자 구워 달라고 하려 했는데~."

"군침 도는 얘기지만…… 그건 다음에 해줄게. 미안."

"정말? 누나도 돌아와?"

주민, 그중에서도 어린아이들은 촌장을 무척 잘 따랐다. 「촌장님은 일하러 멀리 나갔다」라는 선의의 거짓말을 믿었고 대신 마을에 머물게 된 우리의 말을 따라줬다.

물론 레이스는 첫인상 때문에 『화내면 무서운 사람』이라는 인식이 고착되어 멀리서 몰래 보는 아이가 많지만…….

그래도 요즘은 물물교환으로 얻은 낚싯대를 들고 자주 아이들과 낚시를 하러 다녔다.

나는 낚시에 재능이 없는데 레이스는 재능을 타고난 모양이었다.

아무튼 아이들은 예리한 구석이 있어서 내 말에서 불길한 느낌을 감지한 듯했다.

내가 일이 있다고 말한 순간, 아주 불안한 표정을 지어 보였다.

"물론 돌아오지. 구운 감자를 먹고 싶으니까."

"헤헤헤, 나한테 맡겨!"

아이들은 웃으면서 앞을 달려갔다. 나와 같은 흰머리를 나부끼면서.

……반드시 나는 여기로 돌아온다. 나는 『나』를 구하고 반드시 돌아온다.

아이들과 헤어진 나는 그 길로 숲으로 들어갔다.

초목이 우거진 숲을 지나 결계 경계선에서 나는 밖에 있는 사람에게 말을 걸었다.

『누구지?』

『아, 류에 목소리다. 나야, 아마미~.』

『확실한가? 증거는?』

『어…… 그런 건 깜빡하고 안 정했는데…… 어쩌지…….』

후후, 그 반응을 보니 진짜가 맞나 보네.

결계를 조종하자 경치가 일변해 술집 뒷문이 보였다.

그리고 전과는 달리 고급스러운 옷, 아마도 제복을 입은 아마미가 나타났다.

"한 달 만이야, 아마미."

"응, 오랜만이야. 그럼 바로 관계자를 불러서 저택에서 이야기할까?"

우리가 저택으로 돌아오고 얼마 안 있어서 쿠우와 레이스도 돌아왔다.

"오랜만이네요, 아마미."

"레이스 씨도 잘 지냈어? ……카이본이 없다고 실망하진 마?"

"시, 실망은요. 건강한 모습을 봐서 안심했는걸요."

"레이스 씨, 걸핏하면 한숨 쉬면서 카이본 씨를 찾더라니까."

돌아오자마자 저택이 조금 시끌벅적해졌다.

그게 왠지 기뻐서 나도 모르게 웃음이 번졌다.

원래 카이 군이 직접 오기는 어려울 줄 알았다.

그걸 알면서도 기대하는 마음은 나도 이해한다.

"본론부터 말하면…… 준비가 끝났어. 오늘내일 중으로 수도로 출발하고 싶어."

"그건 상관없지만…… 괜찮아?"

"응. 정식으로 권한을 얻었어. 그러니까 무슨 일이 생겨도 그냥 지나갈 수 있어."

오늘내일 중으로 출발한다면 마을 일을 쿠우 한 명에게 떠넘겨야 했다.

괜찮을까? 레이스에게 물으려고 눈빛을 보냈다.

내가 하고 싶은 말을 아는지 레이스는 쿠우를 돌아봤다.

"그럼 저도 여길 떠나야 해요. 쿠우 씨, 혼자서 괜찮으시겠어요?"

"레이스 씨 덕에 과거 거래 기록도 찾았고 가격 변동도 이해했어."

"아마 촌장님이 개입하지 않는다고 값을 후려쳤을 거예요."

"괜찮아, 손해는 메꿀게. 그러고 다음에는 더 큰 곳에 파는 거야."

"……너무 눈앞의 이익에 집착하지는 마세요."

좋아. 괜찮아 보인다.

그나저나 카이 군은 무사히 다리아랑 재회했을까?

아마미에게 물어보자 뭔가 떠올린 것처럼 벌떡 일어났다.

"아, 맞아! 촌장님 방 문단속, 계속해서 잘해야 한다? 카이본이랑 다리아 님이 절대로 몸에 손대지 말라고 당부했어."

"다리아도? 그럼 만났구나, 카이 군이랑 다리아가."

"응. 그 두 사람, 정말 친한 사이였어."

아마도 촌장님에 관해서도 진척이 있었나 보다.

그녀의 표정은 희망과 기대로 가득해 보였다.

……그래. 다리아와 무사히 재회했구나. 그럼 이제 얼마 안 남았어.

"좋아. 레이스, 내일 아침 일찍 출발해도 될까?"

"네. ……드디어 이때가 왔네요, 류에."

그래, 왔다. 나는…… 내 과거에 종지부를 찍어야만 한다.

과거의 잘못은…… 브라이트에게만 있지는 않으니까.

§ § §

"좀 진정할 수 없겠나, 카이본."

"말처럼 쉽지가 않네요. 타고 있는 사람을 생각하면……."

"마음은 이해하지만, 아마미의 마차를 검문할 사람은 이제 아무도 없어."

아마미가 떠난 지 오늘로 일주일째.

마을 결계에 진입 가능한 시기를 생각하면 슬슬 돌아올 때가 됐다. 그래서 매일 아침마다 아크라이트 경 저택에서 아마미의 귀환을 기다렸다.

그리고 아크라이트 경도 매일 아침마다 문 앞에 선 나와 함께 있어 줬다. 사람이 좋은 걸까, 아니면 딸이 걱정되는 걸까. 아마 후자겠지.

"그런데 정말로 괜찮습니까? 저뿐 아니라 류에까지 머무르게 해도."

"……자네랑 다리아 님은 뭔가 큰 목적이 있나 보더군. 그게 이 나라의 잘못을 바로잡아 주지 않을까 기대하고 있네. 그러려면 그 사람도 필요하겠지?"

"네, 그렇죠. 조금 부담스럽지만…… 최선을 다하겠습니다."

단순히 나라의 수장을 굴복시키기만 해서는 아마 아무것도 변하지 않는다.

만약 이 나라를 바꿀 사람이 있다면…… 그건 내가 아니다.

다리아, 슌, 류에, 그리고 선대 국왕. 이 네 사람이 해결의 열쇠가 아닐까?

하지만 나도 도움 정도는 줄 수 있을 것이다.

……쉽게 풀릴 거라고, 근거 없이 낙관할 생각은 없지만.

나는 결국 다리아에게 속는 길을 택했다. 그리고 아마 기다리고 있을, 나를 물리치기 위해 준비했을 최강의 상대와 싸우게 되리라. 그건…… 틀림없이 순이다.

마지막까지 내가 어떤 상황에 빠질지는 묻지 않았고 말하게 두지도 않았다.

하지만 마술이 발달한 나라다. 분명히 내가 불리해지는 장치가 있겠지.

그래도 된다. 만약 그 상황을 뒤집을 수 있다면 다리아는 대의명분을 얻는다.

『최악의 사태에 빠지기 전에 요구를 수락』할 대의명분을—.

"카이본, 도착했나 보군."

그때, 아침 안개 너머에서 바퀴 소리가 조용히 울렸다.

마차 마부를 맡은 사람은 안개 속에서도 빛나는 금발의 소유자였다.

달려가고 싶은 마음을 꾹 참고 문으로 들어와 마차를 맞이했다.

"지금 돌아왔습니다, 아크라이트 경."

"무사히 돌아와서 기쁘네, 아마미."

"감사합니다."

아마미는 형식적인 인사를 나누고 나에게 돌아섰다.

살짝 심술궂은 웃음을 지으며 놀리는 투로 말했다.

"고대하던 주인공 도착이요. 이런 시간부터 나와 있고, 어지간히도 만나고 싶었나 봐?"

"당연히 만나고 싶었지. 쭉 기다렸어, 아마미를."

“……안 돼. 그런 농담 하면 내가 나중에 레이스 씨한테 원한 사.”

그렇게 우스갯소리를 주고받으며 마차 문을 열었다.

그 순간, 눈앞으로 긴 보라색 머리카락이 날렸다. 마차에서 뛰어내린 그녀는 어떤 충동을 참는 것처럼 내 앞에 섰다.

“한 달 만이야, 레이스.”

“네, 한 달 만이네요. 별일 없으셨죠?”

“그래. 잘 지냈어.”

불과 한 달 떨어졌을 뿐인데 이리도 내성이 사라지는가.

그 부드러운 눈빛과 마음을 풀어주는 목소리에 머리가 녹아내릴 것 같았다.

지금 당장 끌어안아 애정을 발산하고 싶었다.

……나도 역시 꽤나 지쳐 있었나 보다.

“조금 야위신 거 같아요. 잠을 잘 못 주무셨나요?”

“하하, 그럴지도 모르겠네.”

그러자 레이스는 살며시 옆으로 비켜 다음 사람이 내릴 자리를 만들었다.

조용히 내려온 그녀는 브라이트의 혈통이 다스리는 나라의 중심에서도 희게 빛나는 머리를 나부끼고 있었다. 더는 숨길 생각조차 없다는 양 당당하게.

푸른 눈동자와 씩씩한 표정은 역시나 『강한 류에』였다.

“류에, 잘 왔어.”

"후후, 당연히 와야지. 도시가 멀쩡한 걸 보면 약속은 잘 지켰나 봐?"

"그럼 내가 참극이라도 벌일 줄 알았어? 너무하네."

"후후, 장난이야. 그래도 설마 브라이트의 혈연에게 협력을 얻을 줄은 몰랐어."

마차에서 내린 류에가 아크라이트 경을 돌아보며 감상에 젖은 듯 말했다.

그리고 아크라이트 경도 콘테스트에서 봤을 때처럼 투명하리만큼 흰 머리를 당당히 드러내는 그녀에게 어떤 종류의 외경심을 느끼는 듯 보였다.

"……잠시 신세 지겠습니다."

"……그래, 잘 머물다 가게."

레일라가 류에에 관해 말하지 않았을까?

아니, 레일라조차 『류에는 세미엘의 피를 이은 사람』이라는 거짓 정보밖에 알지 못했다. 어쩌지, 진실을 말해야 하나?

어떻게 됐건 누가 보면 안 되니까 바로 저택으로 걸어갔다.

그리고 저택으로 들어온 순간, 잊고 있던 그 아가씨의 목소리가 메아리쳤다.

"류에 님!"

"레일라, 오랜만이야."

쏜살같이 달려와서 예전처럼 류에의 두 팔을 잡고 위아래로 힘차게 흔들었다.

하지만 그 행동이 갑자기 뚝 멎었다.

"조금, 변하셨네요."

역시 다른 사람도 눈치채는군.

그래도…… 그녀 또한 류에다. 틀림없이 우리가 아는 류에다.

"후후, 그래? 레일라는 변함없어서 안심했어."

"그, 그런가요? 나름대로 몸매 관리를 했는데……."

긴장감은 찾아볼 수 없다. 정말로 몰래 다이어트를 하고 있었다니.

근처에 아마미가 있어서 위기감이라도 느꼈나?

"그럼…… 조용히 이야기할 장소를 빌릴 수 있을까, 아크라이트 경."

"회의실을 준비했네. 거기를 쓰게."

"감사히 쓸게. 그리고…… 가능하면 당신도 동석해줘."

"내가……?"

그렇게 우리와 아크라이트 경, 거기에 아마미도 동행해 다섯 명이 회의실에 모였다.

참고로 레일라는 자신이 관여할 수 없는 문제라고 생각해 스스로 동석을 사양했다.

"가장 먼저, 이번에 협력해준 아크라이트 경에게 감사하지."

"……아니, 그럴 필요 없네. 나야말로 감사하고 싶어."

아마미를 힐끗 본 그가 다시 내게로 눈길을 돌렸다.

그렇다. 만약 이 나라가 변하면…… 그는 자신의 딸을 다시 가족으로 맞아들일 수 있을지도 몰랐다. 그렇다면 역시 그에게도 우리의 목적, 그녀의 진실을 알려야겠지.

"우선 소개부터 할게. 내 이름은 류에 세미엘. 이 대륙에 사는 사람이라면 세미엘이란 이름이 무슨 의미인지 알지?"

"……전에 그 행사에서는 자네가 엔드레시아 북쪽 숲에서 왔다고 소개됐지. 그때부터 혹시나 했지만…… 정말로 피를 이은 자였나."

"세미엘의 마녀…… 그쪽 일족이야? 류에가?"

"……정확하게는 아니야. 두 사람 다 무서워해도 돼. 나는—."

아크라이트 경은 미인 대회 시점에서 어렴풋이 눈치챘나. 그런데도 레일라 곁에 두려고 생각하다니…… 제법 대담한 인물이다.

하지만 거기서 끝이 아니었다. 류에는 그대로 진실로 말을 이었다.

"세미엘의 마녀 본인이야. 천 년이나 살아온, 너희가 두려워하는 존재."

그 고백의 의미를 똑바로 이해하는 데는 약간의 시간이 필요했다.

이 대륙에 전해지는, 아마 칠성에 버금가는 전승 속 존재.

부정한 존재로 전해져 내려온 마녀. 그자가 지금 여기 있는 류에였다.

아크라이트 경은 이해한 순간 머리를 깊이 숙였고 아마미는 두려운 표정을 보였다.

그것을 불쾌하게 생각하지 않았다. 어쩔 수 없는 일이었다.

그리고 동시에 이 둘에게 연민과 닮은 감정마저 밀려왔다.

그 공포 어린 반응은 이미 각인 효과를 넘어 일종의 세뇌가 아닌가.

"역시 무섭지? 그렇게 배우고, 그렇게 되도록 자랐을 테니까."

"……아, 아니야…… 류에는, 친구……니까."

떨리는 목소리로 부인하지만, 설득력은 그 작은 목소리보다도 작았다.

그리고 머리를 숙인 아크라이트 경도—.

"제발…… 제발 우리 어른만으로…… 용서해주게……. 아이들은…… 제발……."

마치 류에가 모든 국민을 증오하고 멸망시키기라도 할 것처럼.

지금 당장 자신들을 죽일지도 모른다는 것처럼.

분명히 이건 비정상이었다. 백발 엘프를 꺼린다는 차원이 아니었다.

"……괜찮아. 아무런 해코지도 안 해."

류에는 우는 아이를 달래듯 상냥하게 말을 걸었다.

그리고 류에도 몹시 슬픈 얼굴로 조용히 두 사람 곁으로 걸어갔다.

"……역시. 이제 확실히 알았어."

뭔가를 찾듯 주위를 돌아보고 둘에게 더 다가가서 살며시 몸을 만졌다.

그 순간, 두 사람이 몸을 흠칫 떤 직후—.

『괜찮아. 나는 아무 짓도 안 해.』

깊은 울림이 느껴지는 목소리와 함께 방의 분위기가 일변했다.

긴장감으로 찼던 이곳이 마치 싱그러운 숲이 된 느낌이었다.

『괜찮아. 무서워할 거 없어. 나는 너희에게 돌려주러 왔어.』

그 말이 무엇을 의미하는지 나는 몰랐다.

그래도 이때 류에가 이곳의 분위기를 바꿨다고 그렇게 느꼈다.

떨고 있던 두 사람이 천천히, 쭈뼛쭈뼛 고개를 들었다.

마음을 푹 놓은 것 같은, 마치 햇볕 아래서 조는 것 같은 그런 표정.

『미안해……. 내가 독점한 거지? 이제는 괜찮아.』

"아…… 으……."

"이건…… 대체……."

아마미의 신음과 아크라이트 경의 의문.

대답은 없었다. 류에는 살며시 몸을 떼고 내 쪽으로 돌아왔다.

"카이 군. 속박은 비단 마술적, 물리적인 것만을 가리키지 않아. 전에 『내』가 말한 거 같은데, 기억해?"

"아…… 레이스랑 만났을 즈음에 말했지."

"속박…… 그러네요. 제 마음도 어떻게 보면 속박이었죠. 마음은 때로 무엇보다 강한 굴레를 씌워요. 몸과 마음, 양쪽을 모두 옭아매는……."

"그래. 그리고 이 나라는 나…… 아니, 『세미엘의 마녀』라는 속박에 사로잡혀 있어. 그것도 누군가의 의도에 의해, 수백 년 동안 쭉."

확신을 품고 그녀는 말했다. 나라 자체가 속박되어 있다고…….

백발 엘프를 꺼리는 현실, 마녀를 두려워하는 마음이 누군가의 의지에 의한 것이라고…….

그것은 대륙을 덮는 결계보다 더 강대하고 복잡하지 않을까.

그런 행위에 무슨 의미가 있지? 그 방법도 의미도, 나는 전혀 모르겠다.

"이 도시에 오고 생각했어. 모두 기댈 곳을 찾는 것처럼 큰 나무 근처에 살아. 왕성은 아예 거목 자체잖아. 그래서 뭔가 이상하다고 생각했지."

그녀는 말했다. 엘프는 원래 태어나고 자란 숲을 소중히 하고, 때로는 떠나더라도 반드시 수년에 한 번은 돌아온다고. 딱히 생명과 연관된 활동은 아니지만 무의식적으로 마음이 바라는 본능과도 같다고.

그래도 그것을 처음부터 갖지 않는 엘프는 어떻게 되는가.

"개념적인 문제라 설명하기 어렵지만…… 막연한 불안이야. 그런 건 의지할 친구나 가족이 있으면 극복할 수 있잖아? 하지만 이 대륙 엘프에게는 그런 사소한 불안을 막아줄 보호막이 없어."

완전히 이해하지는 못했으나 류에가 하려는 말은 대충 알았다.

자연스럽게 사라질 작은 공포. 그것이…… 나이를 먹어도 사라지지 않는다…….

"가뜩이나 이곳 주민은 옛 거처를 마녀에게 빼앗겼다고 배웠어. 마치 언제까지고 새로 의지할 곳을 찾지 못하게 하려는 것처럼. 누구도 그걸 눈치채지 못하게 몇십 년, 몇백 년에 걸쳐 전승으로 무의식에 새겨 넣었겠지."

상상도 하기 어려운 세월을 들이면서까지 왜 그런 짓을 하는가.

이해할 수 없었다. 하지만 거기에 의미가 있다면—.

"류에, 방금 돌려주겠다고 말한 건……."

"……그럴 마음이 없었어도 내가 선조의 땅을 앗아간 건 사실이야. 그러니까—."

류에는 어느샌가 허리에 찬 검 『신도 〈용선〉』을 조용히 더듬고 있었다.

"여기에는 그 숲의 마력이 가득 차 있어. 그걸 조금 나눠줬어."

류에의 이야기를 듣고 나는 포유류에 많이 보이는 습성을 떠올렸다.

『어미는 새끼에게 첫젖을 주며 자신의 항체를, 살아가기 위해 필요한 힘을 나눠준다』.

과거 류에가 있던 숲에서 살던 엘프의 자손들은 어쩌면 그런 힘, 사소한 속박이나 저주를 막을 힘을 얻지 못한 게 아닐까.

"지금 상황은 틀림없이 의도된 거야. 그래서 우선 이 나라라는 이름의 숲에서 가장 큰 나무, 왕과 만나야 해. 그렇게 마력이 하나로 섞이고, 신뢰와 안정감이 퍼져나가겠지. 그건 이윽고 이 보이지 않는 속박을 풀고 진실을 들춰낼 거야."

"그렇게 되면 반드시 원흉이, 이걸 계획한 자가 나타난다. 그런 말이지?"

"……그래. 그러니까 나는 그 상대와 담판을 지어야 해. 알려줘, 카이 군. 내가 이 나라의 왕에게 갈 방법을."

그것이 네 진짜 목적이었나.

그렇다면 들려주겠다. 다리아가 나에게 한 거짓말을, 그대로 너에게.

내가 속았다고 믿도록 너에게 거짓말을 하겠다.

현실에서 기다릴 운명을, 너는 받아들이지 못할지도 모르지만…….

"이틀 뒤, 도시 밖 제단에서 의식이 있어. 거기에 왕도 온다고 해."

"도시 밖…… 누가 끼어들 위험은 적겠어. 도망치기도 편하겠고."

"다리아와도 말을 맞췄어. 그래도 불시의 사태가 생기면 내가 나설 생각이야."

"……하긴, 나는 함부로 사람들의 공포를 부추겨서는 안 되니까."

가슴이 따끔했다. 지금 이곳에서 거짓말을 해야 하는 거북함.

하지만 그것도 류에가 목적을 이루기 위해서 필요한 일이었다.

지금만은 이 거짓말을 용서해다오. 계속해서 널 속이는 나를…… 용서해다오.

"레이스도 가능하면 류에 곁에 같이 있어 줘."

최악의 경우 두 사람이 함께 있어야, 다리아도 나서기 쉽겠지.

내 바람을 이루려면 두 사람은 가능한 한 다리아 곁에 있는 편이 좋을 테니까.

"아크라이트 경, 아마미. 기분은 어떤가요?"

"……모르겠군. 잘 모르겠지만…… 왠지……."

"굉장히, 편안해. 가만히 있을 뿐인데 굉장히 마음이 가라앉아……."

“이제 내가 무섭지 않지?”

그러더니 류에는 다시 두 사람에게 다가갔다.

그래도 이제 두 사람은 천천히 류에에게 손을 내밀었다.

“당신에게 감사해야 한다고, 영혼이 그렇게 속삭여. 이 나이가 되도록 이런 기분을 느낀 건 처음이야. 이게…… 세미엘의 진실인가.”

“나는 사과할게. 감사보다, 사과하고 싶어. 무서워해서 미안…….”

내밀어진 두 손을 류에가 잡았다.

그렇군…… 너는 왕에게도 이렇게 할 생각이구나. 이러면 피를 보지 않아도 된다.

이제 시간이 얼마 없다. 코앞까지 닥친, 피할 수 없는 싸움에 대비해 나도 각오를 다졌다. 그리고 어떤 상대에게도…… 나라를 위해 나에게 칼을 뽑기로 한 친구에게도 지지 않도록 준비에 착수했다.

2장 대려화의 꽃말

류에가 도착하고 하루 뒤, 나는 방에 틀어박혀 검 어빌리티를 생각하며 고민했다.

상대는 인간이고 틀림없이 동급이다.

그 점을 감안하고 이 세계에 와서 경험한 대인전을 떠올렸다.

엔드레시아에서는 변경 귀족 아들과 그 동료, 렌 군과—.

세미피나르 대륙에서는 아캄과 부하들, 그리고 리샤르 씨.

그러고 보니 잠깐이나마 이구조 씨와도 싸웠지.

생각해 보면 정말로 전력으로 싸운 인간은 한 명도 없었던 것 같다.

리샤르 씨와 싸울 때는 탈검의 힘을 빌리지 않았고, 이구조 씨와 싸울 때도 처음부터 내게 싸울 의지는 없었다. 그리고 칠성조차…… 결과만 보면 압살이었다.

그래도 지금 내가 싸우려는 상대는 틀림없이 나보다 많은 훈련을 하고 경험을 쌓은, 나와 같은 플레이어. 그중에서도 최고봉에 있던 검사였다.

【웨폰 어빌리티】

[심안]

[경직 감소]

[찬탈자의 증거(투)]

[용신의 가호]

[절대 강자]

[재기]

[윤회전생]

[컨버트 MP]

[충파열풍인]

[진격]

【커스 기프트】 발동: 대상자 카이본 [생명력 극한 강화] 부여

숙고 끝에 짜낸 슌 전용 어빌리티 구성이다.

공격 속도, 범위, 위력, 내구력, 회복력, 보험, 비장의 수, 수읽기, 자기 강화.

그것들을 모두 최상의 상태로 만들려면 이게 최선이라고 판단했다.

물론 상대가 인간인 이상 붙어 보지 않고는 모르는 일이지만…….

대강 어빌리티 조정이 끝났을 때, 노크 소리와 함께 말소리가 들렸다.

"카이 군, 아직 안 자?"

"응, 안 자. 들어와도 돼."

류에의 목소리였다. 하지만 웬일인지 평소 입는 옷이 아니라 도시 주민과 비슷한 흰 승복 같은 것을 입었다.

"웬 옷이야?"

"후후, 여기 온 이유 중 하나야. 잠깐 도시를 돌아보러 가지 않을래?"

"……그 머리로?"

"염색할 생각은 없어. 대신 눈속임을 쓸 거야. 지금 시험해 볼까?"

그러더니 류에의 머리 주변이 반짝였다.

그런 다음 머리로 눈을 돌리자, 웬걸, 머리가 탁한 갈색으로 보이는 것이 아닌가?

"염색이나 환술은 들통 날 우려가 있지만, 이건 빛에 관여하는 방법이야. 내 머리 주위에서 빛색을 일부 없애고 다른 색으로 보이게 하는 거지."

"그런 방법이……. 그거면 환혹, 염색 술식이 깨져도 괜찮겠군."

"주요 시설과 도시 입구처럼 모든 술식을 강제로 푸는 결계는 못 지나지만. 거리를 돌아다니는 정도면 가능할 거야."

꽤나 위험이 큰 제안이지만…… 류에가 부른다면 가야지.

나는 그 제안에 따라 류에와 함께 저택을 나왔다.

"벌써 밤이었구나……. 아직 열린 가게가 있으면 좋을 텐데."

"후후, 레이스한테 줄 선물도 사야지."

"그러고 보니 레이스는 안 따라왔어? 별일이네."

"내가 부탁했어. 오늘 밤은 둘만 있게 해달라고."

귀족 거리. 저택의 빛들이 하늘을 덮을 정도로 거대한 나무를 비추는 신비한 공간.

그곳의 밤길을 거닐며 류에와 생각나는 대로 말을 주고받았다.

둘만, 이라. 그러고 보니 얼마 만일까, 류에와 둘이서 밤길을 걷는 건.

"조용하고 신기해. 여기가 지금 엘프의 고향이구나."

"그래. 아무런 감정도 없는 도시였다면 솔직하게 예쁘다고 생각했을 거야."

"나는 지금도 훌륭한 곳이라고 생각해."

"……그래? 역시 류에는 속이 넓어."

또각또각, 발소리가 밤길을 걸었다. 때때로 부는 바람에 나뭇잎이 흔들렸다.

파도 소리와 닮은 그 소리를 들으며 그저 묵묵히 이곳을 지나갔다.

"……카이 군. 만약 내가 쭉 이대로라면……."

귀족 거리와 다른 구역을 잇는 다리에 접어들었을 무렵, 류에가 머뭇거리며 입을 열었다.

"만약 예전처럼 천진난만하게 여행을 즐기는 나로 돌아가지 못하면…… 싫어?"

"……류에는 류에야. 싫어할 일은 없어, 절대로."

"그래도 조금 쓸쓸하지?"

"그건…… 그래도 지금 류에가 없어지는 것도 쓸쓸해."

솔직히 생각해 본 적이 없었다. 사라져? 아니지, 하나로 돌아가는 거잖아?

그렇지만 그것이 사라지는 것과 어떻게 다른가?

다시금 자문해도 명확한 답은 나오지 않았다. 그때, 류에가 다시 천천히 걸음을 내디뎠다.

"좀 심술궂은 질문이었지? 이곳을 떠나고 시간이 지나면 분명히 나는 원래대로 돌아가. 그래도…… 불완전한 자신이 싫어. 이걸 열등감이라고 해야 하나."

"너는, 류에는 반드시 소원을 이룰 거야. 그리고 고민과 불만을 극복하고 자유롭게 살게 되겠지. 내가 보장할게. 그렇게 되도록 최선을 다할 거야."

"후후, 그래. 너는 언제나 내 불안을 거둬줬지. 고마워, 카이 군."

다리 중간에서 류에는 흐르는 물줄기를 내려다보며 이야기를 꺼냈다.

"내가 살던 숲에도 강은 있었어. 자유롭고 멀리 흐르는 물을 부럽게 생각했지. 그래서일까? 이렇게 물이 흐르는 곳은 가만히 보게 돼."

"그러고 보니 아기다르에서도 자주 봤었지?"

"그랬지. 나도 강물처럼 여행하고…… 마침내 여기까지 왔어."

얼굴을 든 류에가 나를 돌아봤다.

그 순간의 표정이 너무 아름다워 숨 쉬는 것을 잊었다.

빨려 들어갈 것만 같고, 마음을 애태우는 것 같아서, 아무 말도 나오지 않았다.

나는 이 표정을 보기 위해 오늘까지 여행했던 건지도 모른다.

그렇게 생각할 정도로 자애와 감사에 찬 웃음이었다.

"카이 군. 고마워. 나를 여기까지 데리고 와줘서."

"……아직 여행은 계속돼. 여기서 끝날 것처럼 말하지 마."

"후후, 그랬지. 그냥 너무 기뻐서 그래. 옛날에 떠났던 동포의 후예를 만났어. 환영받지 못해도, 미움받아도, 나는 기뻐."

"그런 거야?"

"그런 거야."

너무하네. 그런 얼굴을 보이면 근심도 불안도 전부 사라지지 않는가.

강해졌던 긴장감도 싹 사라지고 남은 것이라고는 미래에

대한 희망뿐.

아무렇지 않게 미래를 생각한다. 앞선 불안과 장애는 이미 존재하지 않는 양.

다음에는 어디로 갈까? 마음껏 즐길 수 있게 된 너를 어디로 데리고 가면 좋을까.

§ § §

"야, 적대할 변명은 준비했어?"

"……다리아냐?"

10분도 안 있으면 아침 해가 뜰 그곳에 남자가 홀로 서 있었다.

내가 말을 걸어도 그다지 관심을 보이지 않고 그는 무덤덤하게 대답했다.

오늘이다, 슌. 여기서 너와 검을 맞댈 각오로 그 녀석이 온다.

"변명은 안 해. 그저…… 내 소원을 위해 여기에 있는 거지."

"……그 녀석은, 오늘 여기서 일어날 일을 대충 알아차렸어."

"그렇겠지. 메신저가 넌데 눈치챌 만도 하지."

"……일부러 나를 보냈다는 소리야?"

"그러지 않으면 각오한 그 녀석이랑 못 싸우잖아."

태평한 대답을 듣고 카이본과 싸우고 싶어서 지금 상황을 만들었냐고 강하게 노려봤다. 하지만 동시에 나도 이해했다.

『갈망』, 『질투』, 『책무』, 『정의』, 『갈등』.

슌 안에는 이 모든 감정이 잠들어 있다고 이해했다.

하지만 상황이 너무 나빴다. 이건 이미 공평한 싸움이 아니었다.

카이본이 아무리 준비하든 이 『공정의 가마솥』 앞에서는 무의미하다.

"……숭고한 목적을 내건 척하지 마. 화풀이하고 싶을 뿐이면서."

"그럴지도 모르지. 어차피 패배가 허용되지 않는 상황이야. 내 패배가 곧…… 네가 그 녀석을 위해 길을 닦는 신호겠지."

"역시 오래 사귀고 볼 일이야. 잘 아네."

"현명한 처사는 아니라고 보지만. 네 생각보다 이 나라는 강인해. 왕이 죄를 인정해도 그까짓 것 펜넬이 묵살해 버리겠지."

"하지만 내가 필요해. 이 나라에는 내가 필요하다고."

"성녀의 위엄은 네 생각만큼 만능이 아니야. 너는 그 결벽증이 탈이야."

"하, 안 됐지만 나도 돼지처럼 깨끗한 걸 좋아하거든."

평소보다 조금 말이 많은 친구가 낯설게 느껴졌다.

긴장일까, 아니면 죄책감일까. ……아, 알겠다.

"걱정하지 마. 나는 결과에 승복할 거야. 네가 이기면 나는 이 나라의 성녀로 살아가. 게다가 너도 내 친구야. 이 오랜 역사 속에서 내 옆에 있던 건 너니까."

"그 말을 들으니까 마음이 놓이네. 아마 펜넬은 카이본이 지면 무슨 연구에 이용할 속셈이겠지. 게다가 류에에 대한 집착도 보통이 아니야. 뭔가 뒤가 있어."

"그때는 적어도 그쪽 애들이 불행해지지 않게 수를 써야지."

"……그래? 그럼 그쪽은 맡길게."

마지막 말을 끝으로 슌은 등을 보이고 명상으로 돌아갔다.

마침 천천히 해가 떠올라 그 모습을 비췄다.

내 쪽으로 뻗는 검은 그림자가 마치 슌이 등진 것을 보여주는 것 같았다.

……너는 뭘 짊어진 거야? 언제부터 이 나라에, 펜넬에게 모든 걸 바쳤어?

무대에서 떨어져 마지막 조절을 위해 결계 경계로 걸음을 돌렸다.

마지막으로 한 번 더 돌아보고 햇빛에 눈을 찌푸리면서 친구에게 들리지 않게 속삭였다.

"……나는 부탁을 받았어. 슌, 그르치지 마. 기회를 놓치지 마."

§ § §

“괜찮아? 아무에게도 말하지 않고 나와도.”

“어떻게 될지 모르잖아. 말려들게 할 순 없어.”

“그게 맞겠죠……. 모두 잘 풀린다는 보장도 없으니까.”

도시 뒤쪽. 국경으로 가기 위해 문 옆에 있는 선착장에서 소형 보트에 올라탔다.

“이건 평범한 보트 같아. 마도구나 기계 장치도 없어.”

“방향 전환은 키로 하죠? 그럼 제가…….”

“역시 레이스는 이런 구조가 좋은가 봐?”

“네, 네에……. 아, 멋져요. 물의 저항이 손으로 느껴져요.”

아무것도 모르는 두 사람이 즐겁게 보트를 살펴봤다.

그 모습을 보고 나도 마음이 진정됐다.

괜찮다. 아무런, 아무런 부담도 가질 필요 없다.

이 강을 조금 내려가면 정면으로 큰 산이 보인다고 한다.

그 산 아래 있는 부두에서 다리아와 합류하고, 거짓 절차를 설명하기로 되어 있다.

그렇다면 그동안은 이 크루징을 즐기도록 할까.

“이 자식 이거, 뻔뻔한 건 알고 있었지만…….”

“안녕, 오래 기다렸어?”

“아니, 얼마 안 기다렸는데, 그것보다 너네 뭐 하냐?”

그 후 얼마 안 있어 보인 부두에서는 이미 다리아가 우리를 기다리고 있었다.

다리아를 발견하고 류에는 기쁜 듯 고개를 들었고 레이스도 조용히 눈인사했지만, 부두에 도착한 직후 들은 말이 이거였다.

“아니, 강이니까.”

“강이니까, 뭐?”

“보트도 있겠다.”

“있어서, 뭐?”

“고기도 있을 거 같길래.”

“당연히 있지.”

“뭘 그렇게 따져? 많이 잡았다고.”

싸움을 앞뒀다고는 생각지도 못하는 두 사람이 낚시를 시작했는데…… 무진장 낚았다. 아이템 박스에 47마리가 있다니까? 류에는 한 마리도 못 낚았지만.

“……정말 알고 있는 거지, 카이본?”

“알지.”

“후우…… 그럼 일단 따라와. 이쪽에도 절차가 있어.”

다리아를 따라서 강 옆에 있는 오두막 안으로 들어갔다.

“인사가 늦었지? 아마 너희는 나와 이미 만났겠지만, 일단 말할게. 오랜만이야, 류에. 그리고…… 오랜만이야, 레이스.”

“정말, 정말 오랜만이야, 다리아.”

"네, 오랜만에 뵈어요. ……역시 저도 알고 계셨군요."

"설마 그때 본 아가씨가 레이스인 줄은 몰랐지만."

재회의 기쁨을 나누는데 기묘한 대화가 섞였다. 다리아와 레이스가 전에도 만났다?

그 점을 지적하자 놀라운 대답이 돌아왔다.

다리아가 세미피나르 수확제에 들렀을 때 레이스와 만났다는 것이었다.

심지어 우리 노점의 메뉴를 먹었다고도…….

"그러고 보니 그때 같이 있던 분은 혹시……."

레이스가 거기서 끝내지 않고 그 화제를 입에 담았다.

슌. 아마도 곧 내가 싸워야 할 상대.

생각지도 못한 곳에서 그 화제가 나와 반사적으로 표정이 변하고 말았다.

"맞아, 그게 슌이야. 나랑 같은 카이본, 류에, 그리고 네 오랜 친구지."

"그랬나요……. 여러분을 거의 기억하지 못하는 저도, 친구인가요……?"

"……적어도 나는 앞으로 친구로 대하고 싶어."

한때의 만남. 옛 추억을 나누기에는 너무 짧고 상황이 허락하지 않는다.

그래도 지금 이 시간은 오잉크가 갈망하던 상황, 풍경에 가깝겠지.

옛 동료가 이 세계에서 다시 모이는 순간. 게다가 이번에는 류에와 레이스까지 있다.

분명히 너도 같은 생각을 하고 있겠지. 『이대로 끝나면 얼마나 좋을까』라고…….

그래도 그럴 수는 없다. 그것을 증명하듯 갑자기 다리아가 일어났다.

마치 더는 여기 있으면 안 된다고 자신을 타이르는 것처럼…….

"의식이 시작되면 산 정상으로 가. 거기 생긴 결계 안으로 들어가는 거야."

"안 그래도 궁금했는데, 그건 무슨 의식이야? 왕이 움직인다면 중요한 행사 아니야? 그걸 방해하려니 좀 미안한데."

"대규모 술식이 활용되지만, 특별한 의미는 없어. 신경 쓰지 말고 들어가. 단, 한 번 들어가면 전부 끝날 때까지는 절대로 못 나와. 그것만은 명심해 둬."

그것은 아마 류에가 아니라 나에게 던진 말일 것이다.

『절대로 도망칠 수 없는 싸움』이라는 최후통첩.

안다. 그래서 나는 오늘 전심전력, 내 모든 것을 동원해 도전할 것이다.

조용히 고개를 끄덕이고 다리아에게 눈짓했다.

기분 탓일까, 다리아는 슬프게 눈을 내리깔고 망설임을 떨치듯 발길을 돌렸다.

"그럼 다녀올게. 20분 뒤에는 의식이 시작되니까 그때까지만 기다려."

"알았어."

"무사히 해결되기를 기도할게요."

"나도 솔직히 긴장되네. 잘 부탁해, 다리아."

오두막에서 다리아가 떠나고 침묵이 깔렸다. 레이스가 그 침묵을 깨고 입을 열었다.

"신비한 분이네요. 말투가 조금 남성적이지만, 옛날부터 그러셨나요?"

"응, 다리아는 옛날부터 저랬어. 여성스러움과는 거리가 멀었지."

"그건…… 응. 그렇지."

당연히 원판이 남자니까 여자 말투에 거부감이 있겠지.

물론 공적인 자리에서 성녀를 연기할 때는 제대로 쓰는 모양이지만…….

그나저나 의식이라. 아마도 그 의식은 나를 묶기 위한 조치일 것이다.

과연 어떤 제약을 걸까. 살짝 심장 고동이 빨라졌다.

……하지만 어떤 제약, 속박, 부담, 핸디캡을 줘도 상관없다.

내 앞에 있는 둘만 무사하다면 나는 얼마든지 싸우고 도전할 수 있다.

"……카이 군, 많이 긴장했어."

"응? 그래?"

"맞아요. 얼굴이 살짝 굳으셨는걸요."

"하하하…… 이 여행의 목적을 이룬다고 생각하니까 나도 모르게."

"아무래도 그렇죠. 그럼 우리 앞일을 생각해 봐요. 류에와 임금님이 화해……라고 해야 하나요? 그리고 지금 당장은 어렵더라도 차별이 사라지면 어떻게 할지를."

"후후, 좋은데? 나는…… 편하게 브라이트니스아치를 돌아보고 싶어. 왕성 주변은 고밀도 마술식으로 덮여 있었어. 견식을 넓힐 겸 보고 싶어."

"성실하네요. 그럼 카이 씨는요?"

"나는……."

내가 지금 그 말을 해도 될지 순간 갈등이 목을 틀어막았다.

하지만 나도 미래의 희망은 품고 있다. 이 문제가 해결되면—.

"나는 국경에 있다는 도시에 가 보고 싶어. 옛날 류에를 위해 요리를 준비해준 엘프의 후예가 살아 있을지도 모르고, 그 요리의 원조를 맛보고 싶어."

"아, 『마녀의 주전부리』? 듣기 민망한 이름이지만, 그건 정말 좋아해. 지금도 명맥이 이어진다고 하니까 나도 가 보고 싶어."

"후후, 좋네요, 국경 도시. 저도 가 보고 싶어졌어요. 어떤 곳일까요?"

여행의 앞날을 이야기한다. 즐겁게, 눈망울을 빛내며…….

미래로 마음을 떠나보낸다. 희망찬 미래를 믿고 앞날의 행복을 기원한다.

행복한 말이 오가는 이 눈부신 한때가 내 마지막 결의를 굳혀줬다.

그때였다. 멀리서 큰북이라도 치는 것처럼 공기의 진동을 느꼈다.

산 정상을 보니 돔 형태로 칠흑의 어둠이 그곳을 폭 감싸고 있었다.

저게…… 싸움의 무대인가.

"지건…… 뭔가 불길해. 안 좋은 예감이 들어."

"의식이라고 들었는데…… 좀 무섭네요. 괜찮을까요?"

둘의 긴장을 풀어주기 위해 짐짓 대수롭지 않게 말했다.

「나랑 다리아, 그리고 너희가 있어. 무슨 일이 일어나도 괜찮아」라고—.

§ § §

"이건…… 뭐지? 모르는 술식이야."

"그렇다면 다리아 씨가 짠 걸까요?"

정상에 도착하자마자 류에가 이 낯선 결계에 흥미를 보이며 손을 댔다.

그리고 호기심을 참지 못하고 나보다 먼저 뛰어들려고 했다.

"스톱. 가능하면 다 같이 한꺼번에 들어가자."

"아하, 듣고 보니 그래."

"그럼 손잡고 갈까요?"

레이스가 내민 손을 잡고 다른 손으로는 류에의 손을 잡았다.

그리고 내 행동에 맞춰 두 사람도 그 어둠 속으로 한 발을 내디뎠다.

시야가 가로막혔다. 그런 다음, 어떤 힘에 의해 두 사람과 잡은 손이 떨어지고 말았다.

이윽고 어둠이 걷혔을 때는—.

"……그렇군. 아주 그럴싸해."

"그리스 양식의 콜로세움을 상상해 만들었는데, 술식 형태상 뒤집힌 돔 형태야. 바닥 부분은 보다시피 평면이지만, 끝으로 가면 경사 때문에 움직이기 어렵겠지."

"꼭 중식 팬 같군. 볶음밥이라도 해 먹고 싶네."

"훗, 적절한 비유군. ……오랜만이라고, 인사라도 해야 할까?"

슌이 있었다. 현실 세계 모습과 머리색밖에 다르지 않은 슌이 있었다.

그 작은 키에 동안인 얼굴은 고등학생이나 중학생으로밖

에 보이지 않았다.

하지만 확실히 느껴졌다. 마치 거목 같은 압도적 위압감과 어떤 신성함을…….

적개심을 보이지도 않았는데 나도 모르게 위축되는 기분이었다.

"같이 들어온 둘은 어딨어?"

"뒤에. 거리는 멀지만. 일단 관객으로 불시의 사태에 대처할 정예 기사 80명, 마술사 70명, 자유 기사 30명이 이곳을 포위하고 있어."

"구경꾼이 너무 많으면 부끄러운데."

"헛소리하네. 네 성격에 무슨."

이런 걸 목석같은 얼굴이라고 하나?

슌은 어쩐지 기분이 안 좋고 거북해 보였고, 어딘지 모르게 서먹했다.

본래는 그게 당연한 반응이라고, 지금은 감정을 내려놓았다.

다시 주위를 돌아봤다. 어마어마하게 넓은 이 무대를 보고 지금부터 벌어질 싸움의 규모를 상상하니 절로 몸이 떨렸다.

"그럼 싸울 거야?"

"그래. 검을 뽑아. 나는 이미, 준비를 마쳤어."

"거참 호전적일세……. 뭐, 나도 각오는 했다만."

아이템 박스에서 검을 꺼내고 뒤로 돌아 조금만 거리를

벌렸다.

그때 저 멀리 다리아와 레이스, 류에가 보였다.

뭐라고 필사적으로 소리치는 모습까지도…….

아직 시간 유예가 있겠지. [오감 강화]를 부여해 그녀들의 말에 귀를 기울였다.

『어떻게 된 거야, 카이 군! 내 약속은 어쩌고!』

『다리아 씨, 이게 어떻게 된 일인가요?』

『아, 가만히 있어, 가만히. 어차피 이 자리에서는 못 나가. 끝날 때까지 지켜볼 수밖에 없어.』

『다리아! 속였어? 나를, 카이 군을!』

『그래, 속였어. 속여야만 한다고, 카이본도 이해하고 받아들인 거야.』

『뭐?! 카이 군! 설명해! 그 칼 집어넣어!』

미안, 설마 그렇게까지 화낼 줄은 몰랐다.

지금까지 류에가 저토록 화내는 모습은 본 적이 없었다.

레이스는 이 사태에 냉정함을 잃고 다리아를 죽일 것처럼 쏘아봤다.

그리고…… 다리아는 진심으로 난감해 죽을상이었다.

"……참 사랑받는군."

"음? 너도 들려?"

"공기가 떨리니까."

무시무시하군. 나는 적당히 거리를 두고 다시 돌아섰다.

그리고 마지막으로 이번 상대의 스테이터스를 엿봤다.

미안하다, 이미 싸움은 시작된 거야.

【Name】 슌

【종족】 휴먼

【직업】 검성(50), 검호(50)

【레벨】 411

【칭호】 창성의 기사

전설을 잇는 자

신의 영역에 도달한 자

땅끝의 검성

데스 브링어

영혼을 받친 자

영원한 도전자

검성에 달한 자

끝없는 구도자

누님 킬러

【스킬】 극검술

【웨폰 어빌리티】

[추섬(追閃)]

[검성의 지침]
[발도 가속]
[만상 절단]

극한까지 검술에만 특화한 스테이터스에 존경심마저 들었다.
그것은 틀림없이 『궁극의 경지』였다.
능력의 수를 중시하는 나와는 대척점에 있는, 오로지 하나의 길만 추구한 인간의 증거.
……이건 좀 성가신 정도가 아니다. 상당히 위험하다.
나에게 [생명력 극한 강화]를 다시 부여하고 검을 들었다.
"깜빡 말을 안했는데…… 미안. 이건 대등한 싸움이 아니야."
그때, 대치하던 슌이 입을 열었다.
그리고 눈앞에 나타난 것은 무척 익숙한 『알림창』과 익숙하지 않은 문자였다.
"미안하지만, 네 힘의 원천을 봉쇄하겠다."

『PvP 핸디캡 룰』
『핸디캡이 주어집니다.』
『플레이어 Kaivon의 무기가 일시적으로 PvP 전용 장비의 능력으로 대체됩니다.』

"아니, 야…… 이건 반칙이지……."

이 세계는 게임과 닮았지만 엄연히 다른 세상. 이런 일은 불가능하리라고 믿어 의심치 않았다. 하지만…… 지금 생각하면 『그 스킬』만은 이질성을 뽐내고 있었다.

다리아가 가진 『데미 프로그래밍』. 설마 그런 짓까지 가능하단 말인가?

"이곳의 이름은 『공정의 가마솥』. 원래는 동등한 조건에서 실력을 키우는 장소지만…… 너를 절대로 이기게 둘 순 없어. 그래서 그 검의 힘을 막았다. 원망하진 마."

"순수한 내 힘만으로 덤비라고? 뭐야, 이 나라도 생각보다 자비롭네."

……제기랄. 이러면 **다리아에게 한 부탁**이 정말로 필요해지겠는데.

아마 내가 사실을 확인할 때까지 기다려줄 심산이다.

그렇다면 지금은 그 호의에 감사하자. 서둘러 스테이터스를 열어 장비 항목을 확인했다.

"비활성화…… 선택 불가. 무기 능력도…… 평범한 칼이나 다를 바 없군."

리샤르 씨와 싸울 때와 비슷한 조건으로 최상의 상태인 슌과 싸워라?

기껏 세팅한 어빌리티도 모두 봉인됐다. 하지만 그때와는 달랐다. 주변의 눈이나 마음 따위 고려하지 않고 모든 기술을 마음대로 써도 허락되는 상황이었다.

하지만…… 500년. 나와 같은 상황에서 싸워 온 인간을 상대로 이 조건은…….

하하하, 이거 가능하기는 한가 몰라.

"이제, 됐지?"

"……?!"

그 순간, 바로 옆에서 슌이 속삭이는 소리가 났다.

경악과 공포의 감정에 사로잡혀 목소리가 난 반대 방향으로 무작정 몸을 던졌다.

착지와 동시에 그쪽을 보자 이미 녀석은 검을 한 차례 휘두른 자세였다.

나는 공격당했나? 아니, 그런 느낌은 전혀…….

그런데도 뚜렷하게 다가오는 죽음의 예감, 보이지 않는 불안이 심장을 난폭하게 때렸다.

그리고 다음으로 들린 것은 땅에서 울린 금속성 소리.

"뭐야……?"

"……허무하군. 이걸로 끝났어."

내 눈앞에는 애검과— 그 『자루를 쥔 오른손』이 떨어져 있었다.

인식으로부터 고통이 찾아올 때까지 찰나의 시간, 내 생각이 얕았다고 욕하고 목이 찢어질 듯한 목소리를 무의식중에 억누르며 급히 손을 주워 절단면에 꽉 맞댔다.

"……뭐야? 회복 마법……? 여기 온 뒤에 배웠나?"

"큭! 젠장…… 지금 건 뭐였지?"

다행히 장비 말고는 이상이 없었다. 내 몸에 부여한 [생명력 극한 강화]는 이상 없이 작동 중이었다.

그렇다면 이것을 슌에게 반전 부여하면 단숨에—.

거기까지 생각이 미쳤을 때 사고에 제동이 걸렸다.

『그러면 슌이 죽는다. 그래도 괜찮은가?』

아니, 그런 상대를 배려하는 생각이 아니라 순수한 승산을 따져서다.

반전 부여해도 어빌리티 성질상 체력을 빼앗을 때까지 33초가 필요하다.

하지만 솔직히 33초나 슌의 공격에서 무사히 도망 다닐 자신이 없었다.

지금 무슨 일이 벌어졌는지조차 파악하지 못했는데 어떻게 도망을 치겠나.

우선은 필드 끝으로 갈 요량으로 백스텝을 반복했다.

하지만 내 쪽으로 달려오는 그림자를 보고 이미 장난은 끝났다고 각오를 다졌다.

"『플레임 퀸』."

어둠의 화염을 광범위하게 뿌려 시야를 차단하면서 나는 불길의 흐름으로 움직임을 파악한다.

생각 없이 움직이다가 산소 결핍으로 쓰러져주면 땡잡는 거지만…….

그렇게 생각한 순간, 흑염은 순식간에 하늘로 치솟아 흩어져 버렸다.

역시 쉽게 풀리지는 않는다며 혀를 차고 더 거리를 벌려 다음 수를 둔다.

얼음 마법을 발동해 바닥에 얼음 막을 깔았다. 무대의 끝부분은 경사. 이번에는 이동을 막는다.

"……마법에 쏟았나, 이 세계에서 얻은 시간을."

"좋은 스승님을 만났거든. 나도 제법 재능이 있다더라."

굉장히 허망하고 실망스럽다는 의중이 전해지는 말이었다.

그래, 그렇고말고. 나도 이런 식으로밖에 싸울 수 없는 내가 한심하다.

하지만…… 한순간이라도 시간을 벌면 기술 하나 쓰기에는 충분하다.

"『대지열섬』."

"『월섬광』."

검기는 얼음과 땅을 깨부수며 속도가 더뎌진 슌에게로 질주했다.

하지만 지체 없이 슌이 날린 기술과 부딪치고 충격으로 얼음 조각이 사방으로 튀었다.

잠깐의 시야 차단. 이번에는 그 얼음에 어둠 마법을 발동해 칠흑의 안개로 바꾸었다.

"천단(승룡)."

시야를 빼앗은 타이밍에 바로 안개 전체를 삼키는 기술을 때려 박았다.

명중 여부도 확인하지 않고 무대 가장자리를 따라 달리며 다시 뒤로 얼음 막을 깔았다.

앞이 보이지 않는 상황에서 쫓아오는 것은 자살 행위다.

이걸로 조금은 승기가 보였다. 그렇게 생각한 순간이었다.

어깨를 파고든 예리한 통증에 몸이 기우뚱하며 넘어갈 뻔했다.

이를 악물고 얼굴 근육에 힘을 빡 줘서 흐트러진 정신을 바로잡았다.

벌써 쫓아왔나 싶어 돌아보는 동시에 『대지열섬』을 날렸다.

하지만 슌은 어디에도 없었다. 멀리 검은 안개만이 불길하게 제자리에 머물러 있었다.

설마 아직 저 안에? 하지만 그럼 지금 공격은…….

이미 완치한 어깨 상처를 문지르며 그 정체가 무엇일까 생각했다.

검기를 날리는 기술은 몇 가지 있다. 하지만…… 이런 좁은 범위를 정확하게 벤다……?

이렇게 날카롭고 정확한, 그리고 발동 전조조차 느끼지 못하는 공격은 대체…….

“윽! 뭐, 뭐……야?”

난데없이 찾아온 충격이 뇌를 때려 생각이 멈추고 호흡이 턱 막혔다.

피 맛이 역류하고 뜨거운 고통, 살을 도려내는 통증이 목구멍으로 퍼졌다.

목을 잡자 어마어마한 피가 손에 질척하게 묻어났다.

목을…… 베였어? 확실하게 승패를 가르려는 공격에 식은땀이 흘렀다.

통증이 가시고 목구멍에 남은 피를 토한 뒤 그 안개를 노려봤다.

그때, 안개에서 마침내 목소리가 들렸다. 동시에 안개는 십자로 찢겨 흩어졌다.

"……흠. 그 회복력…… 너, 이상한 거 숨기고 있지?"

"……내가 할 소리다. 그 기술은 뭐야?"

슌은 내 비정상인 회복력을 의심했다. 그리고 나는 비정상인 공격을 경계했다.

……언뜻 보면 변화가 없는 상황. 하지만 사실상 몰리고 있는 건 내 쪽인가……?

만약 공격을 연속해서 맞으면. 만약 회복량을 넘는 피해를 받으면…….

한번 그 불안이 가슴을 스치자 그 사실을 머리에서 떨칠 수 없었다.

그러고 보면…… 방금 본 슌의 장비에 【웨폰 어빌리티】가 있었지.

그중에 [추섬]이 있었는데 글자로 추측하면…… 추격 관련 효과인가?

그 후 무언가 흐르는 듯한 기운을 느끼고 서둘러 자리에서 벗어났다.

아무런 전조도 없이 방금 서 있던 땅이 십자로 깊이 파였다.

"시간차 공격……! 살벌한 기술을 배우셨군그래."

방금 안개를 흩어 버린 검격 또한 분명히 십자였다.

만약 그 궤적을 뒤늦게, 그것도 원하는 장소에 발생시킬 수 있다면?

상상도 하기 싫다. 항상 신경을 곤두세우고 공격 직전에 피할 수밖에 없지 않은가?

"적당히 흘리기만 해도 끝날 줄 알았더니…… 의외로 끈질기군."

"……누굴 깔봐, 땅꼬마 주제에."

"어차피 곧 머리 위치가 바뀔 거야. 흙 맛을 보게 해주지."

그리고 제2 라운드의 시작을 알리듯 푸른빛이 깃든 검이 휘둘러졌다.

§ § §

"……슌, 장난치고 있군."

"……다리아, 한 번 더 부탁할게. 여기서 내보내줘."

“미안하지만, 불가능해.”

“죄송하지만 아무리 두 분의 친구라도…… 필요하다면 공격도 불사할 거예요.”

“관둬. 생채기도 못 내.”

『공정의 가마솥』. 게임 시절의 무대가 된 퍼스트리아 대륙에서 흘러든 유물을 복원하고 신의 법칙, 즉, 게임 시절의 시스템을 재현한 술식.

게임의 PvP를 유사하게 재현하여 훈련장으로 만들어진 이곳은 사용법에 따라서는 지금처럼 잔혹한 처형장으로 바뀐다.

이곳을 만들면서 누구보다 열렬하게 이 『핸디캡』 시스템 도입을 주장한 게 너였지, 슌. 설마 이날 이 순간을 위해서였나?

이 나라를 지킨다는 점에서 가장 경계해야 할 장애 요소로, 수백 년이나 전부터 이미 카이본을 가상적으로 정해뒀다는 말인가? ……아니, 그럴 리는 없지.

하지만 우연이라도 이곳은 지나치게 카이본에게 불리하게 작용한다.

싸움에 정신이 팔린 그때, 한줄기 섬광이 눈앞을 가로질렀다.

……쐈나. 하지만 정통으로 맞아도 그 공격은 절대로 내게 닿지 않는다.

개미가 물어도 코끼리의 피부를 뚫을 수 없듯이. 갓난아이의 장난으로 어른을 쓰러뜨릴 수 없듯이.

잔인할 정도의 차이가 그녀의 의지를 무참히 튕겨 버릴 것이다.

"다음엔 맞출 거예요. 우리를 내보내든가, 저 둘을 말리세요."

"……널 위해서 하는 말이야. 그냥 앉아서 봐. 너희한테 해는 안 끼쳐."

"웃기지 마세요! 저는, 저는 당신을 용서 안 해요! 카이 씨의 마음을, 류에의 마음을! 재회의 기쁨을 짓밟은 당신을 절대로!"

아름다운 얼굴을 일그러뜨리고 격한 원념을 쏟아냈다.

차마 웃어넘길 수 없어서 후회의 감정을 얼굴로 드러낼 뻔했다.

……나도 알아. 내가 저 녀석의 기대와 희망을 배신했다는 건.

우리 모두 알아. 이것 말고는 방법이 없다고, 알고 있어…….

"다리아. 보내줄 수 없다면 적어도 소원이 있어."

레이스와는 대조적으로 류에는 침착하게 말문을 열었다.

그래도 그것은 필사적으로 꾸며낸 침착함이겠지.

떨리는 손이, 주먹을 쥐고 떨리는 손이 그 사실을 말해줬다.

"만에 하나 카이 군이 지면, 나는 어떻게 되든 상관없으니까 카이 군과 레이스만은 무사히 이 나라에서 도망치게 해줘. 보나 마나…… 내가 목적이지?"

"……미안하지만, 내가 맡을 수 있는 소원에는 한계가 있어. 이미 카이본이 소원을 빌어서 그것만으로 나는 벅차."

"카이 군의 소원?"

말할 생각은 없다. 하지만 이대로 가면 그 소원을 들어줘야 한다.

내 눈으로 봐도 카이본은 잘 싸우고 있다.

이 세계에 와서 1년 만에 이런 실력을 키웠다는 사실에 내심 혀를 내둘렀다.

살해의 갈등. 아니, 그보다 『쉽사리 목숨을 빼앗는 힘』을 휘둘러도 될지 갈등했다.

필요에 의해, 어느 때는 격앙하여 손을 더럽힌 적도 있었다.

몇 년이나 싸우고 조금씩 그 감각이 마비되는 것이 무섭기도 했다.

그 감정을 온전히 받아들이기까지 몇천 번의 밤을 보내야 했다.

스테이터스는 장식이었다. 정신력으로 스트레스가 완화되지는 않았다.

가벼운 마음으로 도전했다가 몇 번이나 먹은 것을 게워냈는지 모른다.

슌은 특히 심했다. 현재 모습과 현실 세계 모습이 비슷했던 탓에 이세계라는 이유로 현실 감각을 버리지는 못했다. 날이 갈수록 초췌해지는 슌을 나는 누구보다 가까이서 봐

왔다.

그래도 슌은 백 년이 지나기 전에 극복하고 1만을 넘는 시체를 쌓아 올렸다.

"……카이본, 네가 떠안은 것들이 얼마나 무거운지 나도 나름대로 이해해. 하지만— 우리가 짊어지고 온 것, 밟고 지나온 것도 만만치 않게 무거워."

그렇기 때문에…… 나는 누구의 승리를 바라야 할지 알지 못했다.

역경에 내몰리면서도 포기하지 않는 그 모습에 존경심과 비슷한 감정이 올라왔다.

『너는 이 세계에서도 정상이 아니다』라고.

"아! 또 카이 군의 기술이 막혔어."

"기술의 속도가…… 너무 달라요……."

류에와 레이스는 체념한 것처럼 두 사람의 싸움을 바라봤다.

거기서 흘러나온 말에 나도 시선을 집중했다.

카이본이 검을 들었을 때 이미 슌은 공격을 마쳤다.

아마 아직 게임 시절의 기술을 의식하지 않으면 발동하지 못하는 탓이리라.

의식 전환. 기술을 발동하는 이미지를 연상하고 움직여서는 따라잡지 못한다.

이미 우리는 그게 몸에 익어 버렸다.

공격 속도, 기술의 수와 정밀도도 비교가 되지 않는다.

그래도 계속 일어서는 것은 그 신비한 회복력 덕분이겠지.

그게 대체 뭘까. 그 회복력과 지속 시간은 우리 지식에 없는 것이다.

초월적인 회복력. 검의 힘을 잃었을 텐데 어떻게 작용하는 것인가.

그때, 이미 몇 번째일지 모를 치명적 공격이 카이본을 꿰뚫었다.

등에서 피가 튀어 오르자 옆에서 두 비명이 터졌다.

……그만 포기해라. 나한테 맡긴 소원은 잊고 패배를 인정해라.

너는 열심히 했다. 이제 충분하잖은가. 절대로…… 너는 절대로 못 이긴다.

그런데…… 왜—.

“왜냐고.”

왜, 왜 내 몸이 자꾸만 떨리는가.

둘 중 하나가 죽을지도 모른다는 공포?

아니다……. 이건 그런 게 아니다.

오한이 마치 실체를 가지고 뒤에 서 있는 듯한, 당장에라도 날 덮칠 것 같은 불안.

불길한 감각에 떨림이 멎지 않았다. 이건 『그 소원』 때문일까?

그 직후 큰 충격음이 퍼지고 이 자리에 있는 모든 인간이 무심코 몸에 힘을 넣었다.

마침내 정면에서 슌의 일격을 막은 것이다.

……넌 이상하다. 어떤 삶을 살면 이렇게 끈질겨질 수 있나.

어느새 카이본은『잘 아는 그 모습』이 되어 있었다.

가장 강하게 기억에 각인된 요란한 의상으로 치장한 그 모습.

오한을 구현한 것 같은 그 사악한 모습에 그만 웃음이 터지고 말았다.

"……방랑 마왕이, 드디어 여기까지 왔나."

"카이 군…… 정말로, 진심으로……."

"말리려면 지금뿐이에요, 다리아 씨. 이대로 가면 불행한 결말밖에 없어요."

두 사람의 말을 통해 가이본이 진심을 다할 때 서 복상을 입는다고 짐작했다.

하지만…… 알량한 수다.

우리가 걸은 길은 그런다고 따라잡힐 정도로 짧지도, 평탄하지도 않으니까.

그 찰나 전장의 구석까지 퍼진 충격이 결계를 강타했다.

그건 기술이 아니라 단순한 패기. 전신에서 발산된 모종의 에너지였다.

그리고 두 검이 미리 짠 것처럼 거의 동시에 빛을 둘렀다.

카이본의『천단(승룡)』과 슌의『극광(멸)』.

아마 마지막 도박에 나선 카이본의 일격에 슌이 응한 것 같았다.

하지만 출발은 늦었어도 먼저 발동한 것은 역시나 슌의 공격이었다.

군청색 빛을 두른 거대한 검이 카이본을 덮친다.

그것이 몸에 닿기 직전, 카이본의 공격이 완성되며 검은 파동이 군청색 빛을 삼켰다.

그리고 공격이 부딪치며 전장은 섬광으로 뒤덮이고 절규가 메아리쳤다.

그 절규 속에서 슌의 신음이 희미하게만 확실하게 내 귀에 들렸다.

"……이걸로, 끝나줘."

섬광의 여파로 시력을 잃었던 눈에 다시 풍경이 비쳤다.

마침내 제대로 된 공격을 받고 어깨를 붙잡은 슌. 그리고—.

"말도…… 안 돼……."

"설마, 카이 씨가…… 졌어……?"

찢겨 날아가 하나만 남은 날개.

가면이 깨져 땅으로 흩뿌려진 흰 파편.

부스러질 것처럼 온통 금이 간 뿔과 넝마가 된 옷.

검을 지팡이처럼 양손으로 잡고 가까스로 버티는 몸이 서서히 꺾이며 무릎 꿇었다.

하지만 다시 엄습하는 불안에 못 이겨 결국 이 싸움에 끼어들고 말았다.

“슌! 안 끝났어! 당장 기절시켜!”

안 된다. 아직 긴장을 풀지 마라. 카이본은 나에게, 나에게 뭐라고 부탁했나?

그 날 밤의 대화를 떠올렸다. 그때 너는…….

『나한테 만약 무슨 일이 생기면, 그때는—.』

제발 그 약속을 지키지 않아도 되게 해다오.

그 예감이 들기 전에 싸움을 끝내다오.

『—제발 둘이 나를 못 보게 해줘.』

오한이, 공포가 한계에 달했다.

주위에 보는 눈이 있는데도 불구하고 그만 목청껏 소리질렀다.

“지금 당장 끝내! 그건, 그건 카이본이 아니야!!”

§ § §

“아직 설 수 있다면 한 번 더 일어서.”

투기장 중앙에서 한 검사가 쓰러진 남자에게 작게 중얼거렸다.

서디스 대륙 최강의 검사로 칭송받고 서즈가르드의 수호신이라 불리는 남자.

탐욕스럽게, 하염없이 힘만을 추구하며 몇 년, 몇십 년,

몇백 년을 싸워 온 괴물.

그 근간에 있는 갈망이 지금 채워지려 하고 있었다.

『아니, 내 스타일로 대인전은 무리가 있어. 그냥 레벨이나 올릴래.』

한때 자신을 깎아내리며 어물쩍 싸움을 피하던 남자.

그 말을 들을 때마다 슌은 속으로 형용하기 어려운 감정을 쌓아 왔다.

게임 시절 같은 팀에 소속해 자신에게 비견될 스테이터스를 가졌던 남자.

그런 그를 조금이라도 고차원으로, 서로 전술을 구사해 맞부딪치는 투쟁으로 끌어들이려고 노력했다.

하지만 그는 끝끝내 고개를 끄덕이지 않았다. 그래서 갈망했다. 그와의 결투를…….

그래도 억지로 끌어들여 대인전에 익숙하지 않은 인간을 이겨 봤자 무슨 의미인가.

거의 포기했었다. 플레이 스타일, 게임을 즐기는 방식이 달랐으니까.

하지만 그래도 주변에서는 『어떤 의문』을 품었고 이런 말이 오갔다.

『대인 아레나에서 최다 승리를 거둔 마스터 촉새 검사』.

『모든 영역을 솔플, 예능 무기로 공략하는 방랑 마왕』.

특이하기로 이름난 이 두 유저 중 과연 누가 더 강한가?

그런 말을 들어도 카이본은 「슌이지. 내가 어떻게 이겨」라며 웃어넘겼다.

사실 유저가 줄기 전에는 매일 대인전을 하던 슌이 훨씬 강했다.

하지만 같은 팀이었기에, 오랜 시간 함께했기에 그는 알았다.

카이본의, 『요시키』의 이상할 정도의 집착과 호승심을.

만약 그 호승심을 자신에게, 대인전의 세계에 발휘해준다면…….

그런 상상을 하며 슌은 하루하루를 보냈다.

그러다가 이세계로 날아가 수백 년을 수련한 그에게 미침내 기회가 찾아왔다.

자신과 달리, 다양한 감정과 이유를 가지고 카이본이 이곳까지 온 것이었다.

남을 위해 힘을 쓰기로 각오한 카이본이 그로서는 조금 못마땅했다.

그래서 아직 끝내고 싶지 않고픈 마음을 담아서 말했다.

『한 번 더 일어서』라고.

이미 여기서 슌의 실력을 의심하는 자는 아무도 없었다.

그 앞에 마침내 무릎 꿇은 카이본조차 그 실력은 진짜라고 인정했다.

하지만 『슌의 승리를 의심하는 인간』은 존재했다. 그건 누구인가?

카이본을 절대적으로 믿고 그 힘을 누구보다 잘 아는 류에? 아니다.

자신을 속박하던 사슬을 끊어 운명을 개척해준 레이스? 아니다.

아니면 마음 한쪽에서 자신의 승리를 완전히 믿지 못하는 슌? 아니다.

이곳에 모여 싸움을 지켜보는, 나라에 속한 기사와 전사, 마술사들? 아니다.

이미 슌의 승리는 정해졌다고, 누구나 인정하기 시작했다.

하지만— 단 한 명.

류에보다, 레이스보다, 슌보다 카이본을 잘 아는 사람이 있었다.

그 인물이 최악의 상황을 가정하고 패배보다 무서운 결말을 예상했다.

그것은 지금도 험악한 얼굴로 전장을 바라보는 한 명의 엘프.

카이본과 어릴 적부터 함께 지내고 가까운 곳에서 봐 온 친구.

그, 아니, 그녀가 이곳에서 유일하게 슌의 패배를 확실하게 예상하고 있었다.

그렇다. 그녀, 성녀 다리아만이…….

"그건 카이본이 아냐! 네가 모르는, 내가 아는 요시키다!"

§ § §

머릿속에서 경종이 울려 퍼졌다. 안 된다. 안 된다, 안 된다.

카이본? 그런 건『저 녀석의 극히 일부』에 지나지 않는다.

비뚤어지고 조금 괴팍하지만 동료를 위해 행동할 줄 아는 미워할 수 없는 인간.

그런 건『니시다 요시키』를 구성하는 극히 일부에 불과하다.

우리가 재회한 밤, 한순간 비친 광기 어린 그 표정과 말을 떠올렸다.

『야, 그런 인간이 어디 있냐? 죽이지? 보통은 죽이지? 만약 살인이, 보복이 죄가 아니면 개나 소나 죽일 거 아냐? 아니, 죄가 되든 말든 체면 차리지 않고 본능대로 물어뜯잖아? 복수하려고, 대가를 치르게 하려고 덤비는 게 정상이잖아?』

……그 소원을, 들어줘야 하겠지.

쓰러져 가는 카이본을 향해 울부짖는 두 사람에게 술식을 발동했다.

강제로 몸의 제어를 빼앗는 전기 신호를 보내어 눈을 감게 했다.

그리고 결계로 두 사람 주위를 둘러싸서 철저하게 시야를 차단했다.

갑작스러운 사태에 당황하는 소리가 들렸으나 그것을 묵살하고 부하를 불러 어떤 지령을 보냈다.

"……이름값 하는군. 이걸로 나도 배신자인가."

§ § §

어른이 된다는 게 뭘까.

나이를 먹는 것? 성교를 하는 것? 사회인이 되는 것? 결혼하는 것?

자기 책임을 스스로 지는 것? 참는 법을 배우는 것?

조건 없는 사랑을 베푸는 것? 어른이라고 생각한 사람에게 인정받는 것?

스스로 번 돈으로 살아가는 것? 옛 자신을 돌아볼 줄 아는 것?

……꿇었던 무릎을 다시 들었다.

양손으로 잡은 검에 힘을 넣고 천천히 일어났다.

"……내 경우는…… 감정에 타협점을 찾은 걸까?"

짧은 시간에 내 몸의 이상이 서서히 사라져 갔다.

그래, 그랬지. 쭉 잊고 있었다.

언제나 전투의 밸런스를 무너뜨린 건 공격력이 아니라 회복력이었다.

"이제야 일어났나?"

"그래. 나도 살아 있고 너도 살아 있어. 아직 안 끝났어."

분노를, 증오를, 질투를, 갈망을.

이 일전의 승리를, 나보다 강하다고 생각하는 남자에게서 빼앗기 위해서라면…….

어른을 그만두겠다. 내 마음대로 하기 위해, 수단을 가리지 않겠다.

그러니까…… 조금만 동심으로…….

"당장 끝내! 빨리, 슌!"

"숨 고를 시간 정도는 줘야지. 이 자식은 아직 포기 안 했어."

"그래, 포기 안 했지."

너에게 닿을 수 있다면 이따위 것 얼마든지 내주마.

검이 아니라 이제는 거의 둔기처럼 검을 휘둘렀다.

힘 빠진 공격은 튕겨 나가고 손아귀에서 검이 빠져나갔다. 동시에 오른팔 손목이 잘려 날아갔다.

하지만 튕겨 날아간 손목으로 불을 내뿜어 없애 버렸다.

그 순간, 사라졌을 손이 절단면에서 재생되기 시작했다.

부위가 사라지면 새로 돋아나나? [생명력 극한 강화]란 이름은 과장이 아니다.

칼에 베여도 멈추지 않고 슌에게 재생한 손을 뻗으며 달려갔다.

"……죽일 생각으로 덤벼 봐, 검사 양반."

"너…… 정말로 사람이냐?"

이번에는 내 목을 치려는 칼을 고개를 살짝 기울여 피했다.
최소한의 회피만 한 탓에 목이 절반 찢기고 말았다.
죽음에 이를 상처다. 하지만 죽음마저 회복력으로 억지로 몰아낸다.
이거면 됐다. 일격에 죽지 않는다면 그걸로 족하다.
멈추리라 생각했는지 상처를 돌보지 않고 달려오는 나에게 슌은 순간 반응하지 못했고 마침내 내 손이 닿았다.
이거다. 이 거리다. 주먹이 닿는 이 거리라면.
그 몸을 꽉 잡을 수 있다면…….
어두운 감정이, 배덕적인 기쁨이 이성의 벽을 넘어 솟아났다.
드디어, 드디어 잡았다. 너는 지금 내 손아귀에 있다.
"……그거 아냐? 안타깝게도 난 검을 쓸 기회보다—."
"쳇! 떨어져!"
슌은 어깨를 잡은 오른손을 자르려고 칼을 휘둘렀다.
하지만 좁은 거리에서 휘둘러 힘이 실리지 않은 칼로는 내 몸이 잘릴 리 없었다.
그리고 이 회복력으로 내 팔은 아직도 그 어깨를 단단히 쥐고 있었다.
"아아아아아아아아악!"
좁은 곳을 억지로 비집고 들어가듯 엄지가 어깨 관절을 파고들었다.
너는 방어구를 안 입지. 옛날부터 도복 같은 장비에 집착했어.

그 옷을 찢고 살갗을 찢어 근육에 구멍을 내며 뼈에 다다른다.

“검을 쓸 기회는 없어도…… 폭력을 쓸 기회는 많았거든.”

제법 아픈가 보다. 막무가내로 칼을 휘둘러 계속해서 옆구리를 찌르려고 했다.

그리고 무기 효과인지 보이지 않는 참격이 내 얼굴, 팔, 배에 상처를 입혔다.

그래도 안 놓는다. 이건 이미 결투니 뭐니, 그런 고상한 싸움이 아니다.

“작작 좀…… 놓으라고!”

칼을 쥔 채로는 벗어날 수 없다고 알았는지 슌은 칼을 집어넣고 팔을 뻗었다.

내 목을 짓이길 생각일까. 쫙 편 손바닥이 목으로 다가왔다.

그 순간, 무릎을 가볍게 꺾어 목을 뒤로 젖혔다.

그리고 딱 알맞게 슌의 엄지와 검지가 내 눈앞으로 왔다.

나는 그것을, 물어뜯었다.

“큭! 이 자식이!”

오랜만에 맛본 인육은 몹시 역했고 입안에 남는 감촉은 굉장히 불쾌했다.

바로 뱉어 버리며 결국 도망쳐 버린 슌을 노려봤다.

재밌지? 이제는 그냥 죽느냐 사느냐다. 고상하게 칼이나 휘두르지 마라.

넌 나랑 똑같지? 지금껏 고전해 본 적도 없지?

수백 년이나 자기 기술을 연마했어도 수준에 맞는 싸움을 하지 않았을 거 아냐?

그렇다면—.

"왼쪽 어깨 부상. 오른손 손가락 절단. 이제 칼은 다 썼군."

"……그게 뭐 어쨌다고."

"그럼…… 너랑 나는 검 없이 싸운 횟수가 달라."

주먹질할 기회라면 얼마든지 있었다.

평화로운 세계에서 칼부림이 날 일은 거의 없었다.

그래도 수준 낮은 폭력은 언제나 일상 속에 숨어 있었다.

그러니까 나는 조금만 동심으로 돌아가려고 한다.

앞뒤 가리지 않고 사회적 체면 따위 개나 줘 버린, 진짜 쓰레기로 돌아가려고 한다.

"제3 라운드. 이번에는 규칙 없는 개싸움이다."

§ § §

"다리아 님, 이미 마도사단이 영창 마도 준비를 마쳤습니다. 결계를 해제해주십시오."

"그런 명령 안 내렸어. 그것보다 내가 아까 내린 지시는 어떻게 됐어?"

"그럴 시간이 없습니다! 국가적 위기 상황 아닙니까! 당장 저자에게 공격을—."

"……두 번은 말 안 해. 명령에 복종해. 이미 끝났으니까."

다른 이들은 아직 이해하지 못했다.

저건 이미 누가 어떻게 할 수 있는 존재가 아니다.

끝내야 했다. 얌전히 『우리 사정에 맞춰줄 때』에…….

이제는 늦었다. 이곳에 많은 사람을 부른 것이 오히려 발목을 잡았다.

무대에서 벌어지는 것은 이미 대결이 아니라 죽고 죽이는 패싸움이다.

장소가 장소다 보니 내가 있는 한 정말 죽게 내버려 두지는 않겠지만, 이미 나라의 위신을 추락시키고도 남을 참상이지 않은가.

"……알고 있었어. 한 번이라도 적대하면 이렇게 되리란 걸."

슌이 칼을 쥐려고 했으나 치명상을 입었는지 도로 떨어뜨렸다.

그리고 카이본은 너무나 잔인하고 비겁하고 비열했다.

그래, 너는 그런 인간이지. 정도를 모르고, 앞뒤 생각도 하지 않고, 후회하건 말건 도덕심 따위 쉽게 내다 버리는 괴물.

먼저 놓친 검을 혼자만 주워 맨손인 상대에게 주저 없이 내리친다.

못 봐주겠다. 하지만 이것을 지켜보는 것이 내가 받을 벌이겠지.

"다리아, 어떻게 된 거야? 제발 알려주기라도 해. 카이 군은 무사해?"

"……무사해. 그리고 곧 끝나."

"그게 무슨 뜻이죠? 우리를 풀어주세요."

"안 돼. 이건 카이본이 한 부탁이야. 그것만은 못 들어줘."

보이고 싶지 않겠지. 이런 추악하고 극악하고, 잔인하고 끔찍한 꼴은…….

그래, 그렇고말고. 저 녀석은 어른이 됐다.

하지만 안다. 20년을 사귄 사이라서 안다.

저 녀석의 성격이 어른이 된다고 변할 만큼 유순하지 않다고.

안다. 저 녀석이 어떤 인간이고 어떤 마음을 숨기며 살고 있는지.

함께 있었으니까 안다. 그러나 슌은 어른이 된 저 녀석밖에 모른다.

그리고 나, 사쿠라기 히사시만이 상상할 수 있다. 힘을 얻은 저 녀석이 어른이기를 포기하면 어떤 괴물이 될지를…….

잔인하고 무자비하고 교활하게, 누구에게도 들키지 않고 자기 욕망대로 폭력을 휘두른다.

인간다운 감정이 결여되어 진짜 같은 인간인지 의심되는 잔학성.

수단을 가리지 않고 보통 사람이라면 눈살을 찌푸릴 행위를 태연히 저지르고 웃으면서 상대방을 부수려고 한다. 눈이 돌아갔다는 말로는 다 표현할 수 없다.

"저 싸움 방식은…… 안 죽으면 그만이란 건가. 그런 건 게임에서나 하라고……."

그때 전장에 변화가 있었다. 마침내 쓰러지지 말아야 할 남자가 무릎을 꿇었다.

얼굴은 온통 피투성이. 두 팔이 이미 기능을 상실해 중력에 따라 축 늘어졌다.

슌의 그 몰골에 이 자리에 있는 모든 사람이 할 말을 잃었다.

하지만— 지금 여기서 펼쳐지는 광경에 마침내—.

결계를 풀고 소름 끼치는 집념의 소용돌이 중심으로 달렸다.

"카이본! 끝이야, 우리가 졌어! 그러니까 이제 멈춰!"

"……아니, 아직 이거 살아 있잖아."

"**요시키**! 죽이는 게 목적이 아니었잖아!"

"그랬나? ……그랬지. 원래 일방적으로 나를 쓰러뜨리기 위해서였지."

친구는 크게 벌어진 눈으로 미소를 띠고 있었다. 심장에 냉수를 쏟은 것처럼 오한이 들었다.

실수였다. 몰아세워서는 안 됐다.

초장에 결판을 내지 못한 시점에서 이건 정해진 결말이었다.

카이본은 마침내 무릎 꿇은 슌에게서 검을 거두었다.

그는 이미 움직이지 못하는 슌에게 검을 들이대고 찔러 죽이려고 하던 참이었다.

"……방금 성으로 왕족을 모으도록 명령했어. 거기서 목적을 이뤄."

"아, 그랬지. 하지만 그 전에 확실히 해 두자고."

그러더니 카이본은 말을 못 하는 슌 앞에서 무릎을 굽혀 얼굴을 들이밀었다.

마치 얼굴을 맞대고 대화하자는 듯한 행동에 정말로 끝났다고, 칼을 거두었다고 안도했다. 하지만 그 다음 말은—.

"아직 이 녀석 입에서 졌다는 말을 못 들었어. 안 그래?"

슌의 머리끄덩이를 잡고 숙인 고개를 억지로 들어 올렸다.

배려 따위 전혀 없는, 아직 앞에 있는 자를 적이라고 인식하는 것처럼…….

"인정해. 너희는 졌어. 과거의 잘못이 낳은 나한테 이렇게 졌다고."

"괴물, 자식이."

"넌 아니냐? 우리가 앞으로 할 일에 참견하지 마. 너희는 이미 내 적이 되어가고 있어. 무슨 뜻인지, 알지? 내가 돌아갈 수 있을 때…… 제발 포기해."

목소리 톤이 변했다. 진정……됐나?

만약 그날 밤 내게 부탁하지 않았다면.

『사랑하는 둘마저 버리고 괴물로 전락하는 길』을 선택했다면.

분명히…… 지금 이 상황보다 비참한 결말이 기다리지 않았을까.

『적이 되어가고 있다』고 말했다. 그건 아직 화해의 여지가 있다는 뜻일까?

불의를 행하고 싸움을 선택한 우리를 아직 완전히…… 적으로 인식하지 않았다는 말일까?

그게 미안하고 고맙고, 동시에…… 분했다.

우리가 걸어온 길이 모두 부정당한 기분이었다.

슌의 노력이 전부 물거품이 된 기분이었다.

이제는 뭐가 뭔지 모르겠고, 모든 게 잘못됐다는 생각이 들어서 나는—.

““왜 네가 울어?””

“시끄러, 이것들아. 한 명씩 말해.”

아무도 죽지 않고 끝났다. 하지만 이런 상황밖에 만들 수 없다는 게 미안했다.

싸우지 않아도 될 방법도 모색하면 있지 않았을까.

더 알아야 했다. 카이본이 아니라 이 남자…… 무슨 까닭에서인지 나보다 이 나라에 헌신하는 슌의 속마음을…….

“……지금부터 성으로 가자. 약속은 지켰어. 저 둘은 아무것도 못 봤어.”

"그래…… 고마워."

뜀박질 소리가 다가왔다.

돌아보니 류에와 레이스가 미심쩍은 얼굴로 달려오는 중이었다.

이해가 안 가겠지. 서로 죽이려 들던 인간과 그 상황을 만들어 낸 인간이 함께 앉아 괴상한 분위기를 연출하고 있으면 그럴 만도 하다.

"나는…… 네가 미워, 카이본."

"……그래?"

"왜 내가 지지? 이길 수 있는 무대를 준비했는데."

"카이본은 졌어. 하지만 나한테는 못 이겼지. 그런 거야."

"……뭐래."

그 말뜻을 나는 대충 알 것 같았다.

이 녀석이 어른이기를 포기하고 류에와 레이스를 잠깐이나마 자신에게서 떨어뜨려 놓은 단계에서 카이본으로서 졌다고 생각하는 거겠지.

그건 틀렸다. 그 잔학성, 혐오스러운 인간성도 틀림없는 너다.

그리고 나에게 부탁한 것 자체가 네가 어른이 됐다는 증거 아닐까?

그렇지 않은가. 어른은『멋부리고 싶어 하는』생물이니까—.

두 사람이 달려왔다. 이 이상한 분위기를 깨고…….

그렇다면 물러날 때다. 아직 움직이지 못하는 슌을 치료하고 어깨를 부축했다.

"……무거워, 너도 충분히."

"그렇겠지."

"너도 나한테 말하지 않은 게 많을 거야."

"……아마도."

"그건 아마 지금 물어도 대답을 듣지 못할 만큼 무거운 일일 거고."

"……글쎄."

카이본. 만약 오늘 이날이 이 나라를 바꿀 계기가 된다면 제발, 제발 이 친구도 바꿔줄 수는 없을까?

언제부터인가 슌은 가까이 있는 데도 먼 곳을 바라보는 것 같았다.

『다른 곳을 봐도 그것을 전할 방법은 있다』그렇게 전에 누가 논한 적이 있다.

하지만…… 옆에 있을 때 정도는 같은 곳을 보고 싶지 않은가.

카이본. 네 소원을 이루면 이번에는 내 소원도 들어줄 수 없을까?

"……내가 뭐라는 건지."

안도하는 목소리, 기뻐하는 목소리, 격려의 목소리가 뒤에서 들려왔다.

그 소리를 들으며 조용히 이 무대를 내려온 우리는 사람들을 이끌고 왕도로 돌아가기 위해 준비에 들어갔다.

§ § §

"……미안, 류에."

"이제 사과 안 해도 돼. 다 알고 했겠지, 다리아나 너나."

"아마 그때는, 이거 말고 방법이 없었어."

"……그럴지도 모르지."

성으로 향하는 마차 안에서 그녀는 조금 화가 나 있었다.

내가 처음부터 싸울 생각으로 다리아와 몰래 약속한 탓이었다.

필요한 일이었다고 머리로는 이해할 것이다.

하지만 사람은 생각과 감정을 완전히 분리할 수 없는 생물이다.

"카이 씨. 왜 우리 눈을 가리도록 부탁하셨죠?"

"그건……."

"우리를 못 믿으셨나요? 카이 씨를 경멸할 거라고 생각했어요?"

"그런 건 아니야. 그냥…… 더러운 부분을 가족에게 보이기 싫었어……."

레이스도 조금 슬픈 표정을 짓고 있었다.

다름 아닌 내 부탁 때문에 이번 일을 마지막까지 지켜보지 못했으니까.

"……사실 반쯤 질투니까 그런 표정 짓지 마세요, 카이 씨."

"질투?"

"네. 류에도 그렇죠?"

그러면서 레이스는 아직 불만스러운 표정을 지은 류에를 보며 씁쓸히 웃었다.

"우리에게는 못 보여주고 다리아 씨에겐 보여줬죠. 게다가 부탁도 하시고요. 그게 조금, 질투 났어요. 그렇죠, 류에?"

"……몰라."

어렵게 툭 내뱉고 고개를 팽 돌린 류에가 귀여웠다.

그것이 대답이라고 이해했다.

그런 그녀가 참을 수 없이 사랑스러워 오랜만에 손을 뻗었다.

계속해서 검을 휘두르고, 그토록 무섭고 끔찍한 행위를 저지른 이 손을…….

착하지, 착하지. 이런 나를 그래도 받아들여 줘서 고맙다.

말없이 받아들인 그녀의 귀가 살짝 붉어진 기분이었다.

왕성 구역.

엄중한 결계와 물리적 성벽으로 허가 없이는 그 누구도 들어갈 수 없다는 곳.

사람은 거의 보이지 않지만 대조적으로 식물이 많아 『도시가 숲에 잠식됐다』고 말해도 과언이 아니었다. 주변 공기도 마치 숲 속에 있는 것처럼 상쾌했다.

숲에 오래 산 류에도 그만 표정이 풀어져 편안하게 심호흡할 정도였다.

그런 가운데 곧 마차의 속도가 줄어들고—.

"내려."

단호한 말에 따라 마차를 내렸다.

그러자 눈앞에 나타난 것은 마치 나무 아치를 조각한 것 같은 신전 같은 문이었다.

다리아와 슌은 이미 아치 아래에서 우리를 기다리며 살짝 경계하는 분위기였다.

"대단하군. 지금까지 봤던 어느 성보다 근사해."

"그렇지? 이렇게 오래 이어진 왕가도 거의 없으니까."

"그리고 너는 그런 나라에 적대한 거야. 나는 더 막지 않겠지만, 돕지도 않아."

아직 숨기는 사실이 있는 말투였다. 나는 보란 듯이 옷을 고쳐 입었다.

아무리 손상돼도 이건 신예기 장비다. 수납하고 빼면 원래 모습으로 돌아간다.

"그렇게 경계하지 마. 왕족과 만나니까 몸단장을 했을 뿐이야. 무서워할 거 없어."

"……성격 더러운 건 정말 여전하구만."

그리고 두 사람에게 안내받아 자연과 조화된 아니, 오히려 자연에 사람의 손길이 조금 닿은 듯한 신비한 왕성으로 들어갔다.

호화로운 장식이나 화사한 카펫은 없고 풍경화와 기하학 문양 덩굴이 들어간 태피스트리가 조용히 손님의 눈을 즐겁게 해줬다.

걷기만 해도 마음이 편안해지는 성에서 문득 류에가 신경 쓰이는 것이라도 찾았는지 어떤 태피스트리 앞에 섰다.

"뭐 이상한 거라도 있어?"

천에 입체적으로 들어간 가느다란 덩굴은 어딘지 모르게 드림캐처와도 닮았다. 그것을 보던 류에가 흠칫하며 돌아봤다.

"아, 아니…… 옛날 내가 고안한 문장 술식과 닮았어."

"응? 그거 류에가 고안했어?"

그러자 앞을 걷던 다리아가 돌아와서 그 태피스트리를 함께 올려다봤다.

"이건 이 나라에 옛날부터 전해지는 문장 중 하나야. 내가 조금 손봐서 성에 장식했지. 문장 자체에 의미가 담겨 있는데—."

"맞아. 이 문장의 의미는『이 땅에 안식을』. 옛날 숲에 살던 사람들을 위해 만들었어."

"……그랬어? 지금도 고맙게 잘 쓰고 있어. 다들 마음이 편안해진대."

"후후, 도움이 된다니 다행이야."

……류에의 마음이 지금도 살아 숨 쉬고 있나.

하지만 무슨 낯짝으로 류에의 힘을 사용하느냐고 소리치고픈 마음도 있었다.

그래도 기쁘게 미소 짓는 류에의 얼굴을 보면 차마 말이 나오지 않았다.

그 후로 거목 몇 그루를 파서 만든 것 같은 나선형 경사로를 올라갔다.

머지않아 도착한 거의 최상층에 위치한 층에서 다리아가 멈췄다.

"이제 곧 알현실이야. 이미 왕족은 모두 모였을 테지만, 우리가 먼저 들어가서 사정을 설명할게. 너희 셋은 신호할 때까지 문 앞에 대기해줘."

복도 앞에는 나무뿌리가 복잡하게 얽힌 것 같은 기묘한 문이 있었다.

뿌리 사이로 물거품 같은 투명한 청색이 엿보이는 그 문은 마치 지금도 살아 있는 것 같아서 인공물보다 유기물이라는 느낌을 줬다.

다리아와 슌이 먼저 나아가 그 문에 손을 대자 사이사이로 보이던 물거품이 잘게 부서지며 사라졌고, 정말로 살아 있는 것처럼 뿌리가 풀리며 서서히 문이 열렸다.

“정말로 신기한 곳이네요…….”

“아마 성 자체가 살아 있을 거야. 숲 속에 있는 것과 다를 바 없이 마력이 농밀해. 몸에서 힘이 샘솟는 기분이야.”

닫힌 문 앞으로 이동해 내부 상황을 알 수 없을까 하고 나에게 [오감 강화]를 부여했다.

그러자 시냇물 같은 소리 속에서 다리아의 말소리가 들렸다.

『다리아 님, 무슨 일이십니까? 저뿐 아니라 처와 딸까지 부르시다뇨?』

『죄송합니다. 국가의 미래가 걸린 사안이라 제 독단으로 소집했어요.』

『고개를 들어주십시오. 그래서 그 사안이란 건……?』

『실은…… 그 전에 펜넬은 어디 있죠?』

『선대 폐하께서는 먼저 처리할 일이 있으시다고 하여…….』

『……그런가요. 그럼 말씀드릴게요. 여러분이 만나셔야 할 사람이 있어요.』

아무래도 류에와 아는 사이인 선대 국왕만 없는 것 같았다.

그 사실을 류에에게 전하자 왠지 조금 안도한 표정을 보였다.

……역시 두렵나. 한때 자신을 배신한 장본인과 얼굴을 마주하려니.

그런 그때, 내 귀에 당혹스러운 고함이 들렸다.

『세, 세미엘의 마녀라고요?! 설마, 아니…… 후예가 살아 있습니까?』

『당황하지 마세요, 국왕 폐하. 세미엘의 마녀라는 이름은 우리가 붙인 겁니다. 그 사람의 본질도 모르고 이름만으로 두려워하는 것은 어리석은 일이지요.』

『하지만…… 그럼 그자는 어이하여 이 땅을 찾았습니까?』

……이제부터는 듣지 않는 편이 좋을지도 모른다. 내 정신 건강상.

감정대로 괜한 소리를 지껄이면 류에의 앞길을 막아 버릴 테니까.

어빌리티를 해제하고 문에서 떨어지자 다시 뿌리가 꿈틀대는 소리가 들렸다.

그리고—.

"들어오세요."

§ § §

아, 역시나 아름답다.

오랜 세월 키운 미적 감각은 감정마저 뛰어넘어 버린다.

알현실에 모인 인물들을 보고 분하지만 아름답다고 느끼고 말았다.

국왕으로 보이는 장년에 들어서기 일보 직전인 남성.

그 옆에서 불안하게 그의 손에 자기 손을 올린 묘령의 여성.

그 둘 옆에 선 젊은 여성과 그녀의 허리에 매달린 조그만 남자아이와 여자아이.

마지막으로 불안해하는 아이 옆에 서서 다부진 표정으로 우리를 바라보는 익숙한 여성.

모두 하나같이 선명한 금발과 벽안을 가진 『브라이트』의 피를 짙게 물려받은 엘프였다.

그리고 그 모두가 류에를 본 순간 표정이 굳었다.

역시 공포가 심어졌나.

그래도 딱 한 명, 겁내면서도 류에에게 강렬한 눈빛을 보내는 인물이 있었다.

제2 왕녀 시리스. 『어디선가 창피를 줄 리스트』에 이름을 올린 인물이었다.

……내가 생각했지만 점점 이름이 변하는 것 같다?

"……소개할게요. 이 나라에 전해지는 『옛 엘프의 낙원을 얼음 속에 가둔 세미엘의 마녀』라고 불리는 류에 세미엘 본인입니다."

다리아는 아무렇지 않게 이 나라에서 최악으로 통하는 이름을 써서 소개했다.

그 소개를 듣고 시리스까지 뒷걸음쳤고—.

"다리아 님…… 대체 이게 무슨…… 설마, 저희를……."

"실성하셨습니까, 다리아 님!"

어린아이의 비명과 어머니의 탄식. 그리고 국왕의 노성이 메아리쳤다.

그래도 다리아는 한마디도 하지 않고 조용히 왕족에게서 거리를 뒀다.

그리고 류에가 한 발 앞으로 나갔다.

한 발, 또 한 발, 거리가 줄어들면서 아이들의 통곡이 커졌다.

그 모습을 감추려는 것처럼 아이들을 자기 등 뒤로 숨기는 어머니.

검을 잡은 손에서 칼집이 철컥철컥 떨리는 시리스.

왕좌에서 일어나고 싶은 것처럼 허리를 들고 식은땀을 참는 국왕.

말 그대로 눈앞에 『죽음』이 찾아온 것 같은 양상이었다.

……봐라, 그냥 명칭과 전승만으로 이렇게 벌벌 떤다.

이런 것들이, 이런 겁쟁이가, 이 나라의 왕족이란 말인가?

이런 것들이, 류에를 배신하고 그 숲에 묶어 뒀단 말인가?

이런…… 이런 같잖은, 한 주먹이 끝날 것들이!

"……카이 씨, 제발 진정하세요."

"윽! 미안……."

레이스가 오른손을 상냥하게 잡아 끓어오르던 감정을 달래줬다.

그렇다. 나는 가만히 있어야 한다. 가만히 류에를 지켜보기로 맹세하지 않았나.

그때 걸어가던 류에가 멈췄다.

몇 걸음만 더 가면 손이 닿을 곳까지 갔을 때 결국 아이들이 울음을 터뜨렸다.

"지금 소개, 들었지? 나는 류에 세미엘이야. 너희가 말하는…… 마녀."

대답은 없었다. 그저 악몽이 깨기를 기다리는 것처럼 눈을 감고 떨고 있을 뿐.

이미 이 세대는 자기네 죄조차 모르고 일방적으로 류에에 대한 공포를 주입됐을 뿐이다. 규탄도, 사죄도…… 무의미하다.

그런 것쯤은 사실 나도 알고 있었다. 그럼 내 이 감정은 어쩌면 좋은가.

쭉 가슴속에 품어 왔던 이 시커멓게 요동치는 감정을 어떻게 잠재우면 좋단 말인가.

"……무서워? 내가."

그런 그때, 류에가 말을 걸며 또 한 걸음 왕에게 다가섰다.

그 손에는 희미한 연두색 빛이 깃들었다. 마치 나뭇잎 사이로 새어드는 햇빛을 닮았다.

그건 아마도 아크라이트 경과 아마미에게 나눠준 마력이겠지.

대화를 하려면 우선은 그 공포부터 잘라내야 했다.

그때, 이 긴장감을 깨고 사람을 놀리는 듯한 목소리가 울려 퍼졌다.

"아아, 결국 세미엘의 마녀가 우리나라까지 빼앗으러 왔구나!"

왕좌 뒤에서 들린 그 목소리에 모두 몸을 떨었다.

사람들은 왕좌에서 떨어졌고, 앉아 있는 왕이 자기 뒤에서 나타난 청년에게 눈인사했다.

"아아, 정말로 왔어. 공포의 상징, 성원을 저버린 자, 배신자 세미엘!"

그건 분명히 본능이었다.

정신이 들자 나는 검을 꽉 쥐고 그 남자를 강하게 쏘아보고 있었다.

이 녀석이다. 뭐가 뭔지 모르겠지만, 이 자식이 원흉이다.

지금 나를 감싼 불쾌감, 류에의 여정에 존재한 장애, 다리아와 슌의 입장.

그것들이 전부 이 남자 하나가 죽으면 해결된다. 그렇게 육감이 뇌리를 스쳤다. 마치 누가 부추기라도 한 양 검을 꺼냈다.

하지만 신기하게도 검을 장비한 순간 지금 품었던 분노가 머리에서 떠났다.

이건…… 설마—.

몸에 부여한 [생명령 극한 강화]와 검에 붙은 [용신의 가호]를 바꾸고 검을 다시 넣었다.

……정답이다. 이 방에 들어오고 느낀 불쾌감과 지금 품은 망집에 가까운 생각이 사라졌다. 아마 지금 나타난 이

녀석이 무슨 수작을 부렸다고 봐야겠지.

아직도 헤실헤실 웃는 그 남자가 류에에게 한 걸음씩 다가왔다.

"오랜만이야, 세미엘의 마녀. 아니— 류에 **선생님.**"

"그래…… 오랜만이야, 펜넬 군."

역시 아는 사이였다. 그리고 그 『선생님』이라는 호칭에 이 인물이 한때 류에에게 가르침을 구해 많은 술식을 배우고 마지막에 배신한 남자라고 확신했다.

……하하하, 굳이 감정을 유도하지 않아도 된다. 만약 허용된다면 지금 당장 그 목을 치고 벽으로 차서 터뜨려 버렸을 거다.

그 몸을 꼬챙이로 꿰뚫고 논밭에 걸어 새 밥으로 줬을 거다.

상상할 수 있는 모든 참상을 머리에 그렸다. 하지만, 약속했다. 나는 움직이지 않는다.

그저 류에를 지켜볼 뿐. 류에— 지금이 중요한 때야.

나보다 무겁고 격렬한 감정이 깃든 네가 어떻게 할까.

그리고 이 나라를 둘러싼 이상한 사상, 사고의 속박을 어떻게 할 생각일까.

보여줘, 네 선택을. 나는 그 선택을 내 모든 것을 걸고 긍정하겠다.

자, 네 소원을, 생각을, 이 나라에, 이 상대에게 보여줘라.

천천히 류에가 걸어갔다. 선대 국왕 곁으로 한 발, 또 한 발.

"아아, 내가 얼마나 원망스러울까. 그렇다면 그 칼에 희생되어야 할 사람은 바로 나겠지. 나 하나의 희생으로 이 나라를 포기해주지 않을래, 선생님?"

무엇이 그리 우스운지 옅은 웃음을 머금고 마치 희극이라도 연극하는 투였다.

그리고 도발하듯 주위에 들리도록 남자는 말을 이었다.

하지만 류에는 그에게는 눈길도 주지 않고 옆을 지나쳤다.

그게 예상 밖이었는지 펜넬이라고 불린 자는 전혀 이해할 수 없다는 얼빠진 표정으로 류에를 눈으로 좇았다.

"아, 역시 그렇구나, 선생님. 나만으로는 만족하지 못하겠다! 그들을, 왕족을 모조리 죽이고, 브라이트의 명맥을 끊고 싶은 거구나! 어쩜 이리도 무서울까!"

그녀의 손에는 아직 옅은 연두색 빛이 따뜻하게 맺혀 있었다.

그게 무엇인지, 저 녀석은 분명히 이해하지 못한다.

나도 그 본질은 모른다. 하지만 적어도 악의가 없다는 것 정도는 안다.

겁먹은 국왕, 그리고 그 가족 앞으로 시리스가 나섰다.

뽑아 든 칼끝은 불쌍할 정도로 떨리는데도 그녀는 길을 가로막았다.

"멈춰라, 마녀! 조상의 고향인 숲으로 모자라 이 땅까지

위협할 셈이냐!"

"……아니. 그런 짓은 안 해."

살며시 손을 내밀어 떨림을 멈춰주려는 양 칼끝을 손가락으로 집었다.

그 미약한 동작에 검의 지배권을 빼앗긴 것처럼 시리스는 당황하며 검을 놓아 버렸다.

"……마냥 달갑지는 않지만, 너도 똑같을 테니까."

"그만둬…… 나는 아직—."

닿았다. 옆을 지나치며 연두색 빛이 그녀의 목에 닿았다.

순식간에 퍼지는 그 정체 모를 빛과 마녀라는 선입견 때문인지 시리스는 몹시 당황하고 눈물까지 맺으며 펜넬에게 매달렸다.

"펜넬 님! 저, 저는, 어떻게 되는 건가요!"

"이건…… 선생님, 그런 짓 해도 소용없어."

"과연 그럴까? 적어도 작은 계기가 되면, 그걸로 충분해."

빛의 정체를 깨달은 걸까. 펜넬은 불쾌하게 류에에게 말했다.

그래도 류에는 걸음을 멈추지 않고 왕과 그의 딸, 손주 앞으로 갔다.

"이러지 마세요……. 제발, 아이들만큼은……."

왕비로 보이는 묘령의 여성이었다. 그녀는 아크라이트 경과 마찬가지로 누가 죽이기라도 할 것처럼, 마치 살려달라고 애원하다시피 말했다.

"……무서웠다면 미안해. 해치려는 게 아니야."

"싫어! 저리 가! 오지 마, 오지 마아!"

다섯 살쯤 되어 보이는 아이에게 모진 소리를 듣는 모습을 보고 있기 힘들었다.

아무 말 없이 지켜보는 다리아까지도 미안한 표정이었다.

그래도 류에는 자기가 해야 할 일을 완수하고자 그 손을 머리 위로 들었다.

손에서 떨어진 따뜻한 빛이 천천히 왕족들에게 쏟아졌다.

공포와 불안, 형태 없는 악의, 저주를 깨는 항체 같은 마력.

그것이 일동의 몸으로 스며들듯 퍼졌다.

"그래, 알겠어. 모두 잘 들어. 이 마녀는 우리를 원망하고 있어. 숲을 손에 넣었는데 지배할 사람이 남지 않았으니까. 그 저주는 나중에 내가 풀어줄게."

아까부터 사사건건 트집 잡고 도발하는 이 녀석의 의도를 파악할 수 없었다.

슌과 다리아가 움직이지 않는 지금은 우리가 우세하다는 것쯤 어렴히 알 텐데도 뭘 믿고 그러는지 모르겠다.

"펜넬 군."

"……왜, 선생님?"

목적을 달성한 류에가 떨고 있는 왕족에게서 떨어져 다시 펜넬 앞에 섰다.

그 표정, 풍채, 몸으로 보여주는 분위기에 소름이 돋았다.

공포가 아니라 환희에서 오는 소름.

온몸의 털이 곤두서고 피가 끓는 기분이었다. 그녀의 모습이 나에게 확신을 안겨줬다.

『류에는 이미 이자의 어떤 말에도 흔들리지 않는다. 미래에 어떤 장애가 기다려도 정면으로 맞서 극복할 것이다』. 그런 희망적인 미래가 저절로 그려졌다.

"나는 너도 원망하지 않아. 나는 브라이트 일족도, 거기에 따른 일족도, 그 누구도 원망하지 않아. 그저 걱정됐을 뿐이야."

"와, 정말 관대하네? 속아서 계약을 맺고, 별종 리히트 말고는 마을을 떠나고, 돌아오겠다고 약속한 나한테도 버려졌는데, 그래도 용서한다고?"

"첫 10년 정도는 기대도 했지만, 곧 생각을 고쳤어. 왜냐면, 네가 한 말이었으니까. 제자에게 이런 말을 하고 싶지는 않지만—."

류에의 몸이 조금 아니, 훨씬 커진 기분이 들었다.

"너는 사악해. 처음 나를 찾아왔을 때, 나는 네 안의 악함을 봤어. 그래도 한결같은 네 태도에 기대하고 말았지. 아마 그게 내 가장 큰 잘못일 거야."

그건 내가 아는 한 류에가 처음으로 스스로 『누군가를 포기한』 순간이었다.

한때 자신의 가르침을 받고 지금도 원망하지 않는다고 말한 상대를 사악하다고 단정한 사실에 나도 적잖은 충격을 받았다.

그래도 역시 펜넬은 별 감흥을 보이지 않고 이죽거리기만 했다.

옆에서는 레이스가 마치 오물을 보는 눈빛을 보내고 있었다.

"……카이 씨. 저분은 정상이 아니에요. 저는 저를 결백한 사람이라고 생각하진 않아요. 그런데도 여기 있으면 저까지 더러워질 것 같은 오한이 들어요."

"아니꼬운 인간이란 점은 나도 동의해."

모멸적인 발언을 뱉은 레이스를 조금만 물러나게 했다.

보이지 않는 무언가가 그녀를 더럽히는 기분이 들어서…….

"너무한걸. 그래도 마녀가 보기에는 그렇겠지. 사악한 마녀를 속이고 봉인했으니까 원망하는 건 당연해. 그래서…… 나를 죽일 거야?"

"원망하지 않는 상대를, 사악하다는 내 주관으로 벌할 수는 없어. 다만―."

그때, 떨고 있던 왕족이 신기한 표정을 지으며 고개를 들었다.

거기에는 이미 공포가 남아 있지 않았다. 그저 당혹스럽게 류에를 바라봤다.

그리고 펜넬의 표정이 마침내 변했다.

분하게, 예상이 빗나갔다는 것처럼. 그리고 왠지 나를 봤다.

"한 번 더 말할게. 나는! 한 번도 너희를 원망한 적 없어!"

이번에는 뒤에 있는 왕족에게 들려주듯 힘주어 강하게 말을 쏟아냈다.

나에게는 그 뒷모습이 울부짖는 것처럼 보였다.

분하지만, 미워할 수 없는, 갈 곳을 잃은 분노를 자기 자신에게 토하는 것처럼 보였다.

"몇 번이나 소리쳤어. 몇 번이고 후회했어. 자해도 하고 자학도 했어. 절망으로 머리가 꽉 차서 전부 부숴 버리겠다는 생각도 많이 했어."

류에의 독백은 계속됐다. 그것은 아마 천 년 동안 쌓이고 쌓인 마음의 응어리였다.

"사랑해 줬으면, 안아줬으면, 걱정해 줬으면 좋겠다고 수도 없이 생각했어."

차츰 류에의 목소리는 알현실에 울릴 정도로 커졌다.

"몇 번이나 도망치려고 했지만, 그때마다 내 안의 내가 말렸어. 마음속으로 얼마나 싸웠는지 몰라. 망상이란 걸 알면서도 그 아이한테 의존했어."

그것은 자신의 일그러지고 망가진 마음을 인정하는 말—.

"냉정해지고 또 절망해서 울고 소리쳐 댔어. 그래도 그런 나조차 봐주는 사람이 없었지."

고독에 대한 한탄. 누가 봐줬으면 하는 갈망.

"그런 결단을 내린 나를 죽이고 싶고 저주하고 싶어서, 몇 번이나, 몇 번이나, 몇 번이나!"

망가진 마음에 따른 역사. 그래도 증오를 자신에게만 보낸 그녀.

악감정을 일절 남에게 보내지 않기로 선택한 류에가 존경스럽기까지 했다.

"그래도! 그래도 나는!"

그리고 류에는 재차 선언했다. 그것이 자신의 긍지라고 말하듯이.

"나는 너희를 눈곱만큼도 원망하지 않았어!!!! 무시하지 마!!!!!"

그 선언은 펜넬의 표정을 망가뜨리고, 그리고 왕족을 움직였다.

그녀의 외침과 고백을 무시무시한 마녀의 헛소리로 치부하지 않았다.

그들 중에서 대표라고 부르기에는 너무 어린 여자아이가 한 명 걸어 나왔다.

아이의 돌발적인 행동에 어머니가 퍼뜩 팔을 뻗었으나 국왕이 그 팔을 막고 고개 저었다.

그 조그만 아이는 아직 험악한 분위기가 감도는 두 사람 사이에 태연히 끼어들었다.

"마녀 언니는, 마녀가 아니야?"

"……응. 나는 지금까지 한 번도 나를 마녀라고 말한 적이 없어."

"이름, 다시 알려줄래?"

공포는 없었다. 그저 호기심이, 그리고 순진한 마음만이 남아 있었다.

류에는 무릎을 꿇고 아이와 똑바로 눈을 맞췄다.

지금 그녀가 어떤 표정을 짓는지, 나는 알지 못했다.

그렇지만 소녀가 그것을 알려줬다.

"울지 마, 언니."

"……고마워. 언니 이름은, 류에야. 내 가장 소중한 사람이 붙여준, 정말로 소중한 이름이야. 기억해 줄래?"

떨리는 목소리로 이름을 전한 류에에게 여자아이가 조용히 손을 내밀었다.

마치 우는 아이를 달래는 것처럼 그 행동은 어색하지만 사랑이 담겼다.

그리고 소녀는 천천히 어머니 곁으로 돌아갔다.

"……펜넬 군. 너는 아마 안 좋은 생각을 하고 있겠지. 여기서 내가 너한테 손을 대면 틀림없이 네 계략에 박차를 가할 거야. 그런 기분이 들어."

"……."

이미 펜넬의 얼굴에서는 표정이 사라져 있었다.

그저 무언으로 소름 끼치도록 차가운 눈빛을 보내고 있었다.

이제 관심이 식었다고, 아무런 기대도 안 한다고 말하듯…….

"……그러고 보니 선생님의 시종, 카이본이라고 했었나?"

"시종이 아니야. 내게 가장 소중한 사람이지."

"……그래서 너는…… 용서할 수 있어? 나는 선생님을, 이 여자를 폄훼하고 앞으로도 마녀라고 부르며 계속 멸시할 생각인데."

뜬금없이 내게 말을 걸었다. 하지만 우리에게 건 감정 유도 마법도 이 남자의 흉계 중 일부일 테니까 그 도발을 역이용했다.

—도발이란 건 이렇게 하는 거다, 허접아.

"아, 미안. 못 들었어. 너 목소리 너무 작지 않아? 제대로 들리게 말해."

"크! 너는! 나를! 용서할 수 있냐고!"

"어허~? 한 번 더 말해줄래? 사투리가 심해서 못 알아듣겠는데?"

"큭! 알았어, 이제 됐어. 하지만…… 이대로 무사히 넘어갈 거라고 생각해?"

효과는 별로…… 아니, 그럭저럭 통했나?

괜히 커진 목소리로 협박 같은 말을 입에 담았다.

"왕족을 알 수 없는 술식으로 폭행. 알현은 허가했나 보지만, 이런 횡포를 허락한 적은 없어. 다리아, 슌, 너희도 뭘 하는 거야? 독단으로 왕족을 소집하고 이런 신원도 확실치 않은 인간을 내버려 두다니?"

“갑자기 말이 많아졌군? 그리운 선생님, 아니, 어쩌면 동경의 대상인가? 아무튼 그 선생님이 모르는 남자랑 같이 있어서 질투라도 했어?”

“……슌, 그 남자를 붙잡아. 이건 명령이야.”

마침내 폭발한 것 같았다. 그는 감정을 지운 목소리로 슌에게 명령했다.

그리고 역시 슌은 이 나라, 정확히는 이 남자에게 따를 생각인지 검을 들었다.

하지만 이미 나를 얽매는 것이 존재하지 않는 이상—.

“미안하지만, 이미 너한테는 아예 승산이 없어.”

세팅해 둔 [심안]의 힘으로 슌의 다음 동작이 환영처럼 보였다.

그 환영으로 검을 뻗자 예정된 대로 슌의 검이 충돌하고 한순간의 틈이 생겼다.

검을 맨손으로 잡아 막았다. 너는 성가시지만 검만 없으면 무섭지 않다.

그리고 어빌리티의 힘이 발휘되면— 기본 스펙이 다르다.

“애초에 억지로 명령에 따르는 인간의 공격은 무섭지도 않아.”

“……네가 뭘 알아?”

“알고 싶지도 않아. 고민은 너나 많이 해.”

슌은 검을 거두고 자기는 상대가 안 된다고 어필하듯 두 팔을 들고 물러섰다.

버텨 봤자 의미가 없다고 깨달았는지, 아니면 명분은 챙겼다고 말하는 것인지, 일단 포기한 표정으로 펜넬을 봤다.

"쳇…… 인정할게. 선생님 일행을 잡기는 어려워 보여. 다만…… 앞으로도 무사할 거라고는 생각하지 마. 언젠가 반드시 내가를 치를 거야."

"그건 내가 할 소리야. 뭔가 꾸미고 있다는 건 알아. 네 계획은 반드시 저지할 거야. 무슨 생각인지는 몰라도 분명히 좋은 일은 아니겠지."

류에는 아무 걱정도 없다는 듯 여유롭게 말하고는 내 옆으로 돌아왔다.

근심을 찾아볼 수 없는 그 얼굴은 어쩐지—.

"알겠어? 네 계획은 무조건 실패해. 다른 말은 안 할게. 그냥 나라를 위해, 사람들의 행복을 위해 행동하길 추천하지만…… 아마 너는 안 듣겠지?"

"……무슨 무사태평한 소리를."

"이제 갈게. 그래도 방해하겠다면…… 내가 아니라 **카이군**이 가만히 안 있을걸?"

류에가 자신만만하게 그리고 당연한 듯 보내주는 전폭적인 신뢰가 자랑스러웠다.

그래서 나도 모르게 나도 그녀에게 호응하고 싶어졌다.

그래, 방해한다면 얼마든지 상대해 주마.

물론…… 류에는 지금 이곳에서 일을 벌일 생각은 없나

보지만.

"단순히 강한 인간을 믿고 따르다니…… 선생님도 머리가 많이 나빠졌어."

"후훗, 너는 뭘 몰라. 『단순히 강하다』는 게 얼마나 멋진지! 그 힘만으로 가끔은 만 가지 책략에도 이길 수 있어. 그야말로 기적처럼!"

"……무슨 뜻이야, 선생님?"

"이제 너는 내 제자가 아니니까 안 알려줘. 그래도―."

더는 그와 말할 생각이 없는 것처럼 류에는 이미 펜넬을 보고 있지 않았다.

내 옆에 서서 **마치 오랜만에 보는 것처럼** 나를 쳐다봤다.

……이제 정리가 됐어? 마음의 평온은 되찾았어?

나라는 아직 변하지 않았다. 그래도 씨앗은 뿌려서 만족한 거야?

그녀에게는 이미 미래가 보이고 있는지도 몰랐다.

그러니까 더는 망설이지 않겠다고, 괴로워하지 않겠다고 마음이 판단한 것일까.

"이것만은 기억해 둬. 옛 선생님의 마지막 충고로 생각해줘."

그러면서 나를 보던 류에가 활짝 웃으며 펜넬에게 말했다.

"우리 카이 군은 세상 누구보다 강해. 네 계획도 모두 카이 군이 무너뜨릴 거야!"

"……오랜만에 진심으로 기분이 상했어. 역시 그냥 보내줄 수는 없겠어."

류에의 말에 결국 인내심이 바닥났는지 놈이 오른팔을 무심하게 휘둘렀다.

그러자 보이지 않는 무언가가 날아드는 기운을 느꼈다. 하지만 그런 소리를 들으면 이 오빠가 멋진 모습을 보여줘야 하지 않은가.

다리아, 미안. 이건 정당방위야. 너그럽게 봐줘.

검을 신속하게 꺼내서 크게 쳐올렸다.

마치 공을 장외로 날려 버릴 기세로 있는 힘껏.

뭔가가 검에 닿았다. 그게 뭐든 알 바 아니다. 그대로 팔을 끝까지 쭉 뻗어—.

"아니!!! 카이본, 야 인마! 조절 좀 하라고!"

보이지 않는 그것을 하늘 높이 날려 버렸다.

아쉽게도 뜬공이다. 홈런은 실패군.

알현실 천장에 커다란 구멍이 뚫리고 저 멀리 하늘로 가라진 검기를 바라보다가 표정이 굳은 펜넬에게 검을 들이밀었다.

"정당방위야. 그냥 돌아가 준다잖아? 가만히 있어."

"……펜넬. 이번에는 나도 저 의견에 찬성이야. 그냥 보내줘."

"……나도. 수리비를 늘리지 마."

이제야 다리아, 슌이 내 편을 들어줬다.

왜 이렇게 늦어? 더 빨리 도와주면 덧나냐?

펜넬도 더는 이곳을 어지럽히기 싫었는지 분하게 혀를 차고 조용히 왕좌 뒤로 돌아갔다.

……그나저나 저 왕좌 뒤쪽은 다른 곳으로 이어져 있나?

나올 때도 거기서 나왔지? 무슨 고집이라도 있나.

펜넬이 사라지자 겨우 팽팽했던 긴장감이 완화됐다.

이때를 기다린 것처럼 차분하게 가라앉은 목소리로 다리아가 수습에 나섰다.

"국왕 폐하, 그리고 여러분. 혼란스러우시겠지만, 진정하세요. 이건 어디까지나 선대 국왕이 일으킨 싸움입니다. 여러분이 걱정하실 필요는 없어요."

조금 선 공격으로 왕족이 다시 공포에 빠졌지만 이번 공포의 대상은 나 같았다. 다리아가 달래자 숨김없이 안도한 표정을 지었다.

그리고 다리아가 바로 우리를 돌아보고는—.

"성을 파괴했지만, 그건 격앙한 선대 국왕의 공격을 방어하기 위한 행동이니까 이해해. 그렇지만…… 과했어. 책임 추궁은 피할 수 없을 거야."

"역시 그렇게 되나? 그래도, 그 전에 도망치면 되지 않나?"

씩 웃은 다리아가 의미심장하게 말했다.

그 웃음의 의미를 정확히 이해하고 나도 준비했다.

"기사들이 몰려오기 전에 튀어. 나중에 내가 만나러 갈게."

"오케이."

천천히 열린 알현실 문으로 가볍게 뛰어갔다.

그리고 한 번 더 돌아보고 벌레 씹은 표정인 슌에게로 몸을 돌렸다.

"승복 못 하겠으면 다음에 싸워줄게. 이번에는 너도 봐주지 마. 그 검은 대체 뭐야? 추가 효과가 있어도 공격력이 형편없잖아?"

"네가 뭘 알아. 너 같은 놈은 몰라, 어른의 사정을……."

"어휴, 꼰대 냄새. ……다음에 보자, 슌."

사실 나도 류에도 근본적인 문제는 아무것도 해결하지 못했다.

그래도 지금은 물러나자. 너희가 물러선 것처럼 우리도 이 곳을 떠나자.

씨앗은 뿌렸다. 그리고 나와 슌, 다리아가 일시적으로나마 재회했다.

앞으로는 분명히 뭔가 변한다. 그런 예감과 함께 지금은 이 나라를 떠나기로 결심했다.

"그럼 조만간 다시 놀러 올게. 잘 있어."

문틈으로 몸을 비집어 넣어 복도로 나오고 곧장 근처 창틀에 발을 올렸다.

벌써 많은 발소리가 들리고 있었다. 남은 시간은 얼마 없었다.

"류에, 레이스. 여기서 뛰어내릴 건데 괜찮겠지?"

"네, 넷!"

"내가 미끄럼틀을 만들게. 이 높이라면 저기까지는 닿지 않을까?"

그렇게 말한 류에가 손으로 가리킨 방향에는 얼마 전까지 내가 일하던 식당가가 있었다.

밤하늘에 걸린 얼음 다리에 올라타고 단숨에 미끄러졌다.

마치 하늘을 미끄러지는 감각에 기분이 고조됐다.

문제는 산더미처럼 쌓였다. 그래도 지금 이 순간만은 그런 걱정은 모두 날아갔다.

걱정할 게 뭐가 있는가. 그때그때 해결해 나가면 되지 않은가.

이건 유유자적한 여행이다. 사실 어려운 일은 생각할 필요도 없다.

"경계가 풀리면 아크라이트 경한테 인사나 하러 가야겠어."

"……그래, 아직은 도시를 관광할 수 없겠지."

"그렇죠. 지금은 도망쳐요. 언제나 정면에서 싸우기만 했으니까요."

"따지고 보면 도망친 게 우리인지도 사실 애매해."

류에는 말했다. 펜넬은 무언가 꾸미고 있다고.

자세한 내막은 모르지만 머지않아 한 번 더 충돌하게 되겠지.

그렇다면 지금은 잠깐만 휴전하자. 솔직히 우리도 지쳤다.

NOVEL

백수, 마왕의 모습으로 이세계에 9권
©Aiatsushi 2019
Illustration : Yoshiaki Katsurai
KADOKAWA CORPORATION
[NOT FOR SALE]

아마 저쪽도 류에의 행동 때문에 예정이 틀어졌을 것이다.

그렇다면 이번에는 여기서 무승부로 끝내자.

……무승부라도 난 잃은 게 없는 것 같지만.

게다가 지금 우리에게는 대의명분이 없다. 나라의 중진을 배제하기 위한 명분이…….

하지만 적어도 확실해진 사실이 몇 가지 있다. 류에도 뭔가 깨달은 바가 있으리라.

마치 미래의 적을 바라보듯 류에는 하늘에 빛나는 별들을 똑바로 바라봤다.

그렇지만…… 오늘만큼은 **오랜만에** 실컷 이야기하자.

하늘에서 마을의 수많은 불빛을 내려다보다가 앞에 있는 류에에게로 눈을 돌렸다.

……어서 와, 류에. 그리고— 오늘까지 고마웠어.

§ § §

왕성 안에 있으면서 왕족조차 출입이 허락되지 않는 곳, 『신령궁』.

주위와 격리된 그곳에서 아니, 격리되어 보는 이가 없는 곳이기에 지금 한 남자가 격정을 표출해 손발에 닿는 모든 것을 파괴하고 있었다.

쉽게 말하면 화풀이. 추하기만 한 행위였다.

"……그쯤 해, 펜넬."

"조용히 할래? 너희한테는 실망했어. 고작 인간 한 명, 그것도 공정의 가마솥까지 쓰고도 그 꼴이야. 그 탓에 보기도 싫은 걸 보고, 계획까지 방해받았어."

한 마디 한 마디를 힘주어 구분 짓고 그때마다 팔을 내리쳤다.

그 결과는 말 그대로 파괴였다. 가구와 지금까지 만들었던 마도구는 가루가 되었다.

마치 지금까지 쌓아 온 물건, 관계가 모두 무가치하다고 말하는 양 펜넬은 귀를 닫고 하염없이 비난의 말을 쏟아냈다.

"그게, 내가 존경하던 선생님, 류에 세미엘이라고? 그런, 얼빠진, 깁쟁이인, 자기 할 일도 못 하고, 죽이지도 못하는, 그런 의지 약한 여자가!"

"……너, 무슨 생각이야? 그런 도발까지 하고."

"너는 몰라도 돼. 이번 일로 정말 몇 년이나 일이 늦춰졌는지……. 만회해야 해…… 늦춰진 만큼 반드시 만회해야 해……."

광기를 띠고 저주의 주문이라도 외는 것처럼 중얼거렸다.

펜넬은 고개 숙인 채 간신히 원형을 유지한 의자에 앉았다.

슌에게는 관심도 없다는 것처럼 그저 머리를 굴렸다.

그런데 그곳에 제삼자가 나타났다. 여기 들어올 수 있는 마지막 한 명이.

"……심각하네. 일단 여기도 봉인의 중추 중 하나야. 너무

막 다루지는 마."

"다리아? 흥, 그런 것쯤 얼마든지 다시 칠 수 있어. 여기 하나가 부서진다고 잘못될 것도 아니야. 그보다…… 뭐야, 그 복장은? 어디 떠날 사람처럼."

다리아는 아름다운 성녀의 법의가 아니라 일반적인 로브를 입고 그 위에 후드 달린 외투를 걸쳤다. 누가 봐도 여행자의 복장이었다.

"맞아. 나는 지금부터 나라를 떠날 거니까 인사하러 왔어."

"……그건 나를, 이 나라를 배신하겠다는 뜻이야? 내가 그걸 허가할 줄—."

"뭐라는 거야? 추적이야, 추적. 역적이 될지 모를 인간을 쫓아야지."

다리아는 뻔뻔하게 당연한 일인 것처럼 능청스레 말했다.

슌도 펜넬도 그 말이 진심이라고는 눈곱만큼도 생각하지 않았다. 하지만 그런 말을 들으면 반박할 말도 없어서 그냥 침묵만을 지켰다.

"다리아, 너…… 정말로……."

"……이 나라를 위해 최선을 다할 거야. 이건 내가 책임져야 할 일이니까."

그게 무슨 뜻인지 슌은 이해했다. 이 망가지기 시작한 아니, 처음부터 망가져 있던 나라를 바로잡고 싶다는 생각에서 나온 행동일 것이다.

"다리아. 배신은 꿈도 꾸지 마. 너희가 있을 곳은 여기야. 그걸 잊지 마."

"알았어, 알았어. 나는 언제나 『화려』하고 『우아』하고 『기품』 있고 『감사』를 잊지 않는, 모두가 숭배하는 성녀님이니까. 걱정하지 마, 나는 잘못된 행동은 안 해."

"흥…… 하지만 너는 『변덕』이 심하고 조금 『불안정』해. 가려면 빨리 가."

거의 쫓아내는 듯한 말이었다. 다리아는 소리도 없이 방에서 사라졌다.

"……정말로 괜찮겠어? 펜넬."

"상관없어. 어차피 슬슬 재울 생각이었으니까. 오히려 잘됐지. 그럼…… 슌. 너는 평소대로 내 말에 따라. 왕족을 모두 구속해."

"……그러지."

오래 함께한 친구와 이별했는데도 슌은 겉으로는 아무 감흥도 보이지 않고 펜넬의 명령에 따랐다. 과연 그는 무슨 생각을 하고 있을까.

천 년이라는 세월 속에서 책략을 진행해 오던 남자, 펜넬.

과거의 스승 류에가 『사악』하다고 단정 지은 인물이 어떻게 움직일까.

과연 어떤 재앙을 불러올 셈인가. 이 나라에 무엇을 일으킬 셈인가.

아마도 오늘, 이 나라의 미래는 결정되었다.

그것이 어떤 결말이 될지는 아직은 아무도, 틀림없이 신도 모를 것이다.

하지만 그것을 선택하고 쟁취할 수 있는 인간이 있을 것이다.

이 나라를 떠난 그들에게 이미 모든 것이 달렸다.

—하지만 책략을 꾸미던 것이 한 명이라고, 계략을 진행하던 국가가 하나라고, 대체 누가 말했는가. 그런 보장은 없다는 사실을 모두 망각하고 있었다.

펜넬조차 생각하지 못했는지도 모른다. 아니면 고려할 가치도 없다고 무시했는지도 모른다. 그러나 이 순간 아무도 모르는 곳에서 하나의 계략이, 한 사람의 의지가 어두운 땅속에서 태동하고 있었다.

브라이트니스아치를 종단하는 세 개의 운하 중 하나.

거스를 수 없는 흐름을 타고 은밀하게 성으로 잠입하려는 그림자.

흐름은 이윽고 하나가 된다. 그것은 물길인가, 아니면 누군가의 운명인가.

3장 잠깐의 평화, 행복한 시간

"검을 차질 않나, 여자를 두 명이나 데리고 있지 않나, 무슨 사정이 있나 봐?"

"하하하…… 갑자기 찾아와서 죄송해요, 미스티 씨."

"신경 안 써도 돼. 곧 가게도 닫으니까 그때까지 2층에 있어."

다리아가 저쪽에 있는 한 아마 대규모 수색은 벌어지지 않으리라 생각하지만, 혹시 몰라서 심야까지 몸을 숨기려고 미스티 씨네 가게를 찾았다.

가능하면 도시를 벗어나기 전에 한 번 아크라이트 경 저택에도 들르고 싶은데…….

"후우…… 어쨌든 한숨 돌릴 수 있겠어."

"제, 제법 진귀한 경험이었네요……. 여러 번 겪기는 싫지만……."

"그래? 맨몸으로 하늘을 나는 기분이라서 재미있지 않아?"

역시 이 대륙에 온 직후 잠들었던 류에였다.

순진무구하게 웃는 모습을 보고 안심하는 반면, 희미한 쓸쓸함이 남아 있었다.

그래도 마치 내 생각을 들여다본 것처럼 류에가 곁으로 와주었다.

푸른 눈동자가 살며시 빛났다. 그것이 조용히 나를 들여다본다.

"……카이 군. 나는 쭉 여기 있었어."

"류에……."

"전부 끝난 게 아니야. 그래도 내 나름대로 매듭을 지었어."

조금이라도 바라던 형태에 근접했으니까.

마음대로 삶을 누리는 평소의 그녀로 돌아왔으니까.

그리고 지금도 이곳에 『그녀』는 분명히 존재하니까.

"……그래. 그래도 이 말은 해야겠어. ……어서 와, 류에."

"후후. 다녀왔어, 카이 군."

역시 나는 순수하게 웃는 네가 좋다고 새삼 알게 됐다.

나도 모르게 레이스가 보는데도 꽉 끌어안고 싶은 충동이 들었다.

그래도 먼저 레이스가 안기고 말았다.

"으엑."

"류에……."

"숨 마켜…… 가스미……."

"힘들었죠……."

오히려 지금이 더 힘들어 보이니까 놓아주지 않을래? 부럽잖아.

적당히 회포를 푼 우리는 앞으로의 계획을 의논했다.

다리아가 만나러 오겠다고 했는데 그건 무슨 의미일까?

펜넬에게 찍혔을 테니까 그 저택에서 만나기도 어려울 것이다.

우리도 인사나 하고 바로 이 도시에서 떠날 생각이었다.

혹시 다리아가 오면 전해 달라고 메시지라도 남겨야 할까?

"마을로 돌아가는 건 확정된 사항이니까 다리아 씨도 그리로 오지 않을까요?"

"촌장님을 깨우기로 했지? 아마미가 기뻐하는 모습이 눈에 선해."

"그 같잖은 꼬맹이가 방해할지도 모르니까 당장 움직이기는 힘들지만."

"카이 군, 지금 자연스럽게 펜넬을 욕했지?"

"반사적으로."

하지만 어차피 아마미와 합류해야 하니까 밤이 깊기를 기다리기도 했다.

심야. 술이 돌아 흥겹게 콧노래를 흥얼거리는 사람과 서둘러 집으로 돌아가는 사람, 이 시간에도 열린 가게를 찾는 집단이 밤의 정적을 조금씩 어지럽혔다.

역시 특별히 기사가 많이 보이지는 않았다. 순찰하는 기사가 가끔 보이는 정도였다.

그렇다면 필요 이상으로 몸을 숨길 필요도 없겠다 싶어 자연스럽게 귀족가로 향했다.

"그러고 보니 류에가 말한 펜넬의 계획이란 건 뭐야?"

"짐작 가는 게 하나 있어. 이 대륙에 편 술식과도 관계가 있으니까 가능하면 다리아가 있을 때 설명하려고 했는데…… 지금 할까?"

"됐어. 류에가 그게 편하다면 그때까지 기다릴게."

"……이제 와서 묻기는 그렇지만, 다리아 씨를 믿어도 되나요?"

갑자기 레이스가 멈추더니 그런 소리를 꺼냈다.

나와 류에는 추억이 많으니까 다리아를 믿을 수 있었다.

하지만 레이스가 보기에 다리아는 『습격자』이자 『적국의 성녀』며, 무엇보다 『자신과 친구가 되겠다고 말하자마자 배신한 사람』이었다.

아직 다리아에 대한 의심이 풀리지 않았겠지.

어쩔 수 없는 일이었다. 하지만 이번에는 분명히 우리를 위해 움직여줬다.

적어도 다리아는 약속을 지켰다. 그리고 류에를 국왕과 만나게 해줬다.

그 사실을 레이스에게 재차 설명하며 한 번만 더 다리아를 믿어 달라고 부탁했다.

나쁜 사람은 아니라고 다만, 입장에 행동이 제약될 뿐이라고.

물론 레이스가 경계하는 이유는 나와 류에가 다칠까 봐 걱정하기 때문임을 알지만.

"……알겠어요. 죄송해요, 두 분 친구인데 의심해서."

"이해해. 나도 입장이 반대였으면 걱정…… 더 심한 짓을 했겠지."

저택이 보일 즈음, 일단 몸을 숨기고 상황을 살폈다.

특별한 점은 보이지 않지만, 등에 진 검을 사용해 [소나]를 발동했다.

이 도시 결계에 반응하는지 반향이 복잡하게 튀어 맵에 기하학 문양을 그렸다. 아마도 이게 술식의 일부겠지.

그것을 응시하면서 무언가 부자연스러운 점이나 인간이 숨어 있지 않은지 확인했다.

"예전부터 궁금했는데 카이 군은 그 검으로 『호잉~』 하고 파장을 보내고 메뉴를 열지? 나한테도 보여줘."

"그러고 보니 가끔 쓰시죠, 그 『후이잉~』 하는 거."

"아니야, 호잉이야."

"후이잉이에요."

"그 토론은 평행선만 그을 테니까 그만하자. 자, 이게 탐색 결과야."

참고로 저는 『키이이이잉』이라고 생각합니다.

두 사람에게도 메뉴 화면이 보이게끔 설정하고 맵을 보여줬다.

주위 지형과 나무에 숨은 작은 동물들, 그리고 희미하게 뜬 도시를 덮는 술식이 반영된 맵을 두 사람은 열심히 구경했다.

일단 류에는 눈을 초롱초롱 빛내고 작은 목소리로 「우와, 전부 다 보여」라며 흥분한 것 같았다.

하지만 그때 맵에서 재빠르게 움직이는, 동물이라고 하기에는 큰 반응을 발견했다.

아무래도 이 근처를 돌아다니는 모양이지만 모습이 보이지 않았다.

그것을 알아본 레이스가 마안을 발동해 거리를 물끄러미 관찰했다.

"……카이 씨, 사람이 있어요. 눈에는 안 보여도 분명히 사람의 형태를 한 뭔가가."

"류에처럼 모습을 숨길 줄 아는 마도사라…… 추적자라면 귀찮아져."

"아마 아닐 거야. 마력의 느낌이 마술사라고는 생각하기 어려울 만큼 미숙해. 은폐 마도구? 나도 모르는 구조를 가진 아이템인 거 같아."

정체 모를 인물이 맵을 방황하여 숨을 죽이고 관찰하는데, 드디어 목적지를 찾은 것처럼 쏜살같이 귀족가 바깥으로 달려갔다.

그리고 그 다음 순간에 운하로 이동해 엄청난 속도로 맵에서 사라졌다.

“뭐였지…… 방금 건.”

“저 강은 성 아래로 이어져. 혹시 성에 숨어들 생각일까?”

“오늘 소란을 틈타서 숨어든다고……?”

“어쩌면 자유 기사단에서 새로 파견된 첩보원일지도 몰라요.”

우선 우리와는 관계없다고 판단해 아크라이트 경을 찾아가기로 했다.

문지기에게 말을 걸자 우리가 오는 줄 알고 있던 것처럼 들여보내 줬다.

저택 안에는 여행 채비를 마친 아마미와 이 시간에 사교 파티라도 가냐고 묻고 싶어지는 정장 차림인 아크라이트 경과 레일라가 있었다.

대체 이게 어떻게 된 일인지 두 사람에게 묻자—.

“조금 전까지 다리아 님께서 와 계셨네. 전언을 부탁받았지.”

“피곤해 보였지만, 당장 가야 한다고 하시며 떠나셨어요.”

설마 여기서 우리와 만날 생각이었나?

여행 채비를 마친 아마미가 편지 한 통을 건넸다.

“『먼저 갈게요』라고 전해주고, 이것도 같이 건네 달라고 하셨어.”

아마 촌장이 곧 나올 거라고 생각해 한 발 앞서 준비한 모양이었다.

조금 조급하게 편지를 건넨 그녀의 몸이 기분 탓인지 흔들리는 것처럼 보였다.

봉투를 열어 편지를 읽었는데…… 악필인 건 여전하네!

『펜넬은 정식으로 너희 셋을 국내에 지명 수배할 생각이야. 나는 먼저 그 마을 결계가 열리는 시간을 앞당길 테니까 보는 대로 쫓아와.』

『추신. 네가 성에서 날린 기술, 무슨 생각으로 그런 거냐?』

……들켰나. 역시 유저의 눈은 속일 수 없군.

그러나 지명 수배를 기록해 놓고 아크라이트 경에게 알리지 않았다는 것은 아직 정식으로 배포되지는 않았다는 뜻이겠지.

이러면 아크라이트 경이 추궁받아도 『범죄자인 줄 모르고 이용당했다』라고 변명할 여지가 생긴다.

그렇게 되면 그의 기사로 고용된 아마미와 함께 움직이기는 어렵겠군.

그렇다면—.

"아크라이트 경. 마차, 아니, 짐마차라도 좋으니 빌려주실 수 있을까요?"

"그야 물론일세. 다리아 님께 가는 거지? 아마미와 함께—."

"아뇨, 아마미는 우리를 뒤쫓아 오게 해주십시오."

문제가 생겼을 때 『의심스러운 자들을 기사에게 쫓게 했다』라고 말할 수 있도록…….

자세히 설명할 수는 없지만 이 제안에 의미가 있겠거니 하고 따라줬다.

상황을 파악하지 못하는 아마미에게 한 시간 뒤에 따라오라고 지시하고 곧 심야가 될 시각인데도 우리는 서둘러서 저택을 나왔다.

이슥한 시각에 왕도를 빠져나가려는 마차를 경비대가 그냥 보내줄 리 없었다.

정문 문지기들은 당연히 마차를 불러 세웠다.

우리는 추적을 피하고자 질이 떨어지는 일반 마차를 골랐다.

하지만 그 탓에 귀족 문장도 없으니 아무런 뒷배가 없다고도 할 수 있었다.

우리에게 다가오는 경비병에게 어떻게 대처해야 할까.

답은 간단하다. 수북한 밀짚 속에 숨어 마부인 레이스에게 전부 맡기는 것이다.

"이 편지의 봉랍을 보세요. 현재 어떤 분의 명령을 수행 중입니다."

"이건 성녀 다리아 님의 인장…… 저, 신분을 확인할 수—."

"그러면 저는 당신을 처리해야 합니다. 부탁할게요, 제발 그냥 보내주세요. 그리고 지금 본 것은 모두 잊으세요."

"……특별한 사정이 있나 보군요. 조심해서 가십시오."

역시 연기력이 일품이다.

결연한 박력이 넘치는 연기와 방금 받은 편지의 인장 덕분에 문지기는 의심보다 책임감과 의무감을 먼저 품었다.

그 연기와 인장, 아니면 레이스의 미모에 완전히 속아 넘어간 것이다.

"대단했어, 레이스."

"카이 군, 나는 안 되는 거야?"

"머리색을 숨겨도 소용없는 수준이라고 생각해요."

"으…… 됐어. 여기 폭신폭신하고 좋으니까— 아얏."

"아, 미안. 칼에 부딪쳤어?"

"에잇, 이제 검은 집어넣어."

"안 돼, 안 돼. 검은 잠시 꺼내 놓을게."

"응? 그럼 됐어. 대신 밀짚을 더 줘. 베개로 쓰게."

류에에게 맡겼으면 아마 머리색을 속여도 문제가 생겼겠지.

『비켜줘! 다리아가 불렀어!』

『성녀님의 존함을 함부로 입에 담다니! 수상한 자다!』

아마 이렇게 된다. 그 광경이 너무 쉽게 머릿속에 그려진다.

"으음, 이거 조금 따끔따끔하네."

"마차 속도를 올릴게요. 두 분 다 조심하세요."

무사히 정문을 벗어났는지 다시 마차의 진동이 커졌다.

슬슬 괜찮겠지 싶어서 밀짚에서 머리를 내밀어 레이스에게 말을 걸었다.

"레이스, 괜찮아?"

"네, 문제없어요. 그럼 이대로 가능한 한 거리를 좁힐게요."

"알았어. 그럼 내가 교대할 테니까 레이스는 뒤에서 쉬어."

"그럴게요. 조금 졸리니까 잠시 후에 교대해 주세요."

"……오늘은 정말 다사다난했어. 류에는 그새 곯아떨어졌어."

"네. 카이 씨도 무리하지 마세요."

그 후, 레이스와 자리를 교대해 다시 속도를 높여 가도를 달렸다.

살에 달라붙는 열기를 뿌리치며 마차는 밤의 어둠을 갈랐다.

서즈가르드. 내 최초의 목적지이자 원한이 서린 나라.

그리고 아마도 미래의 적이 암약하는 땅.

……반드시 다시 돌아오겠다. 지금은 내가 힘을 쓸 대의명분이 없다.

하지만 류에는 반드시 그날이 오리라고 확신하고 있으니까.

그 후로 하늘이 희뿌옇게 밝아 올 때까지 마차를 몰아 무사히 새로운 역참 마을인 언더 브라이트까지 왔다. 우리는 바로 전에 썼던 고급 여관으로 이동했다.

그리고 거의 동시에 이 마차 대기소에 다른 마차가 들어왔다.

"드, 드디어 따라잡았다……. 카이본, 너무 빨라. 그렇게 빠른 마물도 아닐 텐데."

아마미였다. 뒤늦게 출발했을 그녀가 벌써 우리를 따라잡았다. 흠…… 이거까지 계산하고 마물을 바꿔서 줬나?

"그래도 이제 쉴 수 있지? 일단 사정부터 설명해 줄래?"

"우리가 정식으로 쫓기게 됐어. 아크라이트 경에게 피해를 줄 수 없었지. 그래서 도주범을 추적하는 형식으로 쫓아오게 한 거야."

"……역시. 대충 그럴 줄 알았어. 내가 돌아가지 않아도 싸우다 다쳐서 숨어 지냈다고 변명할 수 있으니까 나쁜 생각은 아니라고 생각해."

아마미는 툴툴대지도 않고 무덤덤하게 평가했다.

나도 그녀라면 이해해줄 줄 알았다.

"왜 쫓기게 됐는지는 안 묻겠지만…… 무리하지는 마."

"가급적 그럴게. 그리고 어차피 당분간은 이 나라를 떠나 있을 거야. 지금은 우선 마을로 가야지."

"그래. 다리아 님이 도와주시면 분명히 괜찮을 거야."

문득 아마미가 눈을 살짝 내리뜨며 슬프게 중얼거렸다.

불안과 기대의 줄다리기. 최악의 상황을 상정한 자기 방어. 마음의 보험.

그런 것들이 마음을 짓누르고 있을까?

내게도 그런 경험이 있었다. 그러니까 말뿐인 위로 따위―.

"당연히 괜찮지. 대륙을 통째로 지키는 성녀님이야. 그리고 우리에게는 류에와 마안을 가진 레이스도 있어. 나도 보조할 수 있으니까 걱정 붙들어 매."

—못 할 것도 없지.

친구가 불안해하면 걱정을 덜어주고 싶은 게 인지상정 아니겠나.

나와 다리아의 추측은 아마 틀리지 않았다. 그렇다면 분명히 촌장님은 깨어난다.

그러나 문제가 있다면 다리아에게 수리가 가능한가, 이다.

이것만은 정말로 해 보지 않고는 모르는 일이지만…… 나는 다리아를 믿는다.

누가 뭐래도 게임 시절 시스템을 『공정의 가마솥』으로 일부 재현할 정도니까.

"어쨌거나 여관으로 들어갈까? 나는 레이스를 옮길 테니까 류에를 맡아줄래?"

"응, 알았어. 두 사람 다 많이 피곤했나 봐……. 깨지 않게 조심해야지."

세상모르고 잠든 두 사람을 업은 우리는 전에 썼던 넓은 방으로 이동했다.

§ § §

다음 날 아침. 눈을 뜨자 이미 아마미가 갑옷과 서코트를 입고 대기하고 있었다.

늦잠을 잔 줄 알고 덜컥 당황했으나 창틈으로 비치는 빛은 약해서 아직 일출 전이라고 알 수 있었다. 나는 살짝 놀리는 눈빛으로 아마미를 봤다.

"이, 일찍 깨 버렸어. 이르면 오늘 밤 촌장님이 깬다고 생각하니까……."

"……그래. 그럼 두 사람도 깨우러 갈까?"

옆 방으로 가자 마침 레이스가 머리에 붙은 지푸라기를 떼던 참이었다.

잠기운은 싹 가셨는지 또랑또랑한 눈으로 우리를 돌아봤다.

"잘 주무셨나요, 카이 씨, 아마미. 여기까지 옮겨주셨군요?"

"안녕, 레이스 씨. 많이 피곤했나 보던데……."

"레이스, 잘 잤어? 몸은 좀 어때?"

"문제없어요. 그냥 옷 속에 지푸라기가 들어가서 등이 따끔거리네요."

레이스는 그러면서 몸을 꼼지락댔다. 흔들리는 가슴. 그리고 내 옆구리를 찌르는 손가락.

"안 돼."

"죄송합니다."

그럼 마지막으로 숙면 모드에 들어간 류에를 깨워 볼까.

류에 침대로 가서 몸을 흔들었다. 흔들흔들~, 흔들흔들~.

"……그마안…… 오랜만에 침대에서 자는 꿈을 꾸는데……."

"꿈이 아니라 지금 침대거든요? 류에, 어서 일어나."

"우응…… 어라……? 어제 나…… 밀짚 속에 있었지?"

류에는 게슴츠레하게 잠긴 눈으로 느릿느릿 일어났다.

아무렴요. 당신은 밀짚 속에서 숙성되기 전에 구출됐습니다.

"여관에 도착해서 아마미랑 여기까지 옮긴 거야."

"전혀 몰랐어……. 둘 다 고마워. 그럼…… 한 번 더 잘게."

"왜 또 자?"

"으엑…… 30분만! 30분만 더 잘게!"

모포로 들어가려는 류에를 어떻게든 끌어내자 아마미가 희한한 눈으로 류에를 봤다.

"류에는 아침에 항상 이래……? 다른 사람 같아."

"어떻게 보면 정답이지. 이게 본래 모습이라고 생각하면 돼."

"음? 나는 언제나 청렴결백하고 어디에 내놔도 부끄럽지 않은 멋진 사람이야."

"봐, 귀엽지? 이게 우리 집 류에야."

그렇게 놀라지 마세요. 누님 모드는 현재 휴업 중입니다.

"이 마물이라면 오늘 저녁에는 데미 드라실에 도착할 거야. 다리아 님이 결계 조정을 끝내셨다면 곧바로 마을로 들어가고 싶어."

"지금부터 쉬지도 않고 달릴 때의 이야기지? 아직 아침도 안 먹었잖아."

아침 햇살을 받으며 마차는 가도를 달렸다.

전날 비라도 왔는지 여기저기 남은 물웅덩이가 빛을 반사해 눈을 찔렀다.

고삐를 잡은 아마미가 샌드위치를 베어 물고 제안했다.

마음은 이해한다. 그녀에게 촌장님은 키워준 부모이기도 했다.

그야 나도 같은 처지라면 똑같이 했겠지.

그 마음을 아니까 레이스도 류에도 아마미의 제안에 찬성했다.

“도중에 마부는 교대하자. 아마미도 체력이 무한하지는 않을 테니까.”

“맞아요. 저랑 류에, 카이 씨도 마차는 몰 줄 알아요.”

“미안. 다들 고마워. 그럼 피곤해지면 바꿔줘.”

그렇게 태양이 중천에 걸렸을 무렵에 내가 마부석에 앉고 세 사람이 뒤쪽 객차에서 쉬는 겸 점심을 먹었다. 참고로 우리가 빌린 마차는 숙소에 맡기고 왔다. 다음에 아크라이트 가문의 사람이 회수해 간다고 한다.

마차 속도도 그렇고 아크라이트 경도 참 계산적인 사람이다.

속으로 협력자인 그의 평가를 높이는데 객차 창이 열렸다.

입에 빵을 문 류에가 창을 비집고 나와 내 옆으로 왔다.

“카이 군, 입 열어 봐. 오늘 샌드위치는 내가 전에 만든 거야.”

“오호, 그럼 한 입 먹어 볼까.”

부드러운 빵을 물자 타르타르소스가 입안으로 번졌다.

흠, 삶은 달걀을 잘게 으깼군. 달걀 샌드위치 같은 식감이 맛있다.

하지만 먹다 보니 이상하게 딱딱한 것이 씹혔다.

"류에…… 생마늘 넣었지?"

"어때? 피로에 좋다고 들어서 넣었어."

"……가능하면 다음에는 작게 잘라서 풍미만 남겨줄래?"

"으으, 역시 실패했나. 쿠우는 좋아했는데."

천진난만한 류에가 옆에 있다. 그것만으로 힘이 솟았다.

절대로 마늘의 효능은 아니었다. 예를 들면 이 아이는 반드시 지켜야 한다는 보호 욕구나 의무감인지도 몰랐다.

하지만 나는 안다. 류에는 지켜줘야 할 정도로 약한 인간이 아닌 것을…….

남은 샌드위치를 먹으면서 다시 정면을 주시했다.

앞쪽에는 흐릿하게 그 거대한 나무가 보였다. 이대로 가면 예정대로 도착하겠다.

"다시 봐도 류에는 다른 사람 같아. 왠지 귀여워."

"후후후, 그러게요. 저것도 류에의 일면이겠죠."

아마도 지금이라면 마을 아이들과 더 친해질 수 있지 않을까.

아아, 눈에 선하다. 놀림받고 아이들을 뒤쫓는 류에의 모습이…….

그건 정말이지 평화롭고 화목한 광경이다.

그 모습을 빨리 보고 싶어서 나도 모르게 마물을 다시 채찍질했다.

다들 기다려라. 이제 곧 도착이다.

§ § §

구 역참 마을 『데미 드라실』의 어느 술집. 『가게 대절 중』이라는 팻말이 걸린 그곳에 발을 들인 순간, 위장을 아우성치게 하는 진한 고기 굽는 냄새와 식욕을 돋우는 향신료와 마늘 향이 코로 파고들었다.

아직 해도 다 떨어지지 않았는데 그곳에서 혼자 술판을 벌인 사람이 있었다.

"다리아…… 너 결계 조정은 어쩌고 혼자 퍼마시고 있냐?"

"오, 빨리 오셨군. 보다시피 다 끝냈지. 내일 아침이면 다시 들어갈 수 있어."

이 나라의 성녀로 명망 높은, 나의 친구 다리아였다.

가게 주인이 씁쓸히 웃으며 두꺼운 스테이크를 다리아에게 내밀자 다리아의 손에서 무수한 빛이 튀어나와 순식간에 한 입 크기 스테이크로 변신했다.

……밥상머리에서 마술 쓰지 마. 성녀님이 뭐 하는 짓이야?

그때, 바로 옆에서 작게 『꼬르륵』 소리가 났다.

그 정체는…… 엉뚱한 방향을 보고 시치미를 떼는 레이스

누님이었다.

"사장님, 4인분 추가요."

"하하하, 조금만 기다려."

마을은 이미 코앞이다. 하루 기다려야 한다면 이기고 돌아온 축하부터 즐기자.

다음 날 아침. 아니나 다를까 가장 먼저 일어난 사람은 아마미였다. 그녀를 선두로 술집으로 가자 전과 똑같이 가게 주인이 뒤쪽으로 통하는 길을 열어 들어가라고 했다.

여전히 많은 술병이 쌓인 좁은 통로에 눈길이 빼앗길 뻔하며 밖으로 나오니 이미 다리아가 숲 입구 앞에서 우리를 기다리고 있었다.

"결계는 미리 조정했지만, 장시간 열어 둬도 문제야. 우리가 들어가면 바로 닫을 테니까 가능한 한 한꺼번에 들어가."

"알았어. 그럼 다 같이 손잡을까?"

다리아의 설명을 들은 류에가 바로 나와 레이스의 손을 잡았고 다른 이들도 덩달아 옆 사람과 손을 이었다. 아마미는 다리아의 손을 잡고 황송해서 어쩔 줄 모르는 분위기였다.

우리는 손에 손을 잡고 횡대로 늘어서서 숲으로 발을 내디뎠다.

"……좋아. 다시 결계를 닫을 거야. 아마미 양, 촌장님에게로 안내해줘."

§ § §

“여기가 촌장님 방이에요. 지금 열게요.”

촌장의 저택. 인형의 집 같은 아름다운 외관에서는 상상도 못 할 고문 기구가 장식된 홀을 지나 그녀의 방 앞까지 왔다.

기분 탓일까, 저택 전체에서 생기가 빠져나간 듯했다. 변하지 않았을 텐데 모든 게 변한 것만 같은, 그런 쓸쓸한 분위기가 가득한 느낌이었다.

집은 사람을 닮는다고 하던데 정말로 틀린 말은 아니지 싶다.

“미안하지만, 여기서부터는 신중을 기해서 나랑 카이본만 갈게. 불만은 있겠지만…… 촌장님의 몸뿐 아니라 주변 사람의 안전을 위해서도 필요한 일이니까 양해해줘.”

“나도 부탁할게. 솔직히 무슨 일이 일어날지 몰라.”

누구나 민감한 문제라고 이해하는 터라 우리 말에 따랐다. 하지만 만약의 사태에 대비해 류에가 나와 다리아에게 방호벽을 걸어줬다.

“길드 훈련소가 있었지? 거기 방호벽을 마도로 구현해 봤어. 이거라면 다중 전개도 가능하고 강도도 상당해. 아직 이름은 없지만, 발동!”

“오~! 이게 장벽 술식이야? 대상 표면에 딱 달라붙는 형태인가? 특이한데!”

“후훗, 대단하지? 사실 원본이 대단한 거고 난 따라 했을 뿐이야.”

“다리아, 그쪽에 정신 팔지 말고 시작하자. 다른 사람들은 1층에서 기다려.”

일동이 내려가는 모습을 지켜보고 다리아가 침실의 문을 열었다.

빛도 없고 커튼도 닫힌 방은 어둠과 꽃향기 같은 냄새로 차 있었다.

이런 어둠 속에 그녀가 홀로 있다고 생각하니 마음이 울적했다.

다리아가 커튼을 확 걷어 들어온 빛이 침대를 비췄다.

가장자리가 검정, 보라 레이스로 장식된 시트 위에 그녀가 소리 없이 눈을 감고 누워 있었다.

호흡 소리도 심장 소리도, 생명의 흔적이나 기운조차 느껴지지 않았다.

그것을 보면 싫어도 내 오랜 기억, 입맛 쓴 기억이 고개를 치든다.

“……밖에서 기다릴래? 카이본.”

“아니, 괜찮아. 신경 쓰이게 해서 미안.”

지금 모습을 보면 촌장님이 사람이 아니라고 해도 이상하지 않겠지.

하지만 나는 안다. 그녀가 누구보다 사람답게 행동해 왔다는 사실을…….

누구보다 『생(生)』과 『성(性)』이 느껴지는 언동은 우리 기억에 똑똑하게 남아 있다.

"이 『사람』이 촌장이야? 아름다운 사람이군. 정말로 미인이야."

"나도 그렇게 생각해. 다리아, 방어 시스템이 발동할 가능성은?"

"크겠지. 그러니까 너도 사람들을 물린 거잖아?"

"그렇지. 그럼 다리아, 해석 부탁할게."

다리아의 손에서 빛띠가 나와 촌장님의 몸을 감았다.

그리고 그것이 몸속으로 스며들어 사라졌을 때—.

"엎드려!"

캉! 높은 쇳소리와 함께 다리아가 소리쳤고 그 순간 방에 한 줄기 선이 새겨졌다.

그것은 틀림없이 탄 자국이었다. 흡사 광선이 훑고 지나간 흔적으로 보였다.

촌장님 쪽을 보니 양팔이 힘없이 들렸고 그 끝은 지금도 고열로 빨갛게 달아올라 있었다.

"다리아, 안 다쳤어?"

"장벽 덕분에. 제대로 맞으면 나라도 좀 아프겠는데."

"아프고 끝이냐? 장벽을 치길 잘했어."

하지만 이것 하나는 확실해졌다. 그녀에게는 긴급용 예비 에너지는 존재한다.

그렇다면 기억도 백업되어 있을 것이다.

다리아는 촌장님을 빛띠로 더 칭칭 감아 아예 옴짝달싹하지 못하게 했다.

그리고 해석을 시작했는지 진지한 표정으로 술식을 조작하기 시작했다.

"후우…… 이제 갑자기 공격하지는 못하겠지. 카이본, 촌장님이 원래 있어야 하는 곳, 알아? 거기서 같이 수리하는 게 좋겠어."

"아, 거기. 안내할게."

1층에서 현재 상황과 촌장님의 물건이 있는 숲에서 치료하겠다고 설명하고 바로 밖으로 나왔다.

류에와 레이스도 돕겠다고 나섰지만 두 사람에게는 아마미와 함께 마을에 있으면서 무슨 일이 생기면 대응해 달라고 부탁했다.

촌장님을 운반용 카트에 눕히고 주민에게 들키지 않도록 빌면서 숲으로 갔다.

공급 장소는 거주 구역에 있는 작은 숲에서만 갈 수 있어서 주민들에게 들킬 수밖에 없지만, 다들 아마미에게 관심이 쏠릴 테니까 아마 괜찮을 거다.

그리고 예상대로 막 깨어난 주민들이 아마미와 레이스, 류에를 발견하기 무섭게 몰려들었다.

"아이들은 다 잘 지내나 보군. 어서 촌장님을 고쳐서 만나게 해줘야지."

"그래. 우리는 들키기 전에 숲으로 들어가자."

카트를 끌고 숲길을 걷기는 어려웠지만 그래도 어찌어찌 도착했다.

대낮에 보는 그것은 전에 봤을 때보다 긴 연식이 느껴졌다.

몸체에는 덩굴이 뻗었고 낙엽과 잡초가 많은 부품을 숨기고 있었다.

촌장님을 깨우려면 이걸 수리해야하는데 과연 가능할까…….

다리아가 감탄사를 흘리며 술식을 발동해 여기저기 흩어진 부품을 한곳에 모았다.

"이건…… 마도구보다는 기계나 컴퓨터 부품 같은데……."

"……수리하기 어렵겠어?"

"순정 기계라면 나도 답이 없지만, 다행히 마술식도 많이 포함됐어. 아마 과거에 고도의 마법 과학 시대가 있었겠지. 이거라면— 오히려 내 전문 분야야."

다리아의 미소는 자신감에 차 있었다. 이 반응을 보면 맡겨도 괜찮겠지.

"다리아, 내가 도울 일 있어?"

"……함부로 움직이면 안 될 거 같으니까 이 자리에서 작업해야 해. 이 일대를 제초해서 공터로 만들어줘. 오두막 하나 크기면 돼."

나는 당장 등에 멘 검을 옆으로 쫙 휘둘러 5평쯤 자리를 만들었다.

"……일 처리가 호쾌한데. 그럼 다음은 나무를 몇 그루 잘라서 공터 중심에 쌓아줘. 재생술로 오두막을 지을 테니까."

"재생술이라고? 나무를 다른 형태로 바꾸면 그건 이미 판타지 연금술이잖아?"

"그렇긴 한데, 정말 최소한의 물건밖에 못 만들어."

그렇게 말하면서 나무로 손을 내밀자 나무가 빛 가루로 분해되어 형태를 바꾸었다.

오두막이라고 해서 통나무집을 상상했는데, 그 빛이 뭉쳐 나타난 것은 폐목재 합판을 이어붙인 판잣집이었다.

"이런 것밖에 못 만들어. 마을에서 집을 고칠 때도 가공된 자재의 잔해라서 가능했지, 단순한 나무라면 분해하고 압축해서 모양을 내는 것만으로도 벅차."

"아니, 그래도 임시 주거로 그 정도면 대단한 거지. 텐트가 필요 없잖아?"

"효율이 욕 나오게 안 좋아. 마력을 왕창 빼앗기니까—."

그러면서 오두막으로 들어가 어느새 만들어 둔 의자에 앉았다.

나도 따라 들어가서 다리아에게 뒷말을 듣고자 했다.

"잠깐 쉬자. 그리고 이참에 이야기하자. 이번 사건의 전말과 서로의 생각을……."

그 제안을 받아들여 우리는 정보를 공유했다. 류에가 왕족에게 한 행위의 정체, 그리고 그 원인인 엘프의 감정을 유도하는 사회 구조와 전승에 관해.

그리고 다리아도 나라를 나온 지금 자신의 입장과 이번 방침에 관해 말했다.

"—그랬군. 펜넬의 목적도 슌의 사정도 자세히는 모른다고? 그걸 조사하면서 나라 밖을 살펴보겠다는 거지?"

"나는 정기적으로 휴면에 들어가. 대륙에 사용하는 술식의 반동인데, 딱히 필수는 아니야. 하지만 펜넬이 강하게 추천했고 실제로 부담도 많이 줄었어. 그래서 지금까지 의문을 가지지 않았는데—."

"……그사이에 너도 모르는 일이 벌어지고 있었을 가능성도 있다?"

"그래. 게다가…… 더는 나 때문에…… 희생자가 나오지 않게 막고 싶어."

그러더니 갑자기 침울하게 어떤 이야기를 꺼냈다. ……설마 그건—.

"다리아란 이름을 가진 아이는 네가 깨어난 해에 태어난 아이였지?"

"맞아. 그리고 그건 동시에—."

"동시에 백발 아이가 어디선가 태어난다는 거 아니야?"

"……예리하네? 나조차 깨달은 건 얼마 전인데."

전에 촌장님은『백발은 모두 올해로 스무 살이거나 아마미와 동갑』이라고 했다.

내가 아는 정보에 따르면 다리아가 전에 눈뜬 것은 20년 전이었다.

그리고 아마미의 이름에 다리아가 포함됐고 아마미와 같은 나이의 아이도 백발.

아울러 쌍둥이인 레일라도 백발로 보일 만큼 머리의 색소가 적었다.

그 모든 정보를 종합하면 답은 저절로 도출된다.

"이런 곳에 힌트가 굴러다녀도 그것조차 보지 못할 정도로 나는 자유롭지 못했어. 내가 눈뜬 폐해라면 그 수면 사이클, 혹은 술식 자체가 수상해."

"그럼 너는 이제부터 그 술식을 조사하러 다닐 생각이야?"

"응. 술식은 이 나라뿐 아니라 공화국까지 뻗어 있어. 어차피 나라를 나와야 했어."

그렇다면 류에와 말을 나눠 봐야 한다. 류에도 이 나라 술식에는 뭔가 있다고 말했다.

"이야기를 들어보니 펜넬은 류에 제자였다지? 그럼 펜넬이 고안한 술식에서 이상한 점을 깨달을 만도 해. 나도 펜넬의 제자지만, 모든 지식을 전수받지는 못했어. 분명히 류에만이 눈치챌 뭔가가 있겠지…….”

“요컨대, 너는 류에의 손제자군. 사람 인연이란 게 참 묘해.”

“누가 아니래냐.”

간접적으로 나와 다리아가 쭉 연관된 사이였다는 것이 재미있었다.

그만 감상에 젖어 내가 이 세계에 와서 류에에게 마술을 배우던 때를 떠올렸다.

“내 이야기는 이만하면 됐지? 카이본…… 너는 무슨 생각이야?”

“그 질문은 편지 추신에 관한 말이야?”

“그래. 네가 지금도 검을 넣지 않고 메고 있는 것도 관련해서.”

이건 내 보험이자 포석이며— 비장의 수단이기도 하다.

그렇게만 말하고 그 외에는 네가 지금 생각하는 대로라고만 전했다.

“먼저 선언할게. 나는 가까운 미래에 그 남자를 죽일 거야. 대의명분을 얻는 대로 반드시.”

“……그게 무슨 의미인지 알고 하는 소리야?”

“너야말로 몰라서 물어? 그건 악이야. 명확한 악. 남을 등쳐먹고 자기 욕구를 채우는 걸 당연하게 생각하는 절대 악이야. 나는 알아. 『나니까 알아』.”

"……너랑 같은 인간이라고?"

"그렇게까지 썩어 빠지진 않았지만, 동족의 냄새가 풀풀 나."

인정하고 싶지 않아도 그 망집에 씐 성격은 나나 아캄과 상통한다.

그리고 류에에 대한 집착…… 그건 증오가 아니라 오히려—.

"……그런데 슌에 관해서는 정말로 아무것도 몰라?"

"……요즘 그런 생각이 들어. 슌은 나랑 같이 잠들어. 나와 달리 마술로 인한 부담도 없지만, 보내는 시간이 달라지면 내가 적응하지 못하고 힘들어할까 봐. 하지만 만약 그게 거짓말이고 사실 계속 깨어 있었다면……."

"너 몰래 슌이 활동하고 있었다는 거야?"

"생각해 보면 언제나 내가 깰 때는 슌과 펜넬이 미리 기다리고 있었어."

반대로 말하면 다리아는 슌이 깨는 순간을 본 적이 없다는 건가.

"만약 펜넬이 이 나라를 위험에 빠뜨리려고 한다면, 국민 감정조차 사리사욕을 위해 이용한다면…… 그때는 나라를 위해서 내가 너한테 대의명분을 만들어줄게."

"직접 죽이겠다고는 안 하네?"

"……입은 은혜도 있고 무엇보다 나는 성녀야. 지저분한 일은…… 할 수 없어."

"……걱정 마. 내 비장의 수가 있으면 순식간이야."

이번에는 나도 철저하게 준비해 뒀다. 그러니까 지금은 당장 급한 일, 눈앞의 문제에 집중해야 한다고 우리는 결론 내렸다.

"대륙 술식에 관해서는 촌장님 치료가 끝나면 류에랑 다시 얘기할게. 그 결과에 따라서 나는 널 따라가게 될 거야. 그렇게 되면, 잠깐 신세 좀 질게."

"알았어. 그럼 치료는 맡길게. ……너무 골머리 썩지는 마."

"아니, 가능한 한 전속력으로 할게. 물론 자기 관리도 하겠지만."

§ § §

다리아와 헤어져 촌장님 저택으로 돌아오자 이미 류에와 레이스가 와 있었다.

게다가 고양이를 머리에 얹은 쿠우도 와서 촌장님에 관한 설명을 듣고 있었다.

여전히 눈은 졸려 보이는데 아마도 이게 그녀의 일반적인 표정이겠지.

"아, 카이본, 어서 와. 다리아 님은?"

"숲 속에서 열심히 치료 중이야. 내가 더 도울 일이 없어서 돌아왔어."

"카이 군이라도 어려워? 촌장님의 몸을 잘 아는 거 같았는데."

"개념만 대충 알지, 자세한 부분은 문외한이야."

당연히 모두 촌장님을 걱정하며 질문을 해 왔다.

그녀가 어떤 존재인가. 이 세상 사람에게 그것을 설명하기는 어려웠다.

로봇이나 안드로이드라는 개념은 아마 이 세계에 없을 테니까.

하지만 촌장님은 이곳에 분명히 실존한다. 흠…… 생각할수록 이상하다.

언제 한 번 문명이 리셋됐나? 구세계라는 말도 있을 정도니까…….

"—이 씨? 듣고 계세요?"

"응? 앗, 미안, 레이스. 뭐야?"

"다리아 씨 혼자서 괜찮겠냐는 얘기였어요."

"글쎄…… 뭐, 정기적으로 보러 가기는 해야겠지."

"그럼 이따가 먹을 거라도 싸서 갈게요."

"음…… 나는 도울 일이 없을까? 보조 정도는 할 수 없으려나?"

"류에는 전에 들은 대륙 술식 있지? 그거에 관한 생각을 정리해서 리포트를 만들어 두면 좋지 않을까? 다리아한테 잠깐 얘기했더니 굉장히 관심을 보이더라고."

"아, 그게 있었지. 그럼 카이 군, 전에 본 맵? 이란 거 아직 보여줄 수 있어?"

"그거라면 저장해 뒀어. 류에의 메뉴 화면에 메시지로 보낼게."

"오…… 이런 것도 가능하구나. 편리한걸."

나는 바로 브라이트니스아치에서 표시된 맵 화면을 류에에게 보냈다.

역시 신경 쓰이는 점이 있는지 표정을 순간 찌푸리더니 작게 신음을 흘렸다.

연구자의 얼굴을 한 류에는 그 표정을 유지한 채 자신에게 준비된 방으로 갔다.

"카이 씨, 저는 어떻게 할까요?"

"레이스는 나랑 같이 식사 준비를 할까? 이제 곧 점심이니까."

"알겠어요. 뭘 하든 간에 식사는 중요하죠."

"바로 그거야. 그런 고로, 아마미랑 쿠우는 재료 조달을 부탁해."

"응, 알았어. 그럼 채소를 좀 얻어올게."

"마늘 가져올래. 카이본, 마늘로 새로운 요리 해줘."

두 사람이 저택을 나간 뒤, 나는 잠깐 쉬기로 했다.

"카이 씨, 재료를 가지러 간 동안 이야기라도 할까요?"

"응? 물론 괜찮지만, 왜 그래?"

레이스가 대뜸 제안했다. 굳이 이렇게 운을 떼는 것은…… 하고 싶은 말, 듣고 싶은 이야기가 있기 때문일까.

조금 긴장하며 레이스와 함께 응접실로 자리를 옮겼다.

"카이 씨, 수고하셨어요."

응접실 소파에 앉은 레이스가 처음으로 꺼낸 말이었다.

아마 촌장님의 물건일 정체 모를 책과 비싸 보이는 도구가 장식된 선반.

그런 곳에서마저 자연스럽게 행동하는 그녀는 마치 이곳의 주인처럼 보였다.

어쩌면 레이스의 저택과 이곳이 닮았기 때문일지도 모른다.

"하하하, 그렇게까지 안 지쳤어."

"후후, 아마 본인이 모를 뿐이에요. ……많은 일이 있었으니까요."

"……많은 일이 있었지."

"네. 특히 카이 씨는…… 정말 많은 것을 짊어졌는걸요."

그러면서 레이스는 가련하게 웃었다. 마치 나를 걱정하다 본인이 진이 빠진 것처럼 그런 힘없이 가련한 얼굴이었다.

"류에. 왕족. 촌장님. 자신이 칼을 들이댄 상대. 그리고…… 미래의 적. 카이 씨는 혼자 너무 많은 걸 끌어안았다고 생각해요."

모두 맞혀 버렸다. 새삼스럽게 나열하니 너무 무리한다는 자각이 들었다.

"분명히 당신이 아니면 감당할 수 없는 문제들이겠죠. 그걸 저에게 나눠달라고 하지는 않을게요. 그래도 누가 자신의 고통을, 마음을 알아주는 것만으로 편해질 때도 있어요. 적어도 저는 알아요. 당신 마음이 지쳐 있다는 걸."

"……그래. 그 말이 맞아. 내가 지금 좀 무리하고 있지."

"류에는 일단 괜찮다고 믿으세요. 류에는 강해요. 그리고 엘프에 관해서는 지금 고민해도 어쩔 도리가 없겠죠?"

타일러줬다. 내 독선적인 생각과 행동을……. 하지만 마음은 오히려 가벼웠다.

이렇게 걱정해주는 사람이 있다. 때로는 비판도 해주는, 믿을 수 있는 사람이 있다.

아, 확실히 그것만으로 마음이 편안해진다.

"다 맞는 말이야……. 지금 생각할 일이 아닐지도 몰라."

"네. 그러니까…… 지금은 조금만 더 짐을 내려놓으세요."

말을 주고받을 때마다 가슴이 가벼워지는 것을 느꼈다.

상담만 해도 편해질 것을 혼자 꾸역꾸역 끌어안고 쓸데없이 지쳐 있었다는 사실이 증명됐다. 나도 아직 남에게 기댈 줄 모르나 보다.

"참 미련해. 지금은 네가 옆에 있는데도."

"저는 당신과 함께 걸어요. 재미있는 것, 힘든 일, 새로운 경치를 보면 옆에 있는 우리에게 알려주세요. 『말은 마음뿐 아니라 자신이 본 것을 남에게 전해주는 무척 편리하고 멋진 수단』이니까요. 후후, 이것도 남에게 들은 말이지만요."

레이스는 그러면서 방금과는 다른, 진심 어린 웃음을 지었다.

마음뿐 아니라 본 것과 경치를 알려준다. 그것은 말 그대로의 의미가 전부는 아니다.

『마음을 말로 전달하는 소중함을 알라』. 그런 뜻도 포함된 말이리라.

그래. 분명 그것이 지금 나에게 부족한 점인지도 모르지.

그렇다면 이 짧은 평화를 즐기도록 하자. 우선은 점심 준비부터 시작이다.

그런 당연한 일을 당연하게 하며 나는 이 평온한 하루를 보냈다.

§ § §

다음 날, 오늘도 다 같이 점심을 만드는데 2층에서 류에가 내려왔다.

"아! 어디서 좋은 냄새가 난다 싶더니! 나도 부르지 그랬어."

"하하하, 미안. 리포트는 잘 돼가?"

"어느 정도 진행했으니까 휴식! 나한테도 요리하는 거 보여줘."

류에는 씩씩 화난 척하며 옆으로 왔다. 아직 그 모습이 낯선 아마미와 쿠우가 서로 얼굴을 마주 봤다.

조금씩 익숙해지면 됩니다. 이게 디폴트 류에니까요.

"그래서 오늘은 뭐 만들어?"

"레이스가 마을 강에서 고기를 잡아 와서 생선튀김 도그야."

"나도 마을에서 애들이랑 놀고 싶은데……. 기분 전환하러 나중에 가 봐야지."

어제도 그랬지만 우리가 마을에 돌아온 것을 알고 주민들, 특히 아이들이 빈번히 저택을 찾아왔다. 그리고 대부분은 레이스나 류에를 만나러 온 것이었다.

류에는 술식 리포트를 우선해 눈물을 머금고『누나는 일하는 중』이라며 거절했지만 나가지 못해 근질근질한 분위기였다. 하긴, 류에는 애들은 좋아하니까.

옆을 보니 레이스가 생선을 튀기고 류에가 타르타르소스를 만들기 시작했다.

평화롭다. 사명이니 음모니 하는 것은 잊고 지금은 이 행복을 만끽하자.

"어디, 그럼 나는 수프라도 만들어 볼까?"

완성한 수프를 그릇에 담고 아마미가 빵에 칼집을 넣었다.

쿠우가 가져온 채소와 같이 튀김을 빵에 끼웠다.

그리고 거기에 류에 수제 타르타르소스를 듬뿍 끼얹고—.

"마지막으로 파슬리를 양쪽에 한 꼬집 솔솔 뿌려주면……

됐다, 완성이다."

그 전에 쿠우의 수프 접시 바닥에 자른 마늘을 비벼 둔다.

이렇게 하면 맛을 해치지 않고 은은한 마늘 풍미가 더해진다.

"좋아, 완성. 조금 이르지만 점심을 먹을까?"

"우와~, 카이본이 만든 마늘 향 나는 요리다."

"다 같이 복작대며 만드는 것도 재밌네, 카이본."

"후후후, 오늘 타르타르소스는 회심의 역작이야. 자, 어서 먹자."

"이 생선, 손질하기는 힘들어도 맛은 정말 좋네요."

활기찬 식탁. 어제 레이스에게 들은 말 덕인지 마음은 무척 상쾌했다.

그럼 이제 먹자고 평소대로 식전 인사를 하려던 그때였다.

갑자기 레이스가 아차 싶은 얼굴로 벌떡 일어났다.

"저, 저기! 다리아 씨 몫은……."

"다리아는 아마 작업에 집중하느라 안 돌아올걸."

"그런가요? 저, 기왕 만들었으니까 제가 가져다 드릴게요."

슌과 결투할 때 그녀는 다리아에게 화살을 쐈다고 한다.

다른 사람보다 다리아를 신경 쓰는 이유는 그 때문이겠지.

……한번 다리아와 둘만의 자리를 마련해 주는 것도 좋겠다.

"그럼 레이스한테 맡길까? 거주구 중앙에 있는 숲에 있어."

"네. 수프도 조금 덜어 갈게요. 수통이 어디 있더라……."

내가 부탁하니까 기뻐하며 준비를 시작했다. ……어쩐지 귀엽네.

참고로 오늘 수프는 마을 명산품인 감자를 사용한 비시수아즈다.

“차가운 수프도 좋은걸! 엄청 맛있고 지금 계절에도 맞아.”

“카이본, 나중에 만드는 법을 종이에 써줄 수 있어? 촌장님한테도 알려주고 싶어.”

“당연히 되지. 마음에 들었다면 다행이야.”

화기애애한 식탁이었다. 곧 촌장님과 다리아도 낀다고 생각하니 들뜨는 마음을 주체하기 어려웠다.

“휴우. 여러분, 저는 다리아 씨에게 식사를 전하고 올게요.”

§ § §

아마 나는 그 사람을 만나고 싶은 거다. 감사와 사과를 모두 전하기 위해…….

다 함께 만든 요리를 구실로 삼는 것 같아 조금 죄책감도 들지만…….

그런 생각을 하면서 거주구를 걷는데 금방 아이들이 모여들었다.

“레이스 언니다! 또 낚시하러 가? 우리도 따라가도 돼?”

“또 채비 만들어줄게! 레이스 언니 못하잖아!”

"미안해요, 지금은 심부름 가는 중이에요. 그리고 이제 채비 만드는 법은 외웠으니까 괜찮아요."

"정말~? 또 바늘에 봉돌 매다는 거 아니야~?"

마치 류에가 어려진 듯한 그 모습. 무심코 끌어안고 싶은 충동을 참느라 매번 얼마나 힘든지 모른다. 낚시 중에 내 무릎 위에 앉았을 때는 정말…….

"그럼 다음에 낚시해, 레이스 언니!"

그 아이들과 헤어져 나는 카이 씨에게 들은 길을 따라서 다리아 씨에게로 갔다.

"이 오두막…… 설마 재생술로 만들었나……."

도착한 곳은 질감이 특이한 판자로 된 멋진 오두막이었다.

"다리아 씨, 식사 가져왔어요. 지금 괜찮으신가요?"

"오? 그 목소리, 레이스야? 들어와. 문 열려 있어."

허락을 받고 문을 열자 그녀는 진지한 표정으로 우리가 가진 『메뉴 화면』이라는 것과 유사한 빛나는 창을 만지고 있었다.

오두막 안을 돌아봤다. 유리 기재부터 조각칼 같은 물건, 그리고 본 적도 없는 도구가 발 디딜 틈 없이 바닥을 채우고 있었다. 무척 호기심을 자극하지만 만지면 안 되겠지.

탁상 구석에는 군것질이라도 했는지 꼬챙이와 포장지 같은 것도 어질러져 있었다. 조금 더 자주 와 봤어야 하지 않았을까.

"……휴, 일단락됐으니까 바로 먹을까? 레이스도 앉아."

"네. 죄송해요, 탁상에 있는 물건을 좀 만졌어요."

"아, 쓰레기 때문에 더럽지? 미안, 나 혼자 있느라 신경을 못 썼네."

그러면서 다리아 씨는 바구니에서 방금 만든 요리를 꺼냈고—.

"오! 이거 모양을 보니까 생선튀김 같은데?!"

"맞아요. 이 마을에서 잡은 생선으로 만든 거예요."

"오오…… 사실 생선튀김을 옛날부터 좋아했거든. 정말 기쁘네."

작은 입을 한껏 벌려 덥석 무는 모습이 정말로 귀여웠다.

이런 모습을 보면 마을 아이들과 크게 다르지 않았다.

"진짜 맛있어. 레이스는 요리 솜씨가 좋은데? 노점 요리도 맛있었고."

"고마워요. 저도 많은 아이한테 먹여줬으니까요."

"응?! 설마 벌써 카이본이랑 애를 가졌어?!"

"아, 아뇨, 그게 아니에요. 사실 옛날에 갈 곳 없는 아이들을 거둬서 키웠어요."

"……그랬군. 좋은 일 했어. 미안, 난데없이 소리 질러서."

호들갑스러운 반응이 이상했지만 친구로서는 당연한 반응일지도 몰랐다.

……내가 보는 한 오잉크 씨 이상으로 카이 씨가 신뢰하

는 사람. 류에도 다리아 씨를 좋아하는 분위기였다.

이 사람을 경계하는 건 나뿐일까. ……나에게 이 사람과 지낸 기억이 없기 때문일까.

"……내가 마음에 걸려? 레이스."

"……! ……네. 아니라고 하면…… 거짓말이겠죠."

그때, 마치 내 침묵에서 마음을 읽은 것처럼 다리아 씨가 조용히 말을 흘렸다.

"레이스의 처지는 대강 들었어. 나와는 남이나 다름없는 상태겠지. 그런 사람이 갑자기 친하게 굴면서 자기 인간관계에 끼어들면 불신이 생길 만도 해. 심지어…… 나는 형식적이라도 너희를 한 번 배신했으니까."

그리고 정말로 속내를 읽은 것처럼 내 생각을 그대로 맞혀 나갔다.

정말로 무섭다. 하지만 반대로 말하면 그만큼 사람의 마음을 잘 알고 나를 생각한다는 뜻이기도 했다. 어째선지 노점에서 그녀가 내게 했던 말이 떠올랐다.

함께 걷는 사람에게 자기가 본 경치를 전해주는, 아름다운 삶의 방식을 알려준 그때를…….

"……아마 그뿐이 아니라고 생각해요. 저만 당신을 잘 몰라요. 그게 조금 분했어요. 당신은…… 제 은인이기도 하니까요."

지금도 그때 말을 가슴에 새기고 있다고, 소중하게 생각한다고 전했다.

그리고 감사와 함께…… 나도 그녀에게 사과의 말을 전했다.

"당신은 잠시나마 카이 씨와 우리를 속였어요. 지금 생각하면 그건 자기 마음을 속이는 무척 괴로운 선택이었겠죠. 저는 사정도 모르고 당신에게 못된 말을, 몹쓸 짓을 했어요. 정말로 죄송해요."

마음을 전했다. 그러자 다리아 씨는 무슨 소리인지 도통 모르겠다는 표정으로—.

"아니, 사과할 사람은 나 아닌가……. 이러니저러니 해도 원인은 나한테 있잖아. 그러니까 사과하지 마. 나야말로 잘못했지……. 미안해."

"그, 그게…… 그래도 공격하고 심한 말을 한 건 사실이니까……."

서로 자기가 잘못했다고 사과하는 것이 어쩐지 웃겨서 나도 다리아 씨도 그만 웃음을 터뜨리고 말았다.

……잘됐다. 나는 이번에야말로 정말로 이 사람과 친구가 될 수 있겠다.

§ § §

마을에 돌아온 지 오늘로 사흘째. 촌장님 치료는 난항을 겪는지 좋은 이야기가 들리지 않았다. 오늘 밤에라도 진행 상황을 들으러 한번 다리아를 찾아가려고 한다.

"카이본, 빌려줘. 역시 칼끝이 닿는 부분에 뭐라도 넣는 게 낫겠어."

"역시 그런가……? 그나저나 솜씨 좋은걸, 아마미. 칼집을 많이 만들어 봤어?"

"응. 자유 기사일 때는 따로 무기가 지급되지 않아서 직접 수리했어."

"그래? 도와줘서 고마워. 솔직히 곤란하던 참이야."

내가 뭘 하고 있느냐? 최근 계속 짊어지고 다니는 검이 위험해서 가죽 세공이 특기라는 아마미에게 도움을 빌려 칼집을 만드는 중이었다.

"그럼 끝부분에 이걸 쓸 수 없을까?"

"마물 이빨? 단단하니까 괜찮아 보이지만…… 그 가죽도 그렇고, 대체 무슨 마물이야?"

"어, 음…… 뭐였더라? 옛날 일이라서 기억이 가물가물하네?"

"그래? 예쁘고 튼튼하니까…… 알게 되면 나도 사냥하러 가 볼까?"

미안, 그건 안 돼! 그거 용신 가죽이랑 이빨이라고!

그나저나 너도 비참하다. 공이 되질 않나, 칼집이 되질 않나. 불쌍한 최강의 칠성.

그리고 아마미의 감수를 받으며 나는 칼날을 감출 수제 칼집을 완성했다.

"후~! 집중하고 작업했더니 지치네."

"수고했어. 누워. 여기는 바람이 잘 통해서 기분이 좋아."

날씨가 좋으니까…… 사실 이 마을은 1년 내내 하늘이 똑같지만 어쨌든 날씨가 좋으니까 집 안에 있기 아깝다며 이렇게 밖에서 작업하고 있었다.

저택 뒷마당. 넓은 잔디밭에 눕자 어디선가 볏짚 냄새가 났다.

마음을 보드랍게 어루만지는 그 은근한 단내를 마시면서 심호흡을 반복했다.

상쾌하다는 건 바로 이런 상태, 이런 감정을 말하는 거겠지.

바로 옆에 누워 똑같이 깊은 숨을 들이마시는 아마미에게 말을 걸었다.

"정말로 고마워. 아마미는 뭐든 잘하네. 요리도 싸움도 애 돌보기도."

"내가 할 소리네요~. 도중부터는 자기가 다 했으면서."

신기한 푸른 하늘을 조용히 바라보며 다시 산들바람을 피부로 느꼈다.

문득 옆에서 아마미가 일어나는 기척이 느껴졌다.

그리고 나를 들여다보는 그녀의 얼굴이 하늘을 가렸다.

"궁금한 게 많지만, 지금은 참는 게 낫겠지?"

"그렇겠지. 그래도 그 의문은 언젠가 반드시 풀릴 거라고 생각해."

"……그렇다면 다행이고. 카이본은 앞으로 어쩔 거야? 지금 쫓기는 신세지?"

"글쎄다…… 이대로 이 마을을 경유해서 공화국으로 갈까?"

"내가 안 된다고 하면? 여기서 느긋하게 살자고 하면?"

"그 『안 돼』에 『안 돼』라고 말하겠지?"

확실히 여기서 보내는 한가로운 나날은 편안하고 마음도 뿌듯해진다.

그래도 지금 나는 그 길을 선택할 수 없다. 적어도 지금은…….

게다가 지금의 평화는 우리가 이 나라에 있는 한 오래 가지 못한다.

"그럼 어쩔 수 없지."

"그래, 어쩔 수가 없어. 마음은 기쁘지만."

"마을 사람들이 카이본을 좋아하니까 언젠가 정착하려면 여기를 추천할게."

"하하, 그래. 꼭 후보에 넣어 둘게. 여기는 살기 좋은 곳이지."

몸에 반동을 줘서 일어났다.

서서 스트레칭을 하며 한 번 더 아마미에게 감사했다.

그 말을 들은 그녀가 쑥스럽게 웃으면서 떠나는 것을 나는 우두커니 지켜보았다.

§ § §

밤. 여전히 부자연스럽게 어둡고 별 하나 없는 칠흑 같은 하늘에 감싸인 마을.

예상대로 다리아는 저녁 식사 자리에 나타나지 않았다.

식탁을 정리하고 오늘도 함께 먹으러 와준 쿠우와 아마미가 돌아간 뒤, 로비에 있는 고풍스러운 의자에 앉아 숨을 돌렸다.

그런데 식사를 마치고 바로 자기 방에 다시 틀어박힌 류에가 나타났다.

"카이 군, 피곤해 보이네? 조금 이르지만 자는 게 어때?"

"아, 괜찮아. 류에는 리포트 잘 되고 있어?"

"응. 필요한 부분은 다 정리했어. 다리아가 일을 마치면 이야기해 보려고."

"그래? 그런데 류에."

『앞으로 만약 내가 펜넬을 죽이면, 너는 어떻게 생각할래?』

그렇게 말을 꺼내려고 하다가 다시 목구멍으로 삼켰다.

지금은 그만두자. 정말로 필요해졌을 때 말해야 한다.

류에는 충분히 고민했다. 마을에 있는 동안은 어려운 문제를 끌어오지 말자.

"응? 왜? 계속 말해 봐."

"……촌장님이 무사히 눈을 뜬 뒤 이야기야. 공화국에 갈 생각인데 만약 다리아가 따라온다면 어떻게 할까 싶네."

"정말로?! 나는 두 손 들고 환영이야. 다리아랑 하고 싶은 말이 엄청 많아!"

류에는 환호하다시피 말했다. 그랬지. 류에에게도 다리아는 친구다.

용신을 죽인 그날, 울부짖던 그녀가 그 이름을 듣고 순간 정신을 되찾을 정도로…….

"게다가…… 다리아는 **그 아이** 곁에 있었으니까. 많은 이야기를 들을 수 있을 거야."

그러자 류에는 지금 내가 꺼내지 않은 화제를 스스로 거론했다.

"카이 군, 나는 있지, 그 아이가 계속 나쁜 짓을 한다면…… 한때의 스승으로서, 결판을 낼 생각이야. 하지만 내 손으로 감당이 안 된다면 그때는…… 부탁해도 될까?"

이미 너는 각오를 했구나. 복수가 아니라 스승으로서 잘못을 바로잡기 위해.

"……나는, 처음부터 그럴 작정이었어."

"그래? 그때가 오면 절대로 방심하지 마. 그 아이는 틀림없이 강적이 돼."

말은 맺은 류에는 어디선가 꺼낸 삶은 달걀을 베어 물고 웃어 보였다.

"음, 맛있어. 내가 삶은 달걀은 세계 최고라니까. 그럼 난 먼저 침실로 갈게."

"알았어. 잘 자, 류에. 나는 다리아를 잠깐 보고 올게."

그럼 오늘도 촌장님을 위해 혼자 애쓰는 친구를 위로하러 가 볼까.

§ § §

"넌 뭔데 테트리스를 하고 앉았냐?"

"무슨 테트리스야? 노는 게 아니라 진지하게 술식 짜는 중이라고."

오두막에 들어온 순간 눈에 들어온 광경을 보고 처음 튀어나온 말이 그것이었다.

원형 문장이 공중에 떠 있고 그 안에 여러 사각 문양이 쌓여 갔다.

어째 좀 재미있어 보인다? 나는 1년 넘게 그런 거 못 했는데?

"수리 포드라고 하나? 지금 이 머신 수리의 최종 단계야."

"그쪽 수리는 거의 끝났나 보네. 그럼 촌장님 몸은 어떤 상태야?"

"……보다시피 머신 수리는 끝이 보여. 하지만—."

다리아가 말을 흐렸다. 어려운 문제가 있다고 말하는 것이나 마찬가지였다. 눈에 보이지 않는 납덩이를 배에 넣은 듯이 무겁고 갑갑한 기분이 들었다.

설마…… 다리아도 촌장님의 몸은 치료하지 못하는 건가?

"예상한 것처럼 오랜 세월 무리한 방법으로 충전했던 거 같아. 내부를 해석한 결과, 아마 에너지를 모아 두던 기관이 완전히 망가졌어……."

"그거…… 못 고쳐……?"

"하려면 할 수는 있어. 하지만 나는 완전히 재현할 수 없어. 수복하려면 이상하게 사이즈가 안 맞아서 다른 기관을 압박하게 돼. 다만…… 그 기관이란 게 이상해."

다리아는 촌장님의 몸 내부를 구석구석까지 살펴봤다.

그 결과, 유기적인 부분이 없을지언정 구조는 인간과 거의 동일했다.

그러나 한 부분에 용도를 알 수 없는 기관이 존재하고 그것이 치료를 방해하고 있었다.

하지만 그것을 적출해도 된다면 거기에 따로 에너지 축적 영역을 만들 수는 있다.

"만약 그걸 적출해서 촌장님이 다른 사람처럼 변한다면……."

"그런 뜻이군……. 그럼 촌장님을 깨워서 직접 물으면 어때? 일단 그 장치에 넣으면 일시적으로 충전되지 않아?"

"역시 그래야겠지? 그럼 너도 같이 있어 줘. 나 혼자면 설명하기 귀찮아져."

"알았어. 빨리 시작하자. 촌장님은 어디 있어?"

"오두막 뒤에 작은 오두막을 하나 더 만들었어. 거기 침대에 눕혀 놨어."

쇠뿔도 단김에 빼랬다. 바로 오두막 뒤로 가니 한 평 크기밖에 안 되는 작은 오두막이 생겨 있었다.

문을 열자 조용히 안치된 촌장님이 눈에 들어왔다.

왠지 손대기 미안한 마음이 들었지만 살며시 안아 들었다.

"어째 고스 룩 소녀를 유괴하는 거 같다? 완전 범죄 현장이군."

"닥쳐! 안 그래도 나도 그 생각 했어!"

장치는 그녀를 위한 물건이라서 그런지 팔다리가 정확하게 들어가는 홈이 있었다.

이렇게 보면 정말로 근미래, SF 세계에 등장할 존재처럼 보였다.

이제 어떻게 해야 하는지 몰라 다리아를 돌아봤다. 다리아가 장치에 손을 내밀자 조작 패널이 떠오르는 참이었다.

우리 메뉴 화면과 닮은 그것을 다리아는 서투른 동작으로 조작했다.

"야, 뭔가 불안하다?"

"언어가 달라서 그래. 일단 해석해서 무슨 의미인지는 알았지만…… 좋아, 완료. 아마 두 시간 안에 눈을 뜨겠지…… 그래도 일어나지는 못할 거야."

"그렇게 몸 상태가 안 좋아……?"

"누출된 에너지가 다른 기관을 침식했어. 일단 이 캡슐에서 자정이 되도, 그 축적 영역이 부서져서 수리하지 않는 한 달리 방도가 없어.”

“역시 거길 해결하는 게 필수인가?”

장치 안에서 푸르스름한 빛에 싸인 촌장님을 바라보며 막막함에 한숨을 쉬었다.

다시 의자에 앉았다. 마주 앉은 다리아가 뭐라도 말을 하라고 눈빛으로 재촉했다.

잠깐의 침묵을 깨고 나는 어떤 질문을 던졌다.

“……다리아. 너 왜 오잉크의 부탁을 거절했어?”

“부탁……?”

쭉 묻고 싶었지만 무서워서 묻지 못했다.

오잉크는 혁명을 일으킬 때 다리아에게 협력을 요청했다가 거절당했다.

그야 일국의 중요 인물이 타국에 개입하기 어려운 것은 충분히 이해할 수 있었다.

하지만— 나는 그 여자에게서 『다리아 님에게 매달리던 꼴사나운 모습』이라는 말을 듣고 말았다.

그게 거짓말일 가능성도 있었다. 하지만 사실이라면 받아들이기 어려웠다.

너는 도움을 바라는 옛 친구를 절대로 버리지 않는다. 그럴 인간이 아니다.

“그거…… 대체 언제 이야기야……?”

"뭐?! 다리아, 너 오잉크랑 만났다면서?"

"그래, 만났지. 그때 협력을 요청받은 기억은 없어. 그냥 근황 보고와 나라에 관한 설명, 그리고 너에 관한 정보가 없는지 물은 게 전부야."

"하지만…… 오잉크 본인도 협력을 요청했다고 말했는데?"

"그건…… 설마…… 아니, 그래도……."

맞물리지 않았다. 내가 아는 정보와 다리아의 기억이 맞물리지 않았다.

오잉크가 협력을 요청했다면 자유롭게 다른 대륙으로 갈 수 있던 전쟁 전일 것이다.

"20년 전이라면 내가 깨어났던 시기가 맞아. 하지만 나는 그 후에 한 번도……."

"……모르겠군. 어쩌면 오잉크가 잘못 기억했는지도 모르지."

"매달려……? 그걸 내가…… 내쳤다고? 말도 안 돼…… 그런 걸 잊을 리가……."

결국 이건 시리스의 망언이거나 오잉크의 기억 문제겠지.

"미안, 이 문제는…… 솔직히 잘 모르겠어. ……미안해."

괜한 소리를 꺼냈나. 새로운 걱정과 의문을 낳아 버리고 말았다.

이 이야기는 일단 여기서 끊고 나는 다른 궁금증을 해결하기로 했다.

"몰라, 그냥 넘어가자. 그보다 너 왜 지팡이가 아니라 단검을 써?"

내 기억이 맞다면 최고 전성기에 현금 거래를 했을 때 1년은 족히 놀고먹을 가격의 최고 레어 등급 최강 지팡이가 있었을 것이다.

드롭됐다고 보고한 것만으로 질투로 게시판에 개인정보가 유출됐다.

"이 세계에서 이것저것 배우고, 그 지식으로 개조하다가…… 깨먹었어."

"뭐어어어?! 너…… 너, 그걸, 그걸 깨먹었어?"

"아니…… 강화하려고 몇 번 개조했더니 더는 못 버티더라고. 그래도 봐, 내 새 무기. 이것도 만만찮게 강하다니까?"

"척 보기에는 그냥 목도잖아. 가까이서 봐도 RPG 초반에 나오는 『동검』 아니냐?"

"그렇게 부르지 마. 이 검에는 『지니아 리네아리스』라는 멋진 이름이 있다고."

"이름이 익숙한데…… 아는 사람 중에 지니아랑 리네아라는 남매가 있어."

"오, 그럼 그 부모님은 꽃을 좋아하겠군. 분명 좋은 부모일 거야."

"미안한데 그건 동의 못 하겠어."

그 부모가 아캄이다. 그러고 보니…… 어머니는 『로즈』였나?

……아마 이름을 붙인 사람은 어머니 쪽이겠지.

"응? 그럼 그 검도 꽃 이름이야?"

"그렇지. 내 이름도 꽃에서 붙였을 정도니까."

그 이야기가 끝나고 조금 전의 답답한 공기가 불식된 그때, 캡슐의 빛이 잦아들었다.

"이야기하면서 시간이 꽤 지났군. 촌장님 상태는 어때?"

어느새 오두막 밖에서 드는 빛이 주황색으로 물들고 있었다.

벌써 시간이 이렇게 됐냐는 놀라움 반, 촌장님이 눈을 뜨지 않을까 하는 기대 반. 조금 재촉해서 다리아를 일으키고 나도 장치 옆으로 갔다.

"좋아, 문제없이 깨울 수 있겠어."

"그럼 부탁할게."

심장 고동이 커졌다. 정말로 눈을 뜰까, 그런 불안 때문에…….

지금은 일시적인 각성이라도 위대한 한 걸음임은 틀림없었다.

제발 눈을 떠다오. 그렇게 빌면서 그녀의 얼굴을 빤히 바라봤다.

그러자 맞붙은 속눈썹 사이로 희미한 붉은빛이 보이기 시작했다.

붉디붉은, 진홍색으로 빛나는 아름다운 눈동자가 서서히 초승달에서 보름달로 변해 갔다.

"촌장님…… 들리나요, 촌장님."

"…………아."

작은 잠꼬대 같은 소리가 닫혔던 입 사이로 새어 나왔다.

새하얀 피부는 분명 달라지지 않았을 텐데 거기에 생기가 돌아왔다는 착각이 들었다.

"……이럴…… 예정이 아니었잖아요……."

"촌장님……?"

"……진수성찬, 어디 갔어요…… 카이본 씨……."

힘이 없어도 사람을 놀리는 장난스러운 말투에 여러 감정이 치밀어 올랐다.

촌장님이다. 모두가 기다리던 그 사람이다. 틀림없이 추억을 간직한 그녀다.

"촌장님. 사실 아직 치료가 덜 끝났습니다. 협력자가 촌장님 몸에 관해 묻고 싶은 게 있다고 잠깐 깨운 거예요."

"그랬군요. 겉으로는 나이를 드신 것 같지 않은데…… 시간이 얼마나 지났죠?"

"하하…… 아직 두 달도 안 지났어요."

"어머나…… 그렇게 저를 만나고 싶으셨나요, 카이본 씨?"

누운 채로 말을 조금 더듬지만 촌장님은 평소 그녀답게 대답했다.

아주 조금, 아주 조금 남았다. 이제 곧 그녀를 고칠 수 있다는 강한 확신이 들었다.

"그래서 당신이 그 협력자인가요……?"

"……처음 뵙겠습니다. 당신이 잠든 원인을 제공한 사람이

자 협력자이기도 합니다."

"아아, 당신이 성녀님인가요?"

몹시 침통한 표정인 다리아가 앞으로 걸어 나왔다. 다리아 나름대로 책임을 지기 위해. 치료로 죄가 사라지지는 않으니까 지금 이곳에서 그 말을 했겠지.

촌장님도 그 한마디로 이 소녀가 성녀라고 이해하고 관찰하는 눈으로 쳐다봤다.

"……참, 작네요."

"……네. 저는 신체 성장이 멈췄어요."

"그랬군요. 그래서…… 뭘 묻고 싶으신 거죠?"

"거두절미하고 말씀드리겠습니다. 몸 안에 있는 용도 모를 기관에 관한 설명과 그것을 적출할 허가를 얻고 싶습니다. 당신을 완전히 치료하려면 필요한 일이에요."

"용도 모를 기관…… 어디쯤에 있는 건가요?"

다리아는 조심스럽게 그녀의 오른쪽 가슴 아래에 손을 두었다.

"……아. 용도를 모를 만하네요. 사실 사용할 예정이 없는 기관이에요."

"이건 대체 뭐죠? 만약 몸에 지장이 생긴다면…… 다른 수단을―"

"제 원래 용도에 따른 부속품이지만, 마을에서는 쓸 일이 없어요. 적출하세요."

그녀의 원래 용도. 『메디컬 인터페이스』라는 이름으로 추측하면 의료 도구일까? 그렇다면 언젠가 이용할 기회는 있지 않을까?

내 생각을 촌장님에게 들려줬다. 하지만 돌아온 답은 내 예상을 벗어나 있었다.

"저는 원래 동족의 유지, 보수를 목적으로 태어났어요. 그건 이미 존재하지 않는 자를 위한 물건이에요. 저 말고는, 아무도 없죠……."

"……그랬나요."

동족…… 역시 촌장님 같은 존재가 구세계에는 많이 있었던 것일까.

『이미 존재하지 않는 자를 위한 것』. 그렇게 말한 촌장님의 얼굴에 한순간 그림자가 드리운 것처럼 보였다.

"성녀 다리아. 당신과 하고 싶은 이야기는 많지만, 지금은 모두 당신에게 맡길게요."

"알겠습니다. 바로 다시 치료할게요. 불완전한 상태로 깨워서 죄송했어요."

"아니에요, 신경 쓰지 마세요. 그럼 다음에는 정말로 진수성찬을 기대할게요……."

다시 눈동자의 빛이 약해지고 눈꺼풀이 감겼다.

맡겨주십시오, 촌장님. 제가 맛있다고 생각한 요리를 전부, 상다리가 부러지게 만들어서 다 같이 기다릴 테니까—.

"멋진 사람이지?"

"그러게. 그럼 지금부터 촌장님 치료에 들어갈 테니까 너는 그만 돌아가. 여성의 속살을 사내놈한테 보여줄 수는 없지."

"너는 아닌 것처럼 말한다?"

"500년 가까이 여자로 살았어. 그런 감각은 사라진 지 옛날이야."

그런 농담을 하며 쫓겨나와 나도 서둘러 저택으로 돌아갔다.

조금만 더 있으면 촌장님이 돌아온다. 그럼 우리는 완치 축하 준비를 해야지.

"……다들, 기뻐하겠지."

모두가 기뻐할 희소식을 전할 수 있다. 그렇게 생각하자 저절로 발걸음이 가벼워지고 가슴속에 남았던 불안도 싹 사라져 나는 거의 깡충깡충 뛰다시피 달려갔다.

§ § §

촌장님이 곧 치료된다는 소식은 예상대로 사람들의 표정을 바꿔 놓았다.

특히 아마미는 울면서 『지금 당장 다리아 님께 감사하러 가겠다』라며 소란을 피웠지만, 간신히 달래고 촌장님이 돌아올 때를 위해 준비하자고 설득했다.

그로부터 사흘이 지났다. 누구는 음식을, 누구는 보고서를, 누구는 레시피를 준비하며 모두 촌장님의 귀환을 앞두고 바쁜 시간을 보냈다. 그리고 마침내 오늘—.

"야, 카이본! 치료 끝났어!"

기쁜 소식을 안고 약 일주일 만에 다리아가 저택으로 돌아왔다.

"몸 치료도 무사히 완료했어. 지금은 그 캡슐에서 에너지를 보충하는 중이야."

"그럼 충전이 끝나면 촌장님은…… 또 자유롭게 돌아다닐 수 있어?"

"그래. 보장할게. 머신도 수리했으니까 오히려 예전보다 쾌적할 거야."

아침 일찍 날아든 그 이야기는 며칠 동안 저택에 묵으며 일하던 아마미와 쿠우의 귀에도 당연히 들어갔다. 그리고 촌장님이 바로 오늘 밤에 돌아온다는 소식도…….

그 갑작스러운 소식에 저택 안은 벌집을 쑤신 것처럼 분주해졌다.

물론 거기에는 내 요리의 손길도 포함됐다.

"바빠지겠어. 역시 고기가 좋겠지? ……좋아!"

환대용 잔칫상 만들기는 오랜만이었다. 오랜만에 솜씨 좀 발휘해 볼까.

그리고 마을 하늘이 부자연스럽게 어두워질 무렵, 마침내 저택은 본래 주인을 맞아들였다.

다리아가 수제 휠체어에 앉힌 촌장님을 조용히 식당 상석으로 데리고 갔다.

눈을 감은 그녀는 앤티크 인형처럼 다가가기 힘들면서도 아름다웠다.

그것을 지켜보는 사람은 앞치마 차림의 레이스와 아마미, 축하용 장식이 머리에 엉킨 쿠우와 류에, 그리고 마지막 요리를 탁상으로 막 옮긴 나.

다들 부랴부랴 모였다는 것이 눈에 보여서 그만 웃음이 나올 뻔했다.

"그럼 남은 작업을 모두 끝내자. 그래야 촌장님을 빨리 축하하지."

"아, 알았어! 다들 빨리 마무리하자."

이보다 심할 수 없을 만큼 덤벙대며 말하는 아마미를 따라서 모두 자기가 맡은 일을 끝내러 흩어졌다. 그리고 나도 오늘은 촌장님 전속 접객원이 되려고 자리를 이동시켰다.

"다리아도 촌장님 옆에 앉아. 무슨 일이 있으면 가까이 있는 게 낫잖아?"

"그래. 하지만…… 엄청 공들였는데? 양도 엄청나고. 뭘 만든 거야?"

"촌장님도, 그리고 너도 분명히 좋아할 요리지. 오늘은 고기 파티야."

그 후로 얼마 지나지 않아 준비를 마친 사람들이 자리에 앉아 그때를 기다렸다.

“카이 군, 이 로스트비프는 내가 자를게.”

“그럼 저는 이 냄비에 있는 요리를 그릇에 담을게요. 벌써부터 맛이 기대되네요.”

“후후, 분명히 다리아뿐 아니라 다들 좋아할 거야. 내가 살던 나라에서 이걸 싫어하는 인간은 본 적도 없으니까.”

완성된 요리를 차례대로 접시에 담아서 사람 수만큼 돌렸다.

약 스무 명이 함께 앉을 수 있는 긴 테이블이 점점 요리로 채워져 나갔다.

식탁보가 접시에 가려져 가는 모습을 다리아가 흥분한 눈으로 바라봤다.

뭐든 맛있을 거다. 오늘은 지금까지 중 최고로 집중해서 만들었다.

빼놓을 수 없는 로스트비프와 쇠고기 마리네. 구색 맞추기용 그린 샐러드.

그리고 장르를 무시하는 일본식 쇠고기 장조림에 비프커틀릿.

마을에서 유행하는 감자 면을 매콤한 소고기 육수에 넣은 냉면.

그리고 마지막으로— 렌 군을 위해 전에 개발한 카레 가루를 쓴 비프카레.

"야, 카이본…… 설마 이 냄새는! 카레, 카레지?!"

"정답. 특제 비프카레야. 고기는 바삭하게 구운 스테이크를 통으로 넣었어."

"우오오…… 살아 있길 잘했어……. 오래 살고 볼 일이야……."

"감동 그만하고 자리에 앉아. 이쪽 음식은 다 나눴어."

레이스와 류에가 자리에 앉았다.

그리고 아마미와 쿠우도 촌장님 양옆을 차지한 나와 다리아의 옆에 앉았다.

"그럼 지금부터 촌장님을 깨울게."

일동이 침을 삼키는 것조차 잊은 것처럼 숨죽이고 이쪽을 바라봤다.

다리아가 촌장님 옆으로 다가가서 손앞에 뜬 술식을 그녀의 목에 댔다.

그 순간, 촌장님의 손가락이 까딱 움직였다.

"……기."

촌장님의 입에서 소리가 흘러나왔다.

"……기동합니다."

촌장님답지 않은 기계적인 말.

그리고 붉게 빛나는 눈을 뜬 촌장님의 입에서 물 흐르듯 나온 말은—.

"시각 정보 수집에 잠시 시간이 소요됩니다. 그동안 마스터의 개인정보를—."

……머리부터 땅바닥에 내리꽂힌 듯한 충격을 안겨줬다.

"촌장님?! 설마! 전에는 분명히—."

"입력해주세요…… 속았죠?"

"응?! 시, 심장 내려앉는 줄 알았잖아요, 촌장님!"

얼굴을 든 촌장님이 살짝 히죽거리며 우리를 봤다.

장난이 성공했다고 놀리는 것 같지만…… 깊은 감사의 마음이 느껴지는 눈동자로 똑바로 우리를 바라봤다.

"안녕하세요, 여러분. 아무래도 생각보다 짧은 잠이었나 보네요."

말투는 평소처럼 침착했다. 그 말과 동시에 의자가 넘어졌다.

바로 옆에 있던 두 사람이 그녀에게 달려갔다.

연녹색 머리와 눈부신 금발이 그녀를 밀어붙이다시피 밀착했다.

다리아, 조금만 떨어지자. 두 사람에게 자리를 내주자.

나지막하게 촌장님을 부르는 소리가 들렸다.

촌장님은 난감한 표정을 지으며 커다란 두 딸을 안아줬다.

나는 이런 상황이 싫다. 한심한 표정을 남에게 보일 것만 같아서.

"카이본, 뭘 울고 그러냐? 눈물샘 약하긴."

"조용히 해, 인마. 감수성이 너무 풍부해서 그래."

떨어진 자리에서 나처럼 손수건으로 눈가를 훔치는 레이

스 옆에 앉았다.

그리고 류에는—.

“잘대써어어어.”

“……자, 류에스케. 손수건 줄게.”

“거마워, 다리아아…….”

아, 코 풀었다.

모두 요리를 맛있게 먹었지만 그중에서도 카레에는 누구랄 것 없이 탄사를 흘렸다.

하나하나 정성을 담고 사람들의 도움을 받으며 완성한 요리였다.

촌장님은 그 작은 몸에 어울리지 않는 양을 먹으면서 번번이 감탄했다.

『다음에 만드는 법을 알려줄 수 있나요?』라고 묻는 열성적인 모습에 나도 지금까지 적어 둔 레시피 노트를 베껴서 주겠다고 약속했다.

“잘 먹었어요, 카이본 씨. 약속, 정말로 지키셨네요?”

“당연하죠. 시간이 허락하면 앞으로 몇 번이든 만들고 싶을 정도예요.”

“후후, 그러면 고맙죠. 레시피가 늘어나는 건 저도 기쁘니까요. 그래도 지금은 그럴 시간이 없지 않나요?”

그래, 맞다. 촌장님이 눈을 떠서 나도 기쁘지만 그렇다고 여기서 계속 태평하게 지낼 수도 없었다.

“오늘 밤은 아마미와 쿠우가 안 놔줄 테니까 포기하고…… 내일 밤에라도 성녀님과 같이 제 방으로 와주세요.”

그렇게 말한 촌장님은 그 말대로 떨어질 줄 모르는 두 딸을 데리고 식당을 나갔다.

오늘은 분명히 같이 자겠지. 웃을 생각은 없다. 그 마음은 정말 잘 안다.

그리고 식당 뒷정리를 끝낸 뒤 다리아는 작업 오두막을 처리하러 레이스와 함께 돌아갔고, 류에는 다리아에게 보여줄 리포트를 마무리 지으러 갔다.

식당에 혼자 남아 조용히 의자에 앉아 깊이 숨을 내쉬었다.

또 하나의 불안이, 걱정이 사라진 덕분일까. 평소보다 숨이 깊이 쉬어졌다.

큰 만족감에 잠긴 채 지금 막 찾아온 수마에게 항복했다. 아주 짧은 유예를 얻어 침실로 이동한 나는 거기서 백기를 들었다.

§ § §

다음 날. 오랜만에 푹 잤다는 느낌이 드는 상쾌한 기분으로 아침을 맞이했다. 침실 옆, 류에가 리포트를 정리하느라 빌린 방에서 말다툼 소리가 들렸다.

『그게 무슨 말이에요! 제가…… 우리가 지금까지 뭘 하려고 그 많은 희생을…….』

예사롭지 않은 여성의 목소리였다. 그리고 그 익숙한 목소리는—.

방으로 달려가 보니 웬일로 감정을 드러낸 다리아가 있었다.

"진정해, 너답지 않게 왜 이래…… 다리아."

리포트를 손에 들고 그것을 썼을 류에에게 고함치는 모습은 도무지 평소의 다리아 같지 않았고 그 말투마저도—.

"편드는 건 아니지만, 그렇게까지 화낼 일이야?"

"저한테— 나한테도 인내심의 한계가 있어. 이런, 이런 내용은……."

"……류에, 다리아가 왜 이러는지…… 아나 보군."

조금 전부터 말을 하지 않고 조용히 상황을 지켜보던 류에에게 말을 걸었다.

체념한 듯한, 무슨 짓을 당해도 어쩔 수 없다고 각오한 듯한 표정으로 류에가 천천히 시선을 들어 다리아를 봤다.

"……다리아. 인정하기 싫더라도 아마 이건 사실이야. 잔혹하고 슬픈 이야기일지도 모르지만, 그런 짓을 아무렇지 않게 저지를 정도로 그 아이는 미쳤어."

"말도 안 돼…… 내가…… 우리가 쌓은 역사가, 노력이, 전부……."

쥐어 짜낸 목소리는 신음 같았다. 거기에 류에가 쐐기를 박았다.

"소용없었던 거야. 이 술식은 대륙을 위한 것도, 사람들을 지키기 위한 것도 아니야."

"……내가, 우리가 이 술식을 펼치기 위해 얼마나 많이 싸웠는데……."

"……칠성 봉인은 역시 희생 없이는 성립되지 않아……."

대체 류에는 무엇을 알았고 어떤 결론을 도출했을까.

다리아는 왜 이토록 화가 났을까.

그 의문이 천천히 류에의 입으로 밝혀졌다.

"봉인할 때 흘러나오는 방대한 오염 마력을 재생술로 변환해 다른 봉인에 활용한다. 이게 두 마리를 동시 봉인하는 술식의 핵심이야. 이러면 적은 마력으로 칠성을 봉인할 수 있어."

"맞아. 엘프는 이 대륙 밖에서 온 외지인이야. 그런 우리가 땅을 얻으려고 원주민에게 선전포고를 했어. 하지만 이 술식을 만든 덕분에 우리는 큰 발언권과 지위를 얻었지. 많은 희생을 치러서 도달한 위치야."

대단히 평화로운 침략자의 역사였다. 딱히 그것을 악하다고 평할 수는 없었다.

그 봉인의 공적으로 쟁취한 지위라면 당연한 권리일 테니까.

"그래도 다리아. 이건 그렇게 선한, 사람들을 지키는 술식이 절대로 아니야."

"나는 더는 누구도 희생하지 않으려고 필사적으로 이 술식을 짰어!"

"희생은…… 반드시 필요해. 싸움이 끝나도 희생된 사람의 관계자는 계속 괴로워해. 영원히 희생을 내지 않는 봉인 따위, 이 세계 어디에도 존재하지 않아……."

"그건 나도 알아. 그래도 나는 이 술식을 짜고…… 죽을힘을 다해 다 같이 완성했어."

"……알아. 다리아의 술식은 내 술식에 뿌리를 두니까. 얼마나 고민하고 힘들게 짰을지 눈에 선해……. 그래도 다리아……."

류에는 술식에 들어간 의미를 정확히 해석해 들려줬다.

술식이란 본래 의미가 있는 말을 특정 언어로 치환하고 작동 방식을 기호로 나타내어 하나의 형태로 작성한 것이다.

요약하면 명령이나 지시를 간략화해서 조합하는 프로그래밍에 가깝다.

그리고 다리아와 펜넬이 짰을 술식의 진짜 의미를 류에가 하나하나 읽었다.

"『분담한다』, 『마음을 강하게 먹는다』, 『대상을 계속 죽인다』. 이게 이 술식의 본질이야. 칠성을 계속 죽여서 약화하고, 강력한 봉인의 대가는 사람들이 나눠 가져. 그리고 전쟁의 상처를, 사람들의 마음을 달래는 기능까지 들어갔어. 대단해, 재생술 없이도 훌륭한 술식이야. 이런 자애로운 술식은 나도 못 짜."

다리아가 발동한 술식은 대단한 효과를 가진 것처럼 들렸다.

칠성의 마력을 이용해 이런 효과를 낸다면 성녀라는 이름이 아깝지 않은 업적이다.

"……그래도 그 의미가 모두 역전됐어. 술식 전체에 흩어진 명령의 효과로."

그리고 류에는 작은 그림을 펼쳐 보이고 설명했다.

『분담한다』가 아니라 『독점한다』.

『마음을 강하게 먹는다』가 아니라 『두려워한다』.

『대상을 계속 죽인다』가 아니라 『계속 살린다』.

그 반전으로 어떤 효과가 태어났는지는 내 눈으로는 알 수 없었다. 하지만 적어도 다리아는 확실히 이해하는지 표정이 빳빳하게 굳었다.

하지만 그 그림 속에 내 눈으로 봐도 의미를 알 수 있는 것이 있었다.

칠성의 힘을 깎는 술식이— 특정 인물을 계속 살리는 술식으로 바뀌어 있었다.

"어딘가에 있어. 계속 살아가며 봉인의 희생양이 된 누군가가."

류에는 확신을 가지고 단언했다. 한때 자신과 같은 처지에 있는 사람이 있다고.

"억지로 의미를 반전하려면 아마 많은 희생이 나왔을 거야. 뛰어난 소질을 지닌 마술사가 여러 명 필요했을 테니까……."

류에의 말을 들을수록 최악의 추론이 완성되어 갔다. 아마 다리아도 같은 생각이겠지.

뛰어난 소질을 지닌 마술사? 그런 특별한 소질을 가진 사람이 여러 명 필요하다?

"……축복은 얼어 죽을. 희생양으로 태어난 거잖아. ……그런 거지?"

"다리아의 이름을 받은 아이가 어떻게 됐는가. 그 제도를 채용한 사람은 누구인가. 무엇보다 다리아가 잠들도록 주도한 사람은 누구인가. 알려줄래?"

아이들이 어떻게 됐는지는 나도 안다. 아크라이트 경은 『많이 죽었다』라고 말했다.

습격이 벌어졌다고 들었지만 그것이 만약…… 의도된 사건이라면?

사실은 습격이 아니라 지극히 자연스러운, 예정된 『수확 시기』였을 뿐이라면?

그 악마 같은 사이클이 30년을 넘어 더욱 옛날부터 이어져 왔다면?

"류에가 하고 싶은 말은 알아들었어. 그리고…… 아쉽지만 그 상상이 맞아. 아이는 대부분 모종의 이유로 소식이 끊겼어. 내 수면과 나라의 제도도…… 펜넬이 주도했지."

"……아이를 교육하는 시설은 어디에 있어? 조사할 가치가 있을 거야."

“공화국의 외딴섬에 있지만, 지금은 이미 폐쇄됐어. ……직접 가 봐야겠군.”

평정을 되찾은 다리아의 표정에는 체념이 번져 있었다.

“다리아, 진정됐어?”

“미안, 잠깐 제정신이 아니었나 봐.”

다리아는 조용히 일어나서 손에 든 노트를 류에에게 건넸다.

그리고 작게 한숨을 쉬며 나에게 한 발 다가왔다.

“나도 너희랑 동행해서 공화국에 갈게. 많은 술식의 기점이 거기에 있어.”

“……그걸 조사하러 우리랑 동행하고 싶다고?”

“그래. 물론 너희 요청도 들을게. 원한다면 뭐든 할 거야.”

전에 다리아가 말한 『대의명분을 만들어준다』라는 말이 현실성을 띠기 시작했다.

네가 나라에 반기를…… 아니, 나라조차 이용하던 인간에게 철퇴를 내리겠다면 얼마든지 힘을 빌려주겠다. 원래 네 정의에 편승해 놈을 없앨 생각이었으니까.

“카이본도 칠성에 관해 제법 알지? 가는 길에 들려줘.”

역시 다리아와 잠시 함께 여행하게 되는군.

그런데 류에, 너무 좋아하는 거 아니야? 진지한 분위기 다 어디 갔어?

의기양양하게 방을 정리하는 류에와 다리아를 남기고 나는 방을 나왔다.

"……이젠 반사적으로 튀어나오는 말이, 성녀 말투인가."

홀로 사소한 이질감을 곱씹었다. 그건 단순한 버릇일까, 아니면…….

§ § §

밤. 저녁 식사를 정리한 뒤, 이제 그만 떨어지라며 아마미와 쿠우를 집으로 돌려보내고 어젯밤 촌장님과 한 약속을 떠올렸다.

나와 다리아를 불렀다면 아마 몸이나 그 장치에 관한 이야기겠지.

바로 다리아와 촌장님 침실로 가서 그녀의 방어 시스템(손에서 빔)으로 불탄 문을 열자 촌장님이 창가에 있는 의자에 앉아서 조용히 밖을 내다보고 있었다.

"후후, 숙녀의 방에 들어오면서 노크도 안 하시고, 그렇게 저를 만나고 싶으셨어요?"

"아…… 죄송합니다. 문에 정신이 팔려서 그만."

"방 내부도 포함해서 나중에 제가 고쳐 놓을게요."

아직 죄책감이 사라지지 않는지 서툰 존댓말을 쓰는 다리아와 함께 자리에 앉았다.

"그럼…… 다시 한 번 두 사람에게 감사할게요. 고맙습니다. 그 덕분에 저는 앞으로도 이 마을과 아이들을 지켜볼 수 있게 됐어요."

촌장님은 머리를 깊이 숙였다. 하지만 다리아는 그 감사에 거부감을 보였다.

"……저는 감사를 받아야 할 사람이 아니에요……."

"아니에요. 당신 사정도 들었고 마지막에는 마을을 위해 힘써주셨죠. 주택 수리도 포함해 정말 깊이 감사드리고 있답니다."

"그건……."

"다리아, 그냥 알았다고 해. 나도 고맙게 생각하니까."

"……알았어."

"후후, 역시 카이본 씨는 저랑 만나고 싶으셨나 봐요. 그렇다면 다른 방식으로도 많이, 정말 많이 감사드릴 수 있는데요."

어이쿠, 굉장히 마음이 끌리지만 너무 위험한 유혹 같다.

굉장히, 굉장히 매력적이라서 침 넘어가는 이야기긴 해도…….

그런 그때, 다리아가 옆에서 몰래 속삭였다.

구조적으로는 인간과 같으니까 문제없이 『가능』하다고…….

얘가 뭐라는 거야? 치료하느라 보긴 했겠지만 그게 가당키나 한 소리냐!

그만! 내 이성의 브레이크가 망가질 것 같으니까 그만해!

"죄송합니다, 굉장히 매력적이지만…… 두 사람을 배신할 수는 없어서……."

"어머, 아쉬워라. 그럼 다리아 씨는 어때요? 제가 볼 때는 그쪽도 가능—."

"죄송하지만 그러지 마세요. 저도 균형을 잡으면서 살아가는 터라……."

그런 대화를 이어가면서도 본래 목적, 촌장님의 이야기를 들으려고 화제를 끊었다.

그리고 예상대로 촌장님은 그 장치에 관해 말을 꺼냈다.

"저는 이제 그 장치를 자주 쓰지 않아도 되지만, 오랜 시간이 지나면 또 필요해지겠죠. 그러니까 정기 점검을 부탁드리고 싶어요."

"그건 물론 해드려야죠. 지금은 바빠도, 정기적으로 방문할 생각이에요."

"고마워요. 한심하게 들리겠지만, 한 번 『죽음』을 느낀 탓에 조금 겁쟁이가 된 것 같아요. 제가 죽음 운운하는 것도 이상하지만요."

촌장님이 지나치게 완성된 얼굴을 살짝 슬프게 일그러뜨렸다.

"또 눈을 뜨지 못하면 어쩌지. 그 아이들 곁에 있을 수 없으면 어쩌지. 그런 불안이 들어요."

전에 촌장님을 보다가 그런 생각을 했다.

『사람을 정의하는 것은 무엇인가』.

그 답은 지금도 모르겠다. 하지만 지금 한 생각이 머리에 떠올랐다.

『타인을 위해 자신의 죽음을 두려워하는 것』.

그것이 사람다운 사람의 생각, 사상이 아닐까.

생존본능도, 종족 보존의 본능도 아니다. 오롯이 이타심에서 비롯된 공포.

지금 공포를 입에 담은 것이 그녀가 사람이라는 확실한 증거라고 나는 느꼈다.

"아, 맞아. 촌장님, 사실 당신 몸에서 꺼낸 기관 말인데요……."

그러더니 다리아가 허공에서 어떤 육각형 물체를 꺼냈다.

기계 같은 무기물도 아니고, 그렇다고 유기물도 아니었다.

인공적인 형태인데 어딘지 모르게 포근함이 느껴지는 붉고 투명한 물체였다.

한순간 피가 색채를 잃지 않고 결정이 된 것이 아닌가, 하는 생각이 들었다.

"와…… 그런 모양이었군요. 직접 보는 건 처음이에요."

"혹시 앞으로 쓸 일이 있을지도 모르니까 돌려 드리려고요."

"아마도 없을 텐데…… 아 참, 카이본 씨는 앞으로도 계속 여행하실 거죠?"

촌장님이 진홍색 결정을 받아 들고 나에게 다가왔다.

"당신의 여로에서 저와 비슷한 존재를 만난다면 주세요. 그럴 일은 없겠지만, 유비무환이라고 하잖아요. 가지고 계세요.”

내 손으로 받은 그것은 무기물일 텐데 왠지 따뜻하게 느껴졌다.

“알겠습니다. 제가 책임지고 맡아 두죠.”

“후후, 제 몸의 일부를 가지고 다니다니, 조금 사이코패스 같네요.”

“으…… 그럼 그냥 돌려드릴게요.”

“반품은 안 돼요~. 항상 가지고 다니세요.”

역시 놀림감이 되고 만다. 정말로 이 사람에게는 못 이기겠다.

그로부터 우리는 촌장님에게 향후 계획을 이야기했다.

공화국으로 가는 것. 잠시 여기로 돌아오지 못하는 것.

그리고 가까운 미래에 이 나라는 크게 변한다는 것.

어떤 말을 해도 그녀는 놀라지 않고 조용히 듣기만 했다.

그게 우리의 행동을 모두 긍정해주는 것만 같아서 괜히 기뻤다.

“그렇다면 공화국 쪽 출구까지 아마미에게 안내를…… 아니지, 내일에라도 지도와 빠져나갈 때 필요한 도구를 드릴게요. 여러분끼리 가주실래요?”

“촌장님? 그건 딱히 상관없지만 왜…….”

“……망설임이 생길지 모르니까요.”

“망설임……이요?”

“네. 아마미와 많은 이야기를 나눴어요. 짧은 기간에 그 아이는 많이 변했더라고요.”

아마미는 아크라이트 경의 정식 기사가 되어 입장이 크게 변했다.

어두운 세계에서 빠져나온 것이다. 하지만 망설임은 뭘까?

“여러분과 함께 가고 싶다, 그런 마음이 생길지 몰라요. 지금 겨우 새로운 길을 발견한 그 아이에게 그런 망설임을…… 안겨주고 싶지는 않아요.”

“……그러고 보니 저한테도 여기 남는 게 어떠냐고 말했죠.”

“밖에서 생긴 첫 친구니까요. 어쩔 수 없는 일이에요.”

그 환경 때문에 지금까지 자유롭게 사람도 사귀지 못했던 걸까.

“……지금보다 조금 더 이 나라가 나아지리라 저는 믿습니다. 아마미가, 아니, 이 마을 사람이 자유와 평화를 누릴 수 있는 나라가 되리라고…….”

“말 잘했어, 카이본. 촌장님, 저도 저 선언에 힘을 보탤게요. 제가 말하기도 그렇지만, 이 나라는 미쳐 가고 있어요. 그걸 제가 바로잡겠습니다.”

네가 그만큼 진심이라면 나도 마음이 든든하다.

“두 분이 말하면 그것도 허황된 소리가 아니네요. 그럼 이번에도 조금만 기대해 볼까요? 후후, 분명히 이번에도 그 기대에 부응해 줄 거라고 믿고 있을게요.”

그 이야기를 끝으로 우리는 촌장님의 방에서 나왔다. 새로운 결의를 가슴에 품으며…….

§ § §

결국 우리가 마을을 떠나게 된 것은 그날 밤으로부터 일주일 뒤였다.

다리아가 만약을 위해 촌장님의 경과를 지켜보고 싶다고 해서였다.

그래서 나도 조금이나마 마을의 미래에 도움이 되는 물건을 남기려고 노력했다.

여전히 작은 류에 같은 주민들에게 둘러싸여 간단한 요리를 알려주거나 유용한 생활의 지혜를 알려주는 식으로…….

물론 촌장님과 함께 식사를 준비하며 내 요리 지식을 전수하기도 했다. 역시 배우는 속도가 범상치 않아 내가 오랜 세월 배우고 갈고닦은 기술들을 순식간에 습득해 버렸다. 두렵다, 이게 고대 기술의 결정체인가?

아무튼 여기서 보낸 생활은 최근 거칠어져 가던 내 마음을 어루만져줬다.

좋은 친구가 된 아마미와의 교류, 향상심으로 똘똘 뭉친 쿠우와의 대화.

촌장님도 여전해서 함께 있으면 즐거워 심신이 안정되는

나날이었다.

그리고 오늘, 마지막 밤. 나는 심야에 저택을 빠져나와 뒷마당으로 가고 있었다.

"……이제 떠날 때가 됐나."

칠흑 같은 어둠 속, 별도 달도 보이지 않는 하늘 아래, 아무도 없는 뒷마당에서 벤치에 앉았다.

빛이 없을 텐데 자기 몸과 주변만은 흐릿하게 보였다.

이것도 어떤 마술이겠지.

벤치 등받이에 몸을 기대고 힘을 쭉 뺐다. 이러니까 왠지 할아버지 같군.

문득 나뭇잎이 스치는 소리가 났다. 고양이나 새라도 있나 하고 주변을 살펴봤다.

하지만 의외로 그것은 동물이 아니라…….

"아…… 왜 하필 밖에 나와 있는 거야, 카이본."

"깜짝이야. 이런 밤중에 뭐 해?"

이런 시간에 올 리 없는 인물, 아마미였다.

"잠깐 사색이나 하러. 그럴 시간은 아니지만."

"아, 그래?"

"음? 반응이 싱겁네?"

"아니, 입장이 반대였다면…… 아마 나도 같은 짓을 했을 테니까."

안다. 만나지 못해도 된다, 아니, 만나지 않아도 된다.

다만, 지금 거기에 있다고 재확인하고 싶었다.

내일이면 헤어질 친구를 가까운 곳에서 느끼고 싶다. 단지 그뿐이다.

"이상하게 감이 좋다고 다리아 님이 말씀하셨는데 정말이었네."

"쓸데없이 깊이 생각하는 버릇이 있을 뿐이야. ……이렇게 대화하게 된 건 행운이지만."

잠깐의 침묵을 먼저 깬 사람은 누구였을까.

우리는 어느새 오늘까지 있었던 일을 서로 이야기하고 있었다.

혼자 마을을 위해 가도를 달리던 아마미.

그러다 길에서 부딪친 낯선 사람.

정체 모를 사람에 대한 공포와 신기한 우연.

경계했는데 어느샌가 처음으로 마을 밖에서 즐기게 된 교류.

처음 온 대륙에서 느끼던 약한 당혹감.

큰 사건이 일어날 예감에 나날이 느끼던 불안.

큰 목적이 생기고 주변을 돌아보지 못하게 된 것.

내 마음이 생각보다 약하다는 자각.

"……아마미, 지금까지 고마워."

"응. 나야말로 고마워."

짧은 이별. 그 말을 다시 그녀에게 전했다.

아, 그래…… 나는 그녀에게 그 말을 들을 수 있을까?

"전에 『너랑 만나서 다행』이라고 말했을 때, 너는 언젠가 직접 말하게 해달라고 했지? 지금이라면…… 그 말을 들을 수 있을까?"

"……미안, 생각도 안 하고 있었어."

"아니, 너……."

"후후, 거짓말이야. 응, 너희랑 만나서 다행이야. 지금이라면 떳떳하게 말할 수 있어."

"……그렇다면 다행이야."

아마미가 일어났다. 마치 지금 대화가 부끄러워서 견디지 못한 것처럼…….

"나는 이제 돌아갈까? 카이본, 하나 부탁해도 돼?"

"응, 괜찮아."

"나는 친구에게 선물을 받아 보고 싶어. 올 때 부탁해도 돼?"

"하하하, 그걸 말이라고. 뭐가 좋아? 뭐든 들고 올게."

"그럼 공화국에는 세련된 물건이 많다고 하니까 뭐든 세련된 걸로!"

"음, 기준이 너무 막연하지 않나?"

"류에나 레이스 씨한테 부탁하는 건 반칙이다? 꼭 자기 손으로 골라."

"……도미 탈…… 아니, 머리에 올리는 이상한 장식품."

"……안 돼. 진지하게 골라."

"알았어, 알았어. 그냥 농담한 거야."

아마미가 어둠 속으로 사라지고 나는 마지막으로 다시 감사했다.

나는 이곳보다 더 깊고 어두운 곳에 서 있었다.

그곳에 광명을 보여준 것은 다름 아닌 너와의 만남 덕분이니까.

마을을 떠나는 날 아침.

아직 주민 대부분이 꿈속에 있을 시각인데도 마을의 하늘은 한낮과 다를 바 없이 청명했다. 틀림없이 언제나 이런 맑은 하늘이겠지.

"지금까지 신세 많이 졌습니다."

"앞으로도 몸 건강을 잘 챙기세요, 촌장님."

"또 봐, 촌장님. 꼭 또 올 테니까."

"촌장님, 무슨 일이 있으면 나라로 연락하세요. 암호는 알려드렸죠?"

배웅은 촌장님뿐이었다. 작별 인사는 이미 어제 이별 파티에서 호화로운 요리를 대접받으며 마쳤다.

물론 아마미와는 한밤중에 한 번 더 만났지만…….

"저야말로 여러분에게 신세를 졌죠. 처음에는 레이스 씨만이라도 여기 남았으면 했지만, 지금은 생각이 바뀌었어요. 네 분 모두 언제든 여기로 돌아오세요. 환영할게요, 영주든 체류든."

"하하하…… 여기에 별장을 짓는 것도 나쁘지 않은 생각이겠네요."

"그거야! 그럼 매년 여기 사람들을 만나러 올 수 있어. 멋진 생각인데?"

"후후, 그러게요."

미래를 이야기했다. 행복하고 한가로이 평화를 누리는 생활을…….

그것은 의외로 현실적으로 고려해도 괜찮을 만큼 멋진 아이디어였다.

진심으로 이곳을 사랑하니까. 나도, 류에도, 레이스도.

촌장님이 있고, 하루하루를 즐기는 주민이 있고, 친구인 아마미가 있다.

쿠우가 놀러 오고, 마을 사람들이 막 수확한 채소를 들고 온다.

그런 꿈만 같은 곳이 이 마을이었다.

"그럼 한 번 더 정리할게요. 이 강을 따라가면 큰 연못이 나와요. 그곳을 시계 방향으로 두 바퀴 돌면 반대쪽에 길이 나타나요. 그곳을 똑바로 따라가세요."

모르면 절대로 빠져나갈 수 없는 길을 머리에 똑똑히 새겼다.

정말로 신비로워 마치 다른 세상으로 빠진 듯한 착각이 들었다.

그리고 그게 왠지 두 번 다시 만나지 못할 듯한 불안이 되었다.

그럴 리 없다는 것을 알면서도 이곳에 다시 발을 들일 수 없을 것만 같은, 그런 표현하기 힘든 불안.

"카이본 씨. 당신은…… 제가 생각하던 것보다 약한 사람 같네요."

"……네. 저는, 약합니다. 저는 한없이 약해져요, 내 사람에게는."

"……다정함이라고는 말하지 못하겠네요. 하지만 그게 싫지는 않아요."

촌장님, 눈앞의 경치, 이 마을을 똑바로 눈에 새겼다.

이곳은 이미 내 마을이다. 이곳은 내게 둘도 없는 고향 같은 장소다.

나는 반드시 이곳으로 돌아올 것이다. 모든 일을 끝낸 뒤에, 반드시…….

"그럼 아쉽지만…… 다녀오세요, 여러분."

촌장님은 정말로 숙녀답게 아름다운 커티시로 인사했다.

『다녀올게요』라는 네 사람의 목소리가 겹쳤다.

그리하여 우리는 이 마을을, 한때 류에의 가르침을 받은 인간이 그녀와 닮은 처지의 인간을 구하기 위해 만든 자애로운 마을을 뒤로했다.

§ § §

"침입자는 어떻게 됐지?"

"슌 님! 이런 곳까지 직접 오실 필요는……."

"우리 윗사람이 일으킨 소란 때문에 적이 침입할 틈이 생긴 거다. 당연히 신경을 써야지."

"예! 그럼 보고하겠습니다! 붙잡은 자는 특수한 가호를 받았는지 우리의 암시는 전혀 통하지 않아 지금도 감옥에 봉인 처리를 하고 가둬 놓았습니다."

수도 없이 많은 나무뿌리가 주변으로 뻗어 나간 어두운 성의 지하는 마치 깊은 숲 속을 연상케 했다.

그곳에 발을 들인 사람은 카이본과 결별하기로 선택한 또 다른 친구였다.

친구와의 결별. 그리고 오랜 세월 함께한 파트너가 떠나 적잖은 영향을 받았는지 그 안색은 지하임을 감안해도 어둡게 보일 정도였다.

"가호라고? 공화국에서 왔다고 봐도 되겠지?"

"그렇게 추정됩니다. 휴먼 여성입니다만, 이 나라에서는 보지 못한 머리색을 가졌습니다."

"알았다. 내가 직접 이야기를 들어 보지. 만약을 위해 너는 물러나서 경계하도록."

침입자의 목적과 출신을 밝히기 위해 그는 감옥으로 걸음을 옮겼다.

엄중한 봉인을 칼 한 번 휘둘러 찢어 버리고 대면했다.

"이건! ……그래. 아무래도 나는 아직……."

하지만 그 감옥 안에 있는 자를 본 순간, 그는 무심코 중얼거리고 말았다.

평소 마음의 평정을 유지하려고 노력하던 그조차 크게 동요했다.

곱씹듯이, 슬픔을 숨기듯이, 얼굴을 숨기려는 양 고개를 숙였다.

그리고 작게 쥐어짠 목소리가 어두운 지하에 녹아들었다.

"나는, 아직 너에게…… 빚을 갚을 기회가 있겠어, 카이본."

그가 만난 자는—.

"앞으로 이자에 대한 신문 및 고문, 그와 유사한 행위를 일절 금지한다. 또한, 나 외의 인간이 그러도록 강요한 경우 즉시 나에게 알리도록!"

급히 지시를 내렸다.

마치 이자를 정중히 대하라, 다치게 하면 용서하지 않겠다는 것처럼.

"……갑자기 웬 어린애가 왔나 싶더니 참 친절한 명령을 내리시네요. 꽤 지위가 높은 사람처럼 보이는데요?"

"……그래. 그럭저럭 높지."

"……구슬릴 수 있겠다, 라는 희망을 깰 만큼 완고해 보이시고."

"그래. 하지만, 너에게 위해를 가하지 않겠다고 약속하지."

"……그건 고맙네요."

마치 마음이 없는 것처럼 그 인물은 말에 억양이 없었다.

그래도 집념처럼 강한 안광을 쏘아대는 모습에 슌은 할 말을 잃고 크게 한숨 쉬었다.

"……이름을, 들을 수 있을까?"

그는 안다. 다소 변하기는 했어도 그자의 이름을 안다.

먼 과거에 버린 기억 속에 그자가 있었다. 그 이름은—.

"그렇군. 오늘 밤, 망가진 성의 결계를 재발동한다. 만약 성에서 도망치려거든 심야까지 기다리기를 추천하지. 뭐, 도망치지 않아도 당분간은 안전을 보장하겠지만."

"그런 수상한 제안을 믿을 줄 아나요? ……일단 기억은 해 두죠."

슌은 확실히 느꼈다. 시대가, 나라가, 무언가가 움직이기 시작하는 것을…….

4장 그것은 조용히 움직이기 시작했다

숲을 빠져나오자 넓은 길이 나왔다.

잘 포장된 길은 평소부터 오가는 사람이 많아 보였다.

지도를 펼친 다리아가 주변을 돌아보고 놀라며 설명했다.

"이야기로는 들었지만…… 여기는 정말로 국경을 넘어선 곳, 공화국이야! 봐, 저기 마을이 보이지? 저게 국경에서 가장 가까운 마을 『신데리아』야."

"가 보고 싶다고 말하던 곳이군. 어차피 이동수단이 필요하니까 가 보자."

"류에 튀김이 팔릴지도 몰라! 기대되는걸."

"류에 튀김은…… 마녀의 주전부리보다 부끄럽지 않나?"

서즈가르드 왕국을 빠져나왔기 때문인지 조금 편안한 마음으로 마을로 걸어가는데 마침 우리가 가는 길로 마차 한 대가 지나갔다. 하지만 놀랄 점은 그게 아니었다. 마차를 모는 남자의 머리에 개를 닮은 귀가 달려 있었다.

"수인…… 판타지 느낌 물씬 나는데."

"뭘 새삼스럽게. 여기 판타지 대표 격인 엘프 소녀가 있잖아."

"……솔직히 많이 보니까 질려."

"이 자식이 내 존재 자체를 부정해?"

"으으, 카이 군, 나한테도 질렸어? 그러면 슬픈걸."

"아, 아니야. 류에는 계속 봐서 이제 질릴 것도 없어."

"……그건 그거대로 다른 뜻으로 들려."

그런 우스갯소리를 주고받는 사이 마을 입구가 보였다.

검문소도 없이 개방된 곳 같았다.

"여기는 공화국의 현관이라서 많은 물건, 상인이 모이는 곳이야. 일일이 검문하면 한도 끝도 없으니까 이렇게 누구에게나 열려 있지."

다리아가 말하기로 공화국은 원래 여러 나라였지만 엘프와의 전쟁에서 협력하기 위해 연방국이 되었고 종전과 동시에 나라를 해체, 공화국으로 재편성되었다.

신데리아는 독립 국가 시절부터 어느 나라에도 속하지 않은 상인의 마을이라서 지금도 이렇게 자유로운 풍토로 남아 있다고 한다.

"공화국으로 바뀌었단 말이지. 그럼 옛날 나라들은 일개 지방에 지나지 않나?"

"그렇지. 여기서 가장 가까운 지방은 『미사사기』라는 곳인데, 거기가 봉인 술식 기점 중 하나야. 신데리아에서 준비하고 거기로 가자."

"거기도 원래 독립 국가였어?"

"그래. 옛날 이 대륙에서 패권을 다투던 나라가 있는데 거기서 속국으로 취급하던 곳이야. 그래서 누구보다 먼저 국가를 해체하고 공화국에 합류한 억척스러운 나라이기도 해."

"아하…… 나라와 땅에 다 역사가 있군."

공화국의 연혁과 엘프의 나라인 서즈가르드와의 관계를 들으며 우선 공화국 최초의 마을, 신데리아에 발을 들였다.

§ § §

그곳은 규모로 말하면 조금 큰 역참 마을에 가까웠다.

하지만 그 마을에서 지내던 탓에 이곳이 대도시처럼 느껴졌다.

그럴 만도 했다. 마을 규모에 비해 왕래하는 사람이 많고, 마을에 들어온 순간 우렁찬 호객과 큰 짐을 끄는 마차 등 활기찬 광경이 펼쳐졌으니까.

국경에 가장 가까운 마을. 하지만 고지식한 풍토를 가진 서즈가르드에서 나온 반동인지, 모두 생기가 넘치고 자유를 만끽하는 것처럼 보였다.

"활기가 대단하네. 여기도 엘프가 있긴 하지만, 표정이 달라 보여."

"서즈가르드 사람은 대체로 기질이 진지해. 긴장을 푼 모습은 식당가에서나 볼 수 있지. 그렇지만 이쪽 나라에 오면 당연히 그런 눈치를 볼 필요가 없어."

"이러다가 그쪽 국민이 다 넘어오는 거 아니냐?"

"아니, 대신 우리나라는 기후가 안정됐고 마소 농도도 짙어. 그래서 마도구 출력도 안정적이지. 굳이 말하면 문명 수준이 한 세대는 앞서 있는 거야."

"그러니까 편리성이냐, 자유냐, 이거군?"

의외로 균형이 잡혀 있다고 생각하며 햇빛을 반사하는 흰 돌바닥 길을 걸었다. 이렇게 보면 꼭 열대 지방의 나라 같군. 마음이 들뜬다.

기온이 조금 높지만 그래도 류에와 레이스는 즐겁게 두리번거리며 주위를 구경했다.

축제도 아닌데 마을에는 노점이 많았고 두 사람은 그중『되네르 케밥』과 비슷한 음식을 파는 노점에 눈길을 빼앗겼다.

"대단해, 문화가 전혀 달라. 저건 케밥인가?"

"나한테 고마워해. 공화국에 있는 지구와 비슷한 식문화 태반은 내가 전파한 거야. 참고로 이쪽은 기후 관계상 허브나 과일 재배도 성행했는데 그것도 내가 계획했지."

"정말로? 잘했어, 인마. 이거 하나는 정말로 칭찬해준다. 나중에 시장이라도 찾자."

나라의 발전에 깊이 관여한 다리아의 이야기를 들으며 우선 큰 거리로 나갔다.

노점 품목과 주민의 복장을 보다 보니 지구의 동남아시아가 떠올랐다.

푸른 하늘과 뜨거운 햇빛. 열대 지방을 방불케 하는 가로수에 얇은 옷을 입은 주민들.

이 지역에서 나는 과일일까? 붉고 광택이 나는 과일을 파는 가게도 있었다.

지금까지 방문한 마을과는 다른 이국적인 분위기에 마음이 살짝 들떴다.

"여기서도 저 다시마 같은 걸 파네."

"다시마? 저건 마물 가죽이야."

경악스러운 사실이 밝혀졌다. 쭉 해초라고 생각했는데…….

"아, 머리가 하얀 아이가 있어."

"공화국에 이주한 아이도 있다고 촌장님이 말했지. 그래도……."

문득 큰길을 즐겁게 걷는 2인조를 발견했다.

머리카락 사이로 보이는 나뭇잎처럼 삐죽한 귀와 햇빛을 반짝반짝 반사하는 백발. 하지만—.

"피부가 검어! 카이 군, 나 처음 봤어! 소문으로만 듣던 다크 엘프지?!"

"음……? 세미피나르 대륙의 미인 대회 심사원 중에도 한 명 있었잖아?"

"으으…… 몰랐어. 와~, 햇볕에 탄 피부와는 다르구나?"

"그러게요. 저도 처음 봤어요. 근데…… 노출이 좀 과하지 않나요?"

큰 키, 좋은 몸매, 얇은 탱크톱, 엉덩이가 보일 것 같은 핫팬츠.

"아주 보기 좋군."

아야, 때리지 마. 반사적으로 솔직한 마음이 튀어나왔을 뿐이라고.

그러자 다리아가 그 다크엘프 여성들에 관해 말해줬다.

"엘프와 수인의 혼혈이 조상이야. 저들 중에는 두 종족의 특징을 모두 이은 사람도 있지만, 대부분은 저렇게 검은 피부와— 보다시피 축복받은 몸매를 얻지."

"정말 크긴 크다. 뭐라고는 말 안 하겠지만."

"……불공평하지 않아? 나도 머리는 흰색인데."

"……카이 씨, 너무 뚫어지게 보시네요?"

와우…… 다크엘프는 발육이 좋구만.

딱히 나는 갈색 피부에 환장하는 아저씨는 아니지만 그래도 이 광경은…….

이것만으로 공화국에 오길 잘했다는 생각이 든다.

그렇게 주민들을 눈으로 좇으면서도 이 마을에서 거점으로 쓸 숙소를 찾았다.

이번에는 노점이 아니라 테라스석을 설치한 가게가 늘어선 거리가 나왔다.

어떤 튀김 냄새와 코를 찌르는 매운 향이 감도는 거리는 아직 아침밥을 먹지 않은 내 뱃속을 들들 볶았다.

“먼저 아침부터 먹을까? 노점에서 산 걸 저기서 먹으면 어때?”

“찬성! 여긴 특이한 냄새도 나고 가게도 많으니까.”

“이 향은 향신료…… 칠리 페퍼일까요?”

“기온 때문에 이쪽은 향신료를 쓴 요리가 많아. 참고로 향신료 재배도 물론 먼 옛날에 내가 계획했지. 자, 한 번 더 고맙다고 해 봐.”

“그래, 고맙다. 이거 좋은데. 오랜만에 엄청 매운 음식을 먹고 싶어졌어.”

바로 테라스석 한쪽에 자리를 잡고 근처 노점을 하나씩 돌아봤다.

아무래도 여러 가게에서 이 테라스석을 공유하는 것 같았다. 지구의 푸드 코트를 닮은 시스템이었다. 그립네, 백화점이 생각난다.

“으응? 이 냄새는…….”

자리에 앉자마자 류에가 눈을 감고 오감을 코에 집중해 주변을 살폈다.

킁킁거리며 얼굴을 움직이는 모습이 이렇게 귀여울 수 없었다. 류에견 귀여워.

그런데 류에는 무엇에 반응한 거지?

“틀림없어. 이건 류에 튀김 냄새야!”

"그 이름으로 결정된 거야……? 확실히 튀김에 갑각류 냄새가 나는데……."

"좋아, 다녀올게! 자리 잡아 둬!"

"저, 저는 그 고기를 돌리는 노점이 또 보였으니까 거기로……."

다리아는 어떻게 할지 궁금해 돌아봤다. 그러자 어쩔 수 없다는 표정을 지으며 자리는 잡아 둘 테니까 다녀오라고 했다.

그래서 나도 바로 류에가 간 가게로 갔다.

"아저씨, 거기 그…… 칠리 픽롤? 그거 줘요."

"어허, 귀여운 아가씨군. 어서 와요. 이건 인기 상품이라서 딱 하나 남았어요."

"아, 정말이네. 지금 튀기는 게 마지막이잖아? 후후, 카이 군은 아쉽겠어."

내 앞에 선 류에가 살짝 짓궂은 표정으로 돌아봤다.

그렇게 기쁜 표정을 보이면 아무 말도 못 하잖아.

어쩔 수 없이 이번에는 레이스가 간 되네르 케밥 가게로 갔다.

빙글빙글 회전하며 겉 부분을 굽는 고기 탑.

가게 주인이 그 표면을 나이프로 잘라 탄 부분이 붙은 고기를 봉투 모양의 얇은 빵에 채소와 함께 듬뿍 채워 넣고 소스를 뿌렸다.

레이스는 그 광경을 침이 흐르지 않을까 걱정될 만큼 입을 반쯤 벌리고 지켜봤다. 조심합시다. 지금 누님, 굉장히 그…… 표정이 외설적입니다.

“자, 자요, 아가씨…… 600룩스입니다.”

“하아…… 여기 돈이요……. 이런 배덕적인 요리가 있다니…….”

“레이스, 배덕적인 건 너란다. 먼저 자리에서 기다리렴.”

“아아, 안 돼…… 조금만 더, 조금만 더 겉이 구워지는 모습을…….”

나도 내 몫을 사서 아쉬워서 눈을 떼지 못하는 누님을 연행해 자리로 돌아갔다.

마음은 이해한다. 그 비주얼에는 누구라도 눈길을 빼앗기지.

하지만 자리로 돌아온 그때였다. 류에의 슬픈 목소리가 귀에 들어왔다.

급히 방금 노점을 보자 분개한 류에와 가게 주인, 그리고 또 한 사람—.

뭐야……? 이 기분은, 대체 뭐라고 해야 하지?

류에 옆에 있는 사람은 무척이나 아름다운 여성이었다.

그녀의 아름다운 흰 손에는 토르티야 같은 요리가 들렸다.

나도 저걸 먹고 싶다. 그녀와 같은 것을 나도 손에 넣고 싶다.

지금 막 산 케밥을 다리아에게 떠밀고 그녀 곁으로 갔다.

"왜?! 마지막 하나였는데…… 내가 먼저 주문했잖아……."

"미안합니다, 아가씨. 꼭 이 사람한테 주고 싶어서 그래요. 한 번만 봐주시죠."

"아니…… 이런 법이 어딨어……."

머리에 노이즈가 발생했다. 자연스럽게 움직이던 다리가 도중에 류에에게로 돌아갔다.

……응? 내가 지금 뭘 하려고 했었지?

"류에……? 지금 무슨 이야기하지 않았어?"

"아, 카이 군. 응, 괜찮아. 조금 아쉽지만……."

"그래? 그럼 됐어. 돌아갈까?"

시야 한쪽에서 맛있게 요리를 베어 무는 여성에게서 눈을 뗄 수 없었다.

나도 같은 것을…… 하지만 왜일까? 죄책감으로 가슴이 미어진다.

그래도 곧 도취감에 가까운 감각이 몰려오며 죄책감을 덮어 버렸다.

뭔가 할 말이 있었던 것 같은데, 생각나지 않는다…….

그때, 요리를 다 먹은 미녀가 그 아름다운 입술로 말을 꺼냈다.

"가로챈 거 같아서 미안해. 어머…… 남자친구가 참 멋지네, 꼬마 아가씨."

"우, 꼬마 아가씨가 뭐야? 난 그렇게 안 작아."

"그래? 내가 보기에는 꼬마 아가씨로만 보이는데…… 후후후."

류에와 대화하고 있었다. 부럽다. 내게도 말을 걸어주지는 않을까?

그래, 본인 말대로 이 사람은 확실히 키가 크고 아름답다.

이 정도면…… 레이스보다 조금 큰 수준이다.

몸매도 좋다. 이 절묘한 밸런스는 사람의 이상을 담아낸 것 같다.

눈동자를 조금만 내게로 돌려주면 안 될까. 좀 더 그 아름다운 눈동자를—.

"카이 군? 왜 그래? 같이 자리로 돌아가자. 다른 요리를 사면 되니까."

"어…… 아, 그럴까?"

류에가 나를 잡고 자리로 돌아왔다. 레이스가 나를 이상하게 쳐다봤다.

왜 저러지? 그리고 다리아까지 나를 노려보고…….

"카이 씨…… 무슨 일이죠? 상태가 조금 이상해요."

"가게 주인한테 따질까 봐 조마조마했는데, 너……."

아, 그랬지. 가게에 따졌어야지. 왜 물건을 그것밖에 준비하지 않은 거야?

나도 그 사람과 같은 걸 먹고 싶었는데.

억울해서 아침 먹을 생각도 가셔 버렸다.

그때, 작은 손이 볼을 때렸다. 아프지는 않지만 충격으로 시야가 흔들렸다.

"카이본, 정신 차려! 긴급 사태야. 정신을 전투 상태로 전환해."

"뭐…… 뭐야, 다리아? 뜬금없이."

"너, 정신 오염이 시작됐어. 마력이 흐트러졌어. 레이스, 마안으로 봐줘."

"앗, 네!"

뭐야? 무슨 소리야? 내가 정신 오염?

지금 등에 멘 검에 [용신의 가호]가 세팅되어 있는데?

그러자 레이스가 양손을 입에 대고 호들갑스럽게 놀랐다.

뭐야? 나한테 뭐라도 묻었나?

"카이 씨…… 본인 이름을 말할 수 있나요? 제 이름, 말할 수 있나요?"

"카이 군…… 나는 알아보겠어? 정말로 괜찮아?"

대체 세 사람 다 왜 이래? 내가 잘못될 리가 없잖아.

"카이 씨 몸에 정체를 알 수 없는 뭔가가 감겨 있어요……. 침식하는 것처럼."

"저주에 내성이 있지 않았어? 그걸 더 강하게 할 수 없어?"

"카이본, 지금은 우리 말을 들어. 만약 대책이 있으면 더 강하게 해."

다들 왜 이러지? 집중을 못 하겠잖아. 저 사람이 가 버린다고.

"류에, 디스펠 계열 고등 마법이 있었지? 그걸 써줘."

"알았어. 미안, 카이 군. 조금 아플 거야. 『에테리얼 쏜』."

그 순간 류에의 손이 희게 빛나더니 관수가 내 이마에 직격했다.

저주를 푸는 마법으로 때리다니…… 갑자기 무슨 짓이야?

그런데 또 내 머릿속이 흔들렸다.

아까부터 뭔가 이상하다. 지금까지 있던 감정은 다 어디로…….

"카이본, 지금 당장 정신 내성이 높은 장비든 뭐든 써 봐."

하도 성가시게 구는지라 검에 붙은 [용신의 가호]를 내 몸에 직접 부여했다.

그러자 머릿속에 깨끗한 물이 흘러든 것처럼 정신이 또렷해졌다.

마치 떠올리고 싶어도 그러지 못하던 기억, 깜빡 잊었던 사실을 간신히 떠올린 것 같은 강렬한 쾌감이 머리를 채웠다.

……맞아! 왜 나는 그 가게 주인에게 따지지 않았지?

그렇게 기뻐하던 류에를 실망시킨 그에게 한마디 하려고 했는데.

나는…… 무슨 생각을 했었지?

"카이본, 한 번 더 저 사람을 잘 봐. 뭔가 깨닫는 거 없어?"

"알았어. 잠깐만 기다려."

나에게 왠지 추파를 던지며 떠나려는 그 여성을 바라봤다.

모델 같은 몸매와 흰 피부. 허리까지 자란 아름다운 은백색 머리.

그리고 보석처럼, 인공물이란 생각마저 드는, 화사한 보라색과 금색의 오드아이.

뭐야…… 저 누가 빚어 낸 듯한 『이상적 미녀』는?

너무나 전형적인 외모에 아름다움보다 이질감이 앞섰다.

적어도 나와 다리아는 같은 느낌을 받은 것 같았다.

"너무 인위적이야. 게다가 한심하게도 진짜 정신 오염에 걸렸었나 봐."

"우리는 아무렇지 않았어. 아마 이성에게 통하나 보군…… 저 가게 주인장도 그렇고."

"으…… 그야 엄청 미인이긴 하지만…… 그건 비겁하잖아!"

"……마술의 힘으로 마음을 움직이는 건, 저도 좋게 볼 수 없네요."

하지만 잠깐만. 직접은 아니지만 나는 검에 [용신의 가호]를 세팅했었다.

그걸 깨고 나를, 이런 능력치를 가진 나를 매료했다고?

그게 가능해? 정말 가능한 일이야?

그건…… 정체를 알 수 없다는 정도가 아니었다. 확실하게 내 걸림돌이 될 수 있는 인물이었다.

당장 검에 [상세 감정]을 세팅해 거리에서 사라지려는 여성을 쫓았다.

"야, 잠깐! 카이본, 설마 아직—."

"아니야. 금방 돌아올 테니까 기다려."

테라스석에서 일어나 거리에서 빠져나가는 그녀를 쫓았다.

사명감, 초조감, 불안, 그리고 왠지 희미한 기대를 품고 달렸다.

그리고 그녀가 사라진 길모퉁이를 꺾자 그곳에는—.

"역시나. 쫓아왔구나? 멋진 오빠."

"윽!"

수행원일까? 두 남성을 거느린 여성이 나를 기다리고 있었다.

그녀는 천천히, 요염한 웃음을 지으며 한 걸음씩 다가왔다.

보석 같은 두 색깔의 눈동자. 나와 닮았지만 투명하리만큼 윤기가 흐르는 은백색 머리.

희고 매끈한 피부에 완벽한 균형을 이룬 몸.

몸의 움직임에 맞춰 물처럼 흐르는, 순백색 베일 같은 얇은 복장.

일거수일투족이 다시 내 머리를 서서히 죄어드는 올가미처럼 유혹했다.

하지만 내 목적을 달성해야 한다. 이건 오염이다. 위험인물이다. 현혹되지 마라.

[상세 감정]을 발동해 머릿속이 흔들리는 와중에 상대의

모습을 똑똑히 눈에 담았다.

"같이 갈래? 당신이라면 환영할게. 아직 내 주위에 은발은 없거든."

"……아니, 사양할게. 내가 뭘 착각했나 봐. 미안."

마음을 붙잡는 미련을 떨쳐내고 그녀를 시야에서 차단하듯 발길을 돌렸다.

그러자 그녀가 나직하게 중얼거리는 소리가 귀에 들어왔다.

『뭐야…… 어떻게 된 거지?』라는 경악에 찬 말이었다.

……그래, 놀랍겠지. 믿어지지 않겠지.

보아하니 『그쪽』은 뚜렷한 무기를 갖추기 시작한 모양이군.

내 눈에 비친 그녀의 스테이터스는—.

【Name】 미사토 요시카게

【종족】 이세계인

【직업】 해방자

【레벨】 11

【칭호】 ※※※※※의 사도
경국지색

【스킬】 메뉴 화면 표시, 남성 매료, 천혜의 미모

그렇다. 의심의 여지 없이 내가 만난 세 번째…… 해방자다.

외형에 어울리지 않는 이름, 그리고 소지한 스킬을 통해 나는 한 가설을 세웠다.

『소환을 담당하는 자가 특별한 힘을 준 것이 아닌가』라는 가설을…….

흔한 말로 『치트 능력』을 받고 소환된 것이 아닌가.

지금까지 만난 두 사람도 충분히 사기적인 힘, 아니, 소질을 갖고 있었다.

해방자는 평범한 인간보다 훨씬 빠르고 강하게 성장한다.

하지만 그 여자는 스킬이라는 형태로, 그리고 새로운 모습까지 손에 넣은 듯 보였다.

"이거…… 수상쩍은 정도가 아닌데."

이제는 내가 아는 정보를 전부, 동료들과 공유해야 할 때가 왔다.

§ § §

"미사토 님, 용건이란 방금 그 남자에 관한 것입니까?"

"그래. 봤지? 엄청 멋진 남자 아니야?"

"뭐어? 그런 겁쟁이가? 미사토한테 쫄아서 도망쳤잖아?"

"그 사람을 나쁘게 말하지 마. 조만간 너희 동료가 될 테니까."

하늘의 은총과 같은 힘을 얻은 여자는 즐겁게 말했다.

당연한 일처럼 두 남자를 거느린 그녀는 원하는 물건을

발견한 어린아이처럼 순진하게, 그리고 잔인함이 엿보이는 미소를 띠었다. 두 남자는 그런 얼굴에조차 감탄하며 탄식을 흘렸다.

“미사토 님. 그자가 마음에 걸리신다면 조금 더 이 마을에 머무시겠습니까?”

“그럴까? 오늘 밤쯤 와줄 거라고 기대하지만…… 안 오면, 내가 직접 만나러 갈까? 붉은 머리와 푸른 머리. 다음은 금발이라고 생각했는데…… 은발도 괜찮네. 제법 좋은 시나리오잖아…… 미스터리한 공략 대상 같아서.”

마치 수집품을 보는 눈으로 여자는 자기 욕망을 채우겠다고 호언했다.

사악하지도 정의롭지도 않은 그 행동이 과연 어떤 이야기를 만들어 낼까.

§ § §

“그게…… 정말이야? 좀처럼 믿기 어려운데…….”

“그래. 나는 마음만 먹으면 상대방의 스테이터스를 어느 정도 조사할 수 있어.”

“아, 카이 군! 그 안경 말하는 거지?! 악용하면 혼나!”

“안경이요? 카이 씨가 언제 안경을— 앗! 설마 제가…….”

“그 이야기는 일단 넘어가자. 아무튼 나는 상대의 능력을 대략적으로 볼 수 있어. 못 믿겠으면 다리아, 네 레벨이 지금 몇인지 맞혀 볼까?"

"내 레벨…… 굳이 그 이야기를 꺼낸다는 건, 정말로 보여……?"

푸드 코트로 돌아와 바로 내가 본 스테이터스를 알렸다.

해방자. 그것은 봉인된 칠성에게서 흘러나온 마력을 이용해 소환된 존재.

무슨 까닭인지 일본인만 선택되고, 이 세계에 소환될 때 누군가가 『어떤 사명』을 부여한다는 사실을 나는 이미 알고 있었다.

지금 여기서 전부 털어놓고 싶지만 길거리에서 함부로 떠들 내용이 아니었다. 먼저 안전하게 대화할 장소, 거점이 될 숙소를 찾아야 한다.

그 말을 전하자 내가 없는 동안 요리를 사 왔을 류에를 포함한 전원이 긴장한 표정으로 허겁지겁 음식을 먹기 시작했다.

아, 잠깐. 나 아직 안 먹었어. 잠깐, 류에가 먹는 건 내가 산—.

"우아아아아아! 매워, 매워! 살려줘!"

"극악 칠리소스 토핑 되네르 케밥…… 자, 물 마셔."

"알았허……."

눈물을 글썽이며 입안으로 얼음을 굴리는 류에를 보니 긴장했던 표정이 풀어졌다.

“그럼 다시 숙소를 찾으러 갈까? 조용한 곳에서 이야기하고 싶어.”

식당가를 지나자 예상대로 숙박 시설이 밀집한 구역이 나왔다.

지금까지 여행한 경험상 식당과 숙박 시설은 인접한 경우가 많았다.

그 이유는 이 세계 숙소 대부분이 식사를 제공하지 않아 가까운 곳에 식당이 모이는 경향이 있기 때문이었다.

물론 우리는 지금까지 고급스러운 숙소만 잡았지만…….

그리고 그것은 이번에도 예외가 아니었다. 우리는 햇빛을 받아 눈부시게 빛나는 희고 아름다운 호텔에 방을 잡았다. 왠지 사람 수만큼이 아니라 큰 방 딱 하나를.

“……이제 본론으로 들어갈까. 카이본, 네 힘과 해방자, 칠성에 관한 정보…… 이제 그만 전부 말해주면 안 될까?”

“알았어. 애초에 왜 용신의 봉인에 이용된 류에가 여기 있는지부터 시작해서, 너한테는 전부 말하는 게 좋겠지…….”

나는 지금까지 여행하며 얻은 정보를 다리아에게 들려줬다.

레이니 리네아리스에게 들은 제약과 구세계의 이야기.

거기서 도출된 이미 우리를 적대시하는 존재.

지금까지 만난 해방자에게 붙어 있던 『※※※※※의 사도』라는 칭호.

그리고— 이미 내가 두 칠성, 용신과 플래시드 드래곤을 죽였다는 사실.

"이게 내가 아는 모든 정보, 그리고…… 류에가 여기 있는 이유야."

나는 많은 내용을 말했다. 하지만 칠성을 이미 해치웠다는 사실은 칠성을 누구보다 잘 알고 있을, 봉인의 주역인 다리아에게는 충격이었던 모양이다.

"말도 안 돼……. 무슨 착각이 아니고……?"

"자세하게는 말할 수 없지만, 내 비정상적인 힘과 회복력은 그 산물이야. 최강의 칠성이 가진 힘을 내포한 셈이지. 슌에게 이긴 것도 사실 그 영향이 커."

"다리아, 사실이야. 카이 군은…… 정말로 해치웠어. 용신을."

"네. 저도 세미피나르의 칠성을 카이 씨가 해치우는 장면을…… 제 눈으로 봤어요."

"……좀처럼 믿기 힘들지만, 사실이란 말이지……?"

그렇다고 고개를 끄덕이자 다리아는 이마에 손을 대고 천장을 올려다봤다.

"시대는 언제가 변한다…… 언젠가 변하리라고, 나도 생각했어. 그래, 생각해 보면 우리가 이 세계에 있는 계기는…… 너한테 있을지도 모르니까."

"……그렇지. 다리아, 내가 원망스러워?"

"아니, 지루할 새가 없는 인생이야. 어쩌면 원망한 때도 있을지 모르지만…… 지금 나는 만족해. 이 세계는 절대로 질리지 않아."

더는 얼버무릴 필요가 없다. 나와 같은 팀 플레이어만 이 세계에 떨어졌다.

그렇다면 그 원인은 틀림없이 나와 이 검의 어빌리티 습득이 원인이다.

그렇건만 적어도 다리아는 원망하지 않는다고 말해준 것이 기뻤다.

"아무튼 이게 내가 아는 모든 것이야. 그걸 전제로— 이번에 만난 그 해방자, 미사토 요시카게에 관해 생각해 보자고."

"저…… 그 사람이 해방자라면 어느 진영이 소환했는지 알아보는 게 어떨까요?"

레이스가 제안했다. 그 말대로 소환됐다면 소환한 주체가 있을 것이다.

하지만 의문도 있었다. 오늘 이 국경 마을을 둘러본 한 빈곤하지도 쇠퇴하지도 않았다. 해방자를 소환할 만한 절박함은 보이지 않는다는 뜻이다.

내가 아는 한 해방자를 부르는 것은 자신들의 나라, 대륙을 빈곤에서 구제하기 위해서였다.

서즈가르드에서 펜넬이 암약하는 것은 알지만 이곳 공화국에까지 영향이 미친 것처럼 보이지는 않았다. 실제로 류에가 백발을 드러내놓고 다녀도 아무도 신경 쓰지 않을 정도였다. 그만큼 평화롭고 자유로운 나라에서 해방자를 소환할까?

“다리아. 해방자를 부를 세력, 혹시 짐작 가는 거 없어?”

“……그런 세력은 없다고도 할 수 있고, 어디에든 있다고도 할 수 있어.”

“음? 수수께끼야? 조금만 기다려, 지금 생각해 볼게.”

심각하게 말하는 다리아에게 류에가 아리송하게 대답했다.

그 반응에 맥이 빠졌는지 다리아는 피식 웃고는 자기 생각을 말해줬다.

“전에도 말했지만, 서즈가르드 엘프는 원래 다른 대륙에서 이주한 침략자야. 가뜩이나 이 대륙은 여러 나라가 권력 다툼을 할 만큼 호전적이었어. 그런데 결국에는 칠성을 봉인한 공적으로 외지인이 대륙 절반을 먹어 버린 거야.”

“그럼 뭐야? 사실 공화국은 모두 서즈가르드를 미워한다는 소리야?”

“전부는 아니겠지만, 좋게 생각하지 않아도 이상할 건 없겠지? 실제로 얼마 전 공화국 일부 지방이 예전의 독립국으로 돌아가겠다며 분쟁을 일으키기도 했어. 뭐…… 슌에게 진압됐지만.”

“응? 뭐야, 그렇다면 이미 답은 나왔잖아? 그 지방에서 소환했겠네.”

흠, 공화국에서 독립하려고 들고 일어난 지방. 그 정도면 해방자를 부를 동기로 충분, 한가? 너무 뻔하다는 생각도 들지만, 다리아는 어떻게 생각할까?

"류에스케는 참 순수하고 귀여워. 그래, 그게 답이라면 편하겠지."

"엥~? 왜 갑자기 칭찬이야? 쑥스럽잖아."

"류에, 그곳이 진압됐다면 당장은 몸을 사릴 거예요. 서즈가르드뿐 아니라 공화국의 다른 지방에서도 눈을 부라리고 있을 테고요."

"아…… 그렇구나. 그럼 반대로 제외해도 될까?"

"뭐가 됐든 지금은 정보가 부족해. 어차피 앞으로 공화국을 돌아볼 거지? 미사토는 아까 봤다시피 눈에 띄니까 의외로 뒤를 캐기 쉬울지도 몰라."

우선 지금은 더 의논할 사항이 없다는 이유로 여행 준비를 진행했다.

마차 준비와 야영에 필요한 도구 보충, 게다가 식자재도 쟁여 두고 싶었다.

그러고 보니 전에 류에의 가방이 집 창고로 연결되지 않는다고 말했는데 그건 그 마을 안에 있던 탓이었다고 규명됐다.

뭐, 어차피 여신의 제단이 없으니까 새로 가방에 넣을 수는 없지만…….

"그럼 저랑 다리아 씨는 마차를 구할게요."

"가는 김에 변장에 쓸 만한 옷을 준비할게. 공화국이라도 나는 유명인이니까."

그렇게 말한 두 사람이 숙소를 나갔고 나와 류에도 시장을 찾아갔다.

이국 분위기 물씬 나는 시장을 류에와 돌았다. 상황은 절박하다고 할 수 있지만 이러고 있으면 둘이서 해외여행이라도 온 기분이었다.

"본 적 없는 과일이 잔뜩 있어. 집 창고에는 없던 것들이야."

"하기야, 공화국에는 류에네 창고로 이어진 제단이 없을 테니까."

"맞아, 맞아. 그러니까 전부 먹어 보고 싶어. 봐, 예를 들면 저 큰 손처럼 생긴 거."

그렇게 말하면서 류에가 가리킨 것은 작은 바나나 같은 과일이었다.

으음? 그러고 보니 이 세계에 오고 처음 보나?

주위를 돌아보면 망고나 파파야 등 열대 과일이 넘쳐났다.

"카이 군, 봐! 이 과일 가게 진열대, 엄청 시원해."

"오, 정말. 진열한 과일을 식히는 거군. 처음 보는 마도구야."

작은 사이즈로 하나 갖고 싶다. 개조하면 제빙기도 만들겠는데?

그렇게 시장을 구경하는데 길 앞에 새까맣게 모인 인파가 보였다.

무슨 일인지 궁금해 다가가서 인파 너머를 보니—.

"카이 군, 떨어져. 방금 그 애, 미사토가 있어."

"……내성을 높였으니까 이 거리라면 괜찮아."

그곳에는 주변 사람에게 조공처럼 선물을 받는 미사토가 있었다.

저 매료는 항시 발동하는 힘일까, 아니면 노리고 발동하는 것일까…….

"나, 저런 거 싫어. 저렇게 마음을 조종하면서 물건을 받는 거……."

"나도 그래. 솔직히 저거에 넘어갔던 내가 한심해."

하지만…… 이건 정보를 얻을 기회가 아닐까?

적어도 나를 스카우트하고 싶을 만큼은 내가 마음에 들었을 것이다.

"류에, 나한테 보조 마법과 내성 강화 마법을 있는 대로 전부 걸어줘."

"설마 카이 군, 저 애한테 다가갈 생각이야? 위험해."

"그래도 정보가 필요해. 괜찮아, 나랑 류에가 힘을 합치면, 틀림없이."

"……알았어. 대신 이상을 감지하면 바로 난입할 거야."

그렇게 나는 다시 그녀 앞으로 걸어갔다.

§ § §

인파가 줄어든 타이밍을 노려 그 중심인물인 미사토에게 말을 걸었다.

역시 그랬다. 냉정하게 보면 인위적일 정도로 특징적인 외모였다.

다가오는 나를 봤는지 미사토가 이쪽을 빤히 바라봤다.

『역시 왔다, 당연히 그래야지』. 그런 자신감과 어두운 쾌감을 느끼는 듯한 표정이 선명하게 떠올랐지만…… 뭐지? 지금 나를 어떤 식으로 보는 거지?

“어머, 또 보네? 날 찾았어?”

“우연이야. 지나다니기 불편하니까 좀 구석으로 가주면 안 돼?”

먼저 이름이라도 물어야 했겠지만 그러면 지는 기분이었다.

남녀의 밀고 당기기조차 나는 지기 싫은 성격이다.

그대로 너에게 볼일 없다는 양 그녀 옆을 지나쳤다.

“뭐 사게? 내가 선물해줄까?”

“그럴 관계도 아니지 않나.”

“……그래? 알았어.”

그때 작게 미사토의 입에서 『역시 이상해』라는 소리가 흘러나왔다.

나를 표적으로 삼았는데 매료되지 않으니 의아했을까?

다행히 류에 덕분에 내 머릿속은 전혀 흔들림이 없었다.

조금만 더 초조하게 해서 스스로 이름을 말하게 하고 싶은데…….

"……너, 언제까지 따라올 거야?"

"너가 아니라 미사토라고 불러줄래?"

계속 무시하자 내가 기다리던 대로 이야기가 흘러갔다.

신경 쓰이겠지. 자기 치트 능력이 통하지 않는 내가.

"그래? 그래서 언제까지 따라올 거야, 미사토?"

"이름을 알려줬는데 대답이 똑같네? 달리 할 말 없어?"

"있지. 미사토를 따돌리려고 빨리 걷는데 떨어지지 않아서 피곤해."

"어머? 그럼 쉬자. 봐, 마침 저 가게에 자리도 있어."

웃으면서 자기 마음대로 이야기를 진행하는 모습에서 외모와의 갭을 느꼈다.

겉모습은 20대. 하지만 그 언동은 자유롭게 세상을 만끽하는 여고생 같았다.

그 때문일까, 그녀의 행동이 어색해 보이는 것은.

"그럼 잠깐만 들를까? 잘 가, 미사토."

"은근슬쩍 혼자 쉬려고 하지 마. 같이 앉자."

음, 완전히 내 노림수대로 됐다. 일단 여기서 살짝 대화에 탄력을 줘 볼까? 물론 바람 빠진 축구공 정도의 탄력이겠지만.

"내 이름 알려줬으니까 당신도 알려줘."

“『이얀사뇽 작케 에알리즐 이르믄 업스』다.”

“이얀, 뭐……? 뭐가 그렇게 길어? 진짜야? 한 번 더 천천히 말해줘.”

“거짓말이야.”

“아, 뭐야, 진짜!”

“남한테 함부로 자기 얘기를 하면 안 된다고 배웠거든. 그래도 한잔 마시면 이야기할 생각이 들지도 모르지. 여기요, 추천하는 음료 두 잔 가져와 줘요.”

가까이 있던 점원을 불러서 다짜고짜 두 잔을 주문했다.

『다 마실 때까지는 있어 주겠다』라는 의미를 담아서.

말문이 막혔지만 내 의도를 파악한 미사토는 살짝 불만스럽던 표정을 거두고 흐뭇하게 의자에 고쳐 앉았다.

그럼 조금만 더 떠들어 볼까?

“당신이랑 같이 있던 조그만 애는 애인이야?”

“애인은 아니지만, 애인 이상으로 소중한 사람이야.”

“흐음. 당신 혹시 제법 강해?”

“강하지. 적어도 세계에서 제일 강한 건 나야.”

“……진지하게 대답할 생각은 없나 보네. 후후, 괜찮은데? 나한테 안 올래? 보디가드나 수행원을 늘리고 싶거든.”

“안 가. 애초에 나는 네가 뭐 하는 사람인지도 몰라.”

나 자신을 미끼로 던져 자기 이야기를 털어놓게 유도한다.

그러자 딱히 경계하지도 않고 오히려 기뻐하며 입을 열었다.

"날 알고 싶어? 좋아, 뭐든 물어봐."

"그럼, 너 어디 출신이야? 외모가 낯선데."

"나? 후후…… 이 세계가 아닌 특별한 곳?"

"그래? 제대로 대답할 생각이 없나 보군. 그럼 더 질문해도 소용없지."

"앗…… 뭐야, 조금 더 물고 늘어져 봐."

"아쉽지만 시간 초과야. 음료가 나왔어."

경계인가. 아니면 자기가 이세계에서 왔다는 사실을 은연중에 내비친 것일까.

하지만 아무리 허점이 많아 보여도 그리 쉽게 자기 출신을 말할 리는 없나.

해방자는 본래 나라의 중심인물이나 권력자가 소환한다.

당연히 소환자의 의도도 있을 테니까 그와 관련된 주의사항도 들었겠지.

쉽게 정보를 내주지는 않으리라.

종업원이 가져온 컵을 들고 빨대를 가볍게 빨았다.

오? 진한 망고와 비슷한, 과육이 살아 있는 주스였다.

원래는 더 맛있을 텐데 좀 미적지근하네. 얼음 좀 팍팍 넣어주지.

"우웩…… 이거 진짜 별로야."

"……이리 줘 봐."

내가 주문했는데 맛이 없다면 솔직히 미안하다.

공중에 작은 얼음을 만들어 세 개씩 두 컵에 떨어뜨렸다.

"자, 시원해지면 마셔."

"고, 고마워. 마술사였어? 검을 메고 있어서 검사인 줄 알았어."

"이건 부적 같은 거야. ……음, 시원하니까 맛있군."

"……행복해 보이네?"

"맛있는 걸 먹으면 누구나 행복하잖아?"

으음, 이곳은 과일이 특산품 같군. 나중에 류에와 같이 생과일 샤베트라도 만들까? 분명히 기뻐하겠지. 아이스크림이라면 환장하니까.

"그럼 나는 진짜 간다? 이제 따라오지 마."

"뭐~? 더 얘기하고 가면 안 돼? 나 아직 마술사 수행원이 없어. 진짜 나한테 안 올래? 당연히 공짜는 아니야. 당신도 그런 거에 관심, 있지?"

그 순간, 보이지 않는 나이프가 관자놀이를 찌른 것처럼 격통이 퍼졌다.

연신 내 머릿속을 곤죽으로 만들려고 예리한 칼날이 푹푹 들어왔다.

……견뎌라. 류에의 마술이, 그녀가 나와 함께 있지 않은가.

가슴이 크게 뛰었다. 동물적 본능이, 이 세계에서 쭉 참아 왔던 욕구가 부풀어 올랐다.

앞에 있는 우수한 여자를 당장 엎어뜨려 짐승처럼 굴복시키라고.

……마음에 안 든다. 내가, 내가 이런 마음을 품어야 할 사람은 절대로 너 같은 여자가 아니다!

그래. 이건 내가 언젠가 사랑하는 두 사람에게 품어야 할 마음이다.

이런 힘에 굴복해 누군지도 모를 여자를 품는 게 가당키나 한가!

"……관심은 있지만, 아쉽게도 너는 아냐. 함부로 자기 자신을 팔지 마, 미사토. 언젠가 큰코다쳐도 나는 모르니까."

"읏?! ……알았어. 그럼 적어도 이름을 알려줘. 괜찮은 말상대 아니었어?"

"네 덕분에 맛있는 주스를 찾았으니까. 카이라고 불러."

"……카이라는 거지? 알았어, 카이. 다음에 또 부를게."

"그때는 조금 더 솔직한 이야기를 들려줘. 비밀이 많은 여자는 싫어."

흐트러진 생각과 터질 것 같은 심장을 가누며 짐짓 냉정한 척 자리를 떴다.

§ § §

결국 내가 얻은 정보는 『마술사 동료가 없다』, 『자기 출신을 숨긴다』.

빈말로도 칭찬하기 힘든 성과였다.

하지만 숙소에서 합류한 다리아에게 이번 일을 보고하자.

"여기서 가장 가까운 미사사기는 마술사가 많은 땅이야. 적어도 아직 거기는 안 갔을 가능성이 있어. 그렇다면…… 미사토가 다음으로 갈 곳은 미사사기가 아닐까?"

"그렇군……. 봉인의 기점이 있으니까 해방자도 그곳은 무시하지 못해. 만약 이미 손을 댔다면 마술사 동료가 있을 거다, 그런 뜻이지?"

"그래. 내일에라도 미사사기로 출발하는 편이 좋겠어. 우리가 앞질러야 해."

뜻하지 않은 방식으로 정보를 활용해줬다.

"그럼 오늘은 일찍 자고 아침 일찍 출발할까?"

"그래요. 저녁은 방금 다리아 씨랑 함께 노점에서 사왔으니까 그걸 먹죠."

레이스는 살짝 신이 나서 탁상에 케밥을 쌓아 올렸다.

하하하…… 단단히 빠졌군. 그런데 **그 요리**가 보인다.

"앗! 류에 튀김 말이! 사 왔구나?!"

"암. 류에스케, 이거 좋아하지? 많이 샀으니까 많이 먹어."

"후후후, 역시 다리아야. 그럼 다 같이 먹자!"

그래, 딱 이 정도가 좋다. 아무리 긴박한 상황이라도 평소 분위기로 돌아올 수 있다. 우리에게는 그런 힘이 있다. 특히 류에게는…….

언뜻 평화로워 보이는 공화국이지만 분명히 수면 아래에서 움직이는 자가 있다.

하지만 아무리 어둠이 짙어도, 거기서 꿈틀대는 것이 무엇이든 내게는 함께 걷는 사람이 있다.

지금은 류에와 레이스만이 아니다. 다리아도 곁에 있지 않은가.

"먹으면서 어떻게 잘지를 정할까? 킹사이즈라도 네 명이 자기는 좁지."

"그럼 카이 씨가 가운데 자고 양옆에 저랑 류에…… 다리아 씨는……."

"다리아는 작으니까 베개 피를 씌워서 베개로 쓸까!"

"뭐라고?! 됐어, 나는 소파에서 잘 거야. 셋이서 재밌게들 노셔."

"흠, 사이즈는 딱이군. 좋아, 오늘부터 넌 베개다."

웃음이 끊이지 않는 평소의 우리. 공화국에서 보내는 최초의 밤은 그렇게 깊어갔다.

§ § §

"좋아, 모였지? 그럼 마차는 내가 몰 테니까 마음 푹 놓고 있어. 이야, 몇백 년 만이더라, 공화국을 직접 달리는 게."

"……레이스, 부탁해도 될까?"

"네…… 다리아 씨, 저도 같이 앉을게요."

"응? 그래?"

이튿날 아침. 정말로 베개가 된 다리아의 신음소리에 깬 우리는 바로 준비된 마차에 올라 미사사기로 떠날 채비를 시작했다.

"카이본, 너 그런 잡동사니를 실어서 어쩔 작정이야?"

"이거? 숙소에서 처분할 예정이던 냉동 진열장이야. 재활용할 수 없을까 싶어서."

"여전히 이상한 생각을 하네. 일단 기대는 할게. 보나 마나 요리에 쓸 생각이겠지?"

현명하군. 언제 어디서나 동심을 잃지 않는 게 나니까.

이리하여 우리는 아직 인적이 드문 아침에 신데리아를 떠났다.

"다리아, 미사사기까지는 구체적으로 얼마나 걸려?"

"이 마차로 밤낮없이 이동하면 이틀이면 돼. 이거, 이래 봬도 꽤 좋은 마차라고."

"그러네요. 이 속도와 지도를 보면 그쯤 도착하겠어요."

"이틀? 그럼 도중에 야영해야겠네?"

"길에서 조금 벗어나면 역참 마을도 있는데, 어떡할래?"

역참 마을이라. 하지만 이번에는 제법 급한 상황이니까 시간을 아끼고 싶다.

그리고 다리아를 포함해 이 네 명이라면 호화로운 야영도

가능할 것이다.

순식간에 오두막을 뚝딱 만드는 사람이 여기 있잖아?

그런 고로, 기대를 담아 다리아에게 성원을 보내자.

“으엑…… 그럼 힘쓰는 대신 저녁은 내가 원하는 걸로 해줘.”

“좋지. 네 주문에 맞추는 건 늘 있던 일이니까.”

“……헤헤, 그랬지. 그래도 나는 수백 년 만이야. 기대할게.”

어린애 얼굴인 주제에 아저씨처럼 털털하게 웃는 모습이 어쩐지 우스워, 그만 우리 셋은 소리 내어 웃어 버렸다.

공화국은 행상인이 많고 이 길이 큰 가도이기도 하여 벌써 지나친 마차가 여러 대지만, 마부를 맡은 종족은 모두 제각기였다. 개중에는 내 마왕 룩과 비슷한 날개가 자란 종족도 있었다.

그러고 보니 이 대륙에 오고 마족은 처음 본 것 같다.

“응? 방금 스쳐 지나간 상인은 마족이 아니야. 드래고니아지. 세류 공화국이란 이름의 유래가 된『세류 황국』, 지금의 세류령(領)에 많이 사는 종족이야.”

“아, 저 사람들, 마족이 아니야?”

“글쎄. 넓은 의미로 보면 동료일지도 모르지만…….”

“날개가 있다는 건 아마 강한 힘을 가졌다는 뜻 아닌가요?”

“레이스 말이 맞아. 저들은 엘프에 필적하는 마력과 마족에 필적하는 잠재 능력을 가졌고 지식욕은 휴먼에 필적해.

본래 이 대륙의 패자였지."

"그거 대단한데? 지금은 공화국의 대표라도 돼?"

"예리하네. 일단 표면상으로는 모두 평등하지만, 공화제 입안자임과 동시에 이 대륙의 본래 지배자야. 모두 마음 한 쪽으로는 존경심을 가졌는지도 몰라."

"흐음…… 그렇군."

드래곤과 관련된 종족이라면 개인적으로 나와 상성이 안 좋을 것 같다.

내가 해치운 칠성도『용』신과 플래시드『드래곤』이잖아?

"다양한 종족이 있구나. 어떤 생활을 하는지 관심이 샘솟아."

"아마 놀랄걸? 저들의 마술은 우리와는 체계부터 전혀 다르니까."

"우와~! 거기에도 언젠가 갈 거지? 기대돼."

"그렇다면 희소식이 있지. 지금부터 갈 미사사기에도 독자적인 마술이 있어. 아마 볼 기회도 있을 테니까 기대해도 좋아."

"오~! 뭘까, 벌써 가슴이 콩닥콩닥 뛰어."

마치 여행이라도 떠나는 듯한 즐거운 분위기 속에서 나는 먼 후방을 돌아봤다.

서즈가르드 왕국. 가까운 시일 내에 돌아오게 될 나라. 그 수도인 브라이트니스아치.

이곳에서조차 보이는 성의 꼭대기와 그 위에 드리운 불길한 검은 구름.

……어떤 분위기가 되어도 나는 잊지 않는다. 언젠가 찾아올 결전의 순간을…….

"그나저나 미사사기라…… 지금쯤 어떻게 됐으려나."

"뭐야? 다리아, 너는 미사사기에 가 본 적 있어?"

"공화국제가 된 직후에 기술을 지도하러 거기에 머물렀어. 일본풍 도시로 만들려고 했는데, 어떻게 발전했을지 벌써 기대돼."

오호, 일본풍 도시라고? 아기다르 같은 농촌이 아니라 도시라면…….

설마 교토를 이미지로 만들었나? 하지만…… 전파자가 다리아라서 영 믿음이…….

"……역사 성적과 미술 성적을 바른대로 말해 보라."

"추가 시험 단골이었어. 아니, 그렇게 걱정하지 마. 괜찮을 거야…… 아마."

"뭐야, 뭐야? 무슨 이야기야?"

"아마 다음으로 갈 도시 이야기 같은데요……?"

"다리아 말로는 내가 있던 세계의 도시를 콘셉트로 한 곳이래."

"카이 군이 있던 세계?! 우와, 우와! 빨리 가 보고 싶어!"

"그건 정말 궁금하네요. 대체 어떤 곳일지 벌써 기대돼요!"

불안, 그리고 큰 기대. 아직 보지 못한 미사사기를 마음에 그리며 우리의 공화국 여행이 마침내 시작을 고했다.

에필로그

『오빠가 있었어요.』

과거형으로 표현할 수 있게 된 것은 겨우 현실을 받아들인 3년째 봄날의 일이었던가.

사회인으로서 새로운 인생의 첫발을 내디딘 나에게 회사 선배가 이렇게 물었다.

『니시다 씨는 외동이에요?』

그때 나는『오빠가 있었어요』라고 처음으로 과거형으로 대답했다.

어느 날, 갑자기 집에서 사라진 오빠.

처음에는 어디 친구 집에라도 묵는 줄 알고 신경도 안 썼다.

원래 역마살이 있는 것처럼 자유롭게 살아가던 사람이라 이번에도 그러려니 했다.

그래도 그게 일주일, 2주일이 되던 어느 날, 오빠 친구네 가족이 연락해 왔다.

『우리 아들이 거기에 있지 않느냐』면서.

그랬다. 오빠만이 아니었던 것이다.

오빠와 20년 지기인 『사쿠라기 오빠』도 같은 날 자취를 감췄다.

이때가 되어서야 겨우 나는 사태의 중대함을 깨닫고 아버지와 상담해 실종자 수색을 요청했다.

"……내가 이 세계에서 돌아가지 못하면, 아버지는 정말 혼자만 남아……."

나는 내 지식에 존재하지 않는 것이 존재하는 이세계의 감옥 안에서 혼잣말했다.

어느 날, 나는 이 세계로 불려왔다.

퇴근해서 집으로 와 겨우 익숙해진 요리를 만들고 먼저 잠든 아버지의 몫을 냉장고에 넣은 뒤 정신을 잃고 말았다. 그리고 눈을 떴을 때는—.

"……사명을 다하면 그 힘으로 돌아갈 수 있어……. 그러기 위해서라면 나는……."

무슨 짓이든 하겠다. 그게 설령 타인의 평화를 앗아가는 일이라도.

다른 사람을 추락시키더라도. 그리고, 사람의 목숨을 빼앗아서라도…….

"오늘 심야……. 이 성에는 찾던 것도 없고, 시험이나 해 봐야겠지."

그 아이. 아이로밖에 보이지 않던 어른. 그 사람의 말을 믿어 보자.

그리고 나는 그때가 올 때까지 조용히 눈을 감고 기다렸다.

정체 모를 자에게 얻은 『마왕을 죽이는 힘』을 끌어안은 채…….

■작가 후기

(´·ω·`)오랜만에 뵙겠습니다. 저자인 아이아츠시입니다.

마침내 재회한 세 사람. 그리고 상상보다 복잡한 관계가 된 이들.

앞으로 그들은 무사히 친구라고 부를 수 있던 관계로 돌아갈 수 있을까.

그리고 드디어 나타난, 류에를 불행으로 내몬 원흉이라 할 수 있는 자.

그는 무엇을 꾸미는가. 카이본 일행은 그 야망을 저지할 수 있을 것인가.

다리아가 합류해 새로운 여행이 시작되고 이 대륙의 비밀을 파헤쳐 가는 일행.

이야기도 가경으로 접어든 서디스 대륙 편도 마침내 다음 권으로 완결입니다.

그럼 이번에도 책을 읽어주신 여러분께 감사드리며 이만 글을 마치겠습니다.

(´·ω·`)총총 꿀.

COMMENT

백수 마왕 9권,
구매해주셔서
감사합니다!

쾌활하고 얼빠진
힐링 캐릭 류에가
돌아와서 정말
기쁩니다!
오예!

10권도!
재미있게
봐주세요!

백수, 마왕의 모습으로 이세계에 9

초판 1쇄 발행 2021년 8월 10일

지은이_ Aiatsushi
일러스트_ Yoshiaki Katsurai
옮긴이_ 김장준

발행인_ 신현호
편집부장_ 윤영천
편집진행_ 김기준 · 김승신 · 원현선 · 권세라
편집디자인_ 양우연
관리 · 영업_ 김민원 · 조인희

펴낸곳_ (주)디앤씨미디어
등록_ 2002년 4월 25일 제20-260호
주소_ 서울시 구로구 디지털로 26길 111 JnK디지털타워 503호
전화_ 02-333-2513(대표)
팩시밀리_ 02-333-2514
이메일_ lnovelpiya@naver.com
L노벨 공식 카페_ http://cafe.naver.com/lnovel11

ISBN 979-11-278-6141-4 04830
ISBN 979-11-278-4210-9 (세트)

값 7,800원

L NOVEL
현자의 손자 9
경천동지의 마인습격
요시오카 츠요시
Tsuyoshi Yoshioka
키쿠치 세이지
NOVEL